比较文学与世界文学 研究丛书

主编 曹顺庆

二编 第 **25** 册

英语世界的晚清民国报纸研究（下）

何 蕾 著

花木兰文化事业有限公司

国家图书馆出版品预行编目资料

英语世界的晚清民国报纸研究（下）／何蕾 著 -- 初版 -- 新
北市：花木兰文化事业有限公司，2023〔民112〕
目 4+168 面；19×26 公分
（比较文学与世界文学研究丛书 二编 第25册）
ISBN 978-626-344-336-5（精装）
1.CST：新闻业 2.CST：报纸 3.CST：比较研究
810.8 111022128

ISBN-978-626-344-336-5

比较文学与世界文学研究丛书
二编 第二五册 ISBN：978-626-344-336-5

英语世界的晚清民国报纸研究（下）

作 者 何 蕾
主 编 曹顺庆
企 划 四川大学双一流学科暨比较文学研究基地
总 编 辑 杜洁祥
副总编辑 杨嘉乐
编辑主任 许郁翎
编 辑 张雅淋、潘玟静 美术编辑 陈逸婷
出 版 花木兰文化事业有限公司
发 行 人 高小娟
联络地址 台湾 235 新北市中和区中安街七二号十三楼
电话：02-2923-1455／传真：02-2923-1452
网 址 http://www.huamulan.tw 信箱 service@huamulans.com
印 刷 普罗文化出版广告事业
初 版 2023 年 3 月
定 价 二编 28 册（精装）新台币 76,000 元

英语世界的晚清民国报纸研究（下）

何蕾 著

目

次

第四章　英语世界对晚清民国报纸与市民社会生活的研究——以女性为例

　　晚清民国时期的报纸担负构建公众舆论平台的使命，也肩负着记录时代生活变迁的历史责任。当代学者常常以报纸为"镜像"，观察这一特定时期的社会生活变化。晚清以来，随着通商口岸的进一步开放和商业经济的发展繁荣，城市人口数量激增，原住名、旅居者、移民、打工者聚集在一起，各行各业从业者随之增加，也由此带来市民群体阶层的拓展。传统市民结构与社会阶层打破，并初步形成了市民社会。而在这一过程中报纸作为当时最重要的大众传播方式，在英语世界学者眼中绝非仅仅只是被动的旁观者角色，而是主动地参与时代建设，在市民阶层的社会交往和精神交往中扮演了重要的角色。本章试图以最能反映社会市民变化特征的女性为例，通过对早期报纸中市民生活的日常媒介叙事，展现普通市民如何自觉参与市民社会的建构之中，报纸又是如何影响市民社会生活从而形成日益多元的社会的认知。

　　女性问题自 18 世纪的女权概念与人权概念的驳论始，便成为各个领域不可避免的核心议题。"女性"一词长期在生理性别及社会性别中都被认为遮蔽在"男性"话语之下，女性在所有拥有实际权力的公共领域场所——工作、运动、战争、政府——中都没有主体性话语。随着 19 世纪的西学东渐以及报纸对男女平等、自由独立的倡导，这一时期市民社会生活发生了巨大的变化，而女性的变化则最具典型。当女性开始意识到自身独立于人权之外的身份时，便开始将"女性问题"演化为"社会问题"。在这个过程中，有自发的女性形象生成也有被动的男性话语下"人造女性形象"塑造，其建构根据不同的社会实践而呈现多语杂生的特征。女性市民社会生活在中国的实践发展始于晚清民国时期，此期社会动荡不安，救亡的使命不仅由男性承担，更将范围扩大到了女性群体。西式女性思想观念、生活方式也逐渐影响到了中国女性。西方学界对于文学、文化中的"女性"研究各异，或论述女性与教育、或论及启蒙主义与女性活动、或研究女性与社会制度变化的相互影响，或受哈贝马斯"公共领域"、布迪厄（Pierre Bourdieu）的"场域"、米歇尔·福柯（Michel Foucault）的文化权力、安东尼·吉登斯（Anthony Giddens）的现代化等理论影响从大众传播媒介对女性形象进行"再现"分析，其中以最后者较为新颖，同时引起了诸多学者将中国报纸视为理论实践点。

如果说报纸是记录社会的影像集，报纸研究便是找寻影像中的各个焦点。英语世界学者对晚清民国报纸研究的另一个重要焦点便是报纸所展现的中国女性形象。中国女性形象在近代社会发生了翻天覆地的变化，传统中国社会、政治、文学等领域中没有独立的"女性"概念。正所谓"在家从父，出嫁从夫，夫死从子"（《礼仪·丧服·子夏传》），"女性"的存在从生到死都依附、从属于男性，不具有独立的地位。而鸦片战争之后，随着传统的经济模式的解体，女性开始走出父权和夫权的禁锢，法国女性主义理论家波伏娃说："女人通过有报酬的职业极大地跨过了她同男性的距离；此外再也没有别的什么可以保障她的实际自由。一旦她不再是一个寄生者，以她的依附性为基础的制度就会崩溃；她和这个世界之间也就不再需要男性充当中介。"[1]晚清民国时期，女性在抛弃男性"中介"之后，得以直接面向社会，"新女性"开始出现在报纸文本中，不同社会阶层的女性开始在构建社会舆情的传播平台，涉入之前从未踏足的公共领域为自己发声、展现自身的思想乃至身体。这一显著的新旧转变引起了英语世界学者的兴趣，几乎研究中国早期报纸的学者都将市民女性社会生活的转变作为报纸研究的热点。

中国女性的"新内涵"是伴随着整个中国历史现代化进程的，而在中国的现代化进程中，城市扮演了更为重要的角色，其中报纸更是成为中国新女性形象构建的主要载体。报纸为了吸引更多的阅读受众开始报道女性生活、刊登女性相关广告，大量图片展现社会各界女性形象，促进了妇女解放的传播范围。同时，"自我觉醒"的女性开始创办报纸、刊载大量女性解放、女性救国、女

1　（法）西蒙娜·德·波伏娃《第二性》，陶铁柱译，中国书籍出版社，1998 年，第771 页。

性审美等内容，展示出中国社会性别角色的变化。

英语世界学者在对此时期报纸的研究中，关于报纸对女性市民社会生活影响的研究成果较为丰富，专著期刊皆有涉及。从英语世界对此时期报纸市民女性研究的地源来看，大部分学者都集中在对上海市民女性的研究之上，尤其体现在第三节的上海名妓现象研究中。这可能是由于上海作为中国第一个租界城市，又是中国报业最集中的地区，其对女性的生活、行为、思想的影响最为明显。同时，英语世界的学者也关注到了北京、无锡、苏州等地的女性问题，这对于展现中国市民女性生活的全貌无疑是一种补充。通过笔者更进一步的分析，英语世界研究者们以女性为例对晚清民国时期报纸与市民社会生活的研究主要集中在三个方面：一是受报纸影响的晚清民国时期的市民女性以及这一时期报纸中的女性思想和女性形象的研究；二是对创立报纸或主笔撰稿的女报人及其女性解放活动的研究；三是通过对上海名妓现象的研究探讨此期报纸对上海娱乐文化、娱乐空间以及娱乐商业化的影响。

第一节　市民女性——从"门内"走向"门外"

社会是一个整体，特定社会背景下产生的独特文化现象必然对整个社会产生影响，尤其是社会文化的引领者，她们身后定会有一群被影响者，市民女性便是此类。传统社会中，女性事件与女性问题极少公然地暴露在大众视野之中，多存在于街谈巷语之列。然自晚清民国时期以来，女性逐渐走向"争夺话语权"的阶段，具体体现在其生活变化与行为实践，在这一阶段中，女性问题极其敏感，某个不符合传统价值观的行为都会受到社会的密切关注。英语世界学者发现报纸不仅影响着女性的思想解放，而且文本报道的市民女性事件数量大幅增加，可见报纸的影响在社会公共生活中已显端倪。这也说明，20世纪的女性，开始从深闺中走出来，走向社会，开始承担更多的社会责任。这种变化是从突破"家庭"限制开始的，女性主义批评认为，"妇女被赋予了自己另外的世界——家庭。家庭像妇女自身一样，被视为自然的产物，而实际上它是文化的产物。正是这种思想观点将那些特定的社会形态看作是自然本身的某些方面，二者均被奉为理想。'真正'的女人和'真正'的家庭是和平和富有的象征：实际上她们既是暴力又是绝望的承受者"[2]。而突破"家庭"的限

2　李银河编《妇女：最漫长的革命——当代西方女权主义理论精选》，生活·读书·新

制，与报纸中新女性形象的勾勒和新女性思想的宣传密不可分。只有走出了"家庭"，从"门内"走向"门外"，才能出现真正的"市民女性"。

报纸与市民女性之间不仅存在影响与被影响的关系，市民女性更是报纸最为注重的"隐含读者"。报纸不仅是一种传播工具，其背后包蕴的是错综复杂的商业文化现象。它作为一种社会现象的存在，必然须与其他社会主体产生某种联系，其中必然包括大范围的市民女性。尤其在女性社会地位逐渐提高，女性社会作用不断增强的时代，新兴女性话题必然要受到大众的关注，而"大众关注"便是报纸的焦点。作为掌握家庭主要消费的女性必然成为商业圈的宠儿，广告商—报纸—市民女性这一联动关系成为报业新动力的生产机制，可以说市民女性对于报纸的接受度在一定程度上决定了报纸的公众影响力及其销售量。

一、市民女性审美观念与行为的转变

传统女性的生活空间多局限在"妇德"约束下的"相夫教子"家庭角色，"家庭"在女性主义批评的范畴中并不是一个有着关爱的环境，"性压迫歪曲了家庭的积极作用。家庭的存在是一种空间，在里面我们从出生便社会化地接受和支持压迫的各种形式"，"权力斗争，强迫性的权威统治和对统治的残酷的维持形成了家庭生活，因此家庭常常是产生极度的灾难和痛苦的地方"[3]。由于传统的家庭环境限制了女性的活动范围，社会空间几乎没有普通市民女性的痕迹。某种程度上，市民女性的生活空间是随着名妓生活方式的大众化而逐步拓宽的，两者的共同性主要在于其"私密性"，而当"女性"这一词语不再严格区分界限时，最先发生变化的名妓非但没有受到社会的彻底性打压，反而在此种公共性中获取了关注（尤其是男性）。这种改变从根本上为市民女性生活空间的转变理下了伏笔。英语世界学者在报纸研究上对受名妓影响的上海市民女性生活观念的转变和社会分工的变化有所涉猎。新的性别文化的变迁对于传统中国文化中的性别文化冲击是巨大的，这是一种社会文化向根深蒂固的观念文化的渗透与变迁的表征。名妓的经济地位、社会地位都得到了极大的提升。普通市民女性亦是如此。"从衣着的角度而言，任何人都可以购买或

知三联书店，1997 年，第 9 页。
3　（美）贝尔·胡克斯《女权主义理论：从边缘到中心》，晓征、平林译，江苏人民出版社，2001 年，第 44 页。

穿着同样的衣服，人们无法从衣服区别谁是淑女谁是妓女。"[4]由此可见，衣着的平等性和去阶层化成为一种新的社会文化现象的表征。而这种新的社会文件现象的产生与报纸中对新女性形象的打造密不可分。社会对于女性传统行为的认知也发生了改变。如英语世界学者通过对《点石斋画报》的文本分析得出，主流的舆论文化对女性抽烟没有任何反感。[5]蔡维屏在对《申报》的广告研究中发现烟草公司还专门针对女性设计了各种香烟广告。她指出，"女性吸烟者"这一新社会现象的意义必须受到重视。香烟是"精致的"产品，《申报》中诸多以女性为主体的香烟广告并非旨在吸引男性，而是直接针对女性消费者。[6]由此可见，突破传统女性行为的观点已经悄然为社会所接受，而这也很大程度上归功于包括《点石斋画报》和《申报》在内的报纸。此外，澳大利亚学者叶晓青在论述中体现了城市文化中对男女关系更加宽容，婚前同居，寡妇再恋爱等都逐步被社会接受，恋爱更加自由。[7]市民女性脱离于家庭单一生活，走出家门，不仅参与社会工作，而且参与公共空间活动。"贫穷女孩开始到工厂打工，富家小姐不做针线活，购买成品。女性可以出现在公共场合如茶馆、鸦片窖、剧院、餐馆等。"[8]这对于传统文化中的女性生活空间而言是极具变革性的。英语世界学者有关报纸对市民女性新生活空间的影响主要从美丽形象、性别消费文化形象以及公共活动中的建构作用等方面阐述社会中的女性群体在这一历史变革时期其自身的变动历程。

首先，报纸中"西服东渐"及"美容术"对于女性美丽形象的观念转变导致了市民女性生活空间的新转变。晚清以来，国门的打开带来的不仅是西学之风，报纸中所展示的"西服"时尚之势亦不可忽视。最早在公共领域中追求西服时尚的是那些名妓或生活在租界中的女性，后来，越来越多的市民女性开始追逐时尚，追逐美丽。这一现象受到英语世界学者的广泛关注。学者说道，"美丽之于女性，变成宗教式的绝对命令。美貌并不是自然效果，也不是道德品质

4　Ye Xiaoqing, *The Dianshizhai Pictorial: Shanghai Urban Life, 1884-1898*. Ann Arbor: University of Michigan Press, 2003. p. 162.

5　Ye Xiaoqing, *The Dianshizhai Pictorial: Shanghai Urban Life, 1884-1898*. Ann Arbor: University of Michigan Press, 2003. p. 153.

6　Weipin Tsai, *Reading Shenbao: Nationalism, Consumerism and Individuality in China, 1919-37.* New York: Palgrave Macmillan, 2010. p. 36.

7　Ye Xiaoqing, *The Dianshizhai Pictorial: Shanghai Urban Life, 1884-1898*. Ann Arbor: University of Michigan Press, 2003. pp. 157-158.

8　Ye Xiaoqing, *The Dianshizhai Pictorial: Shanghai Urban Life, 1884-1898*. Ann Arbor: University of Michigan Press, 2003. p. 153.

的附加部分。而是像保养灵魂一样保养面部和线条的女人的基本的、命令性的身份。"[9]女性的美丽成为增添自信的筹码，相对于古代女子化妆术求悦于男性而言，现代女性在公共场合的略施粉黛、仪容整洁代表的是对交谈对象、交谈环境的一种女性尊重。报纸中尤其是烟草广告经常出现的女性形象，大多是妆容精致的"现代女性"，这种精心设计正是完成了一种从简单的广告信息传递到实现一种观念的影响，从而完成对女性读者的习惯性生成和认知审美转变的重要过程。市民女性通过"阅读"报纸所展示的美丽形象而改造自己的形象，这一现象成为市民女性新生活空间的重要组成部分，她们对于美丽形象的追求已经成为生活必需。

其次，从报纸中个性化的消费文化所引申出来性别消费文化是不可忽视的。英语世界学者对报纸中广告研究之中，性别表现的文本消费成为消费文化现象中重要的表现形式。烟草广告是广告消费文化中的主力军。蔡维屏谈到，"证据表明早期女性吸烟者在大众眼中的印象通常是性工作者，即便是别的也不可能是任何好的印象，但这种印象在20世纪20、30年代被改变了"。[10]这种改变源于广告商对于女性消费形象的关注。如果说在以往的展现之中，性别符号化的消费是一种边缘化的消费形象文化，那么在广告商的利益驱使行为中，将性别形象符号变迁为一个主流的形象消费势在必得。"在广告中精心设计的女性吸烟者的形象，针对女性吸烟者，给同时代的读者不管是男性还是女性展现了全新的、完全不同的形象。"[11]这些报纸广告中精心设计的女性吸烟者形象，打破了吸烟属于男性专属的固有印象。这种形象的塑造，将男性专属消费行为扩展至男女共享，进而勾勒出性别消费文化与市民女性生活空间独特的微妙联系。

此外，最具意义的是市民女性生活空间与公共领域的历史性结合，这一现象得益于报纸对于名妓或是女报人活跃于公共空间的行为报道，引发了女性解放运动初探。英语世界学者在研究名妓参与公共空间时，绝不仅限于探讨她们对上海娱乐活动的影响，而是见微知著，从名妓参与公共空间活动中窥探出女性解放运动雏形。而在对女报人参与公共空间的探讨时，更是直接指出女报

9　（法）让·鲍德里亚《消费社会》，刘成富、全志钢译，南京大学出版社，2008年，第124页。

10　Weipin Tsai, *Reading Shenbao: Nationalism, Consumerism and Individuality in China, 1919-37*. New York: Palgrave Macmillan, 2010. p. 20.

11　Weipin Tsai, *Reading Shenbao: Nationalism, Consumerism and Individuality in China, 1919-37*. New York: Palgrave Macmillan, 2010. p. 20.

人极大地拓展了市民女性的公共空间，市民女性被赋予了更多的自由。梅嘉乐在其专著《一份为中国而生的报纸？》中将市民女性出现在公共空间视作一种革命，并认为这种革命是正确的，"女性出现在公共空间这场革命源自于对阶层边界的打破"。[12]革命并非偶然促成，它一定是在量变的基础上实现质变，社会边界观念的打破尤如水滴穿石，需要旷日持久的洗礼才能完成。梅嘉乐指出，市民女性出现在公共空间的图片和文字高频率地出现在报纸中，如《点石斋画报》《图画日报》，里面内容丰富多样，比如：女性掀开窗帘观望窗外景象，女性在大街上乘坐黄包车，女性在街上闲逛并与男性攀谈。[13]在报纸的影响与倡导下，市民女性开始参与到社会公共空间建构中，逐步将自己从家庭门楣中解放出来，成为女性解放运动和女性平权运动的初步尝试者。

　　市民女性生活空间的新拓展在于报纸对女性"美丽形象"的传播以及新时尚在大众领域所引起的轰动，潜移默化地影响了市民女性看待自身身体与容貌的新观念，这种观念展示出来的是中国女性自尊、自信的一面。报纸中女性消费形象的塑造对传统女性消费是一大冲击，消费文化背后隐藏的是经济因素、权力因素，男女共享的背后是市民女性生活空间的新趋势。英语世界学者对于女性解放思想的溯源开启于报纸中名妓的一系列活动，但是他们将这种思想解放的萌生联系于市民女性的解放运动参与，这种观点具有前瞻性。在报纸的积极影响下，市民女性生活空间的各大转变对于传统社会而言都是极具彻底性和革新意义的。

二、市民女性从报纸中获取的"知识力量"

　　市民女性的观念变革不仅仅体现在生活空间，还在于她们自身的思想解放，这一解放体现的最为明显的便是女性教育逐渐进入社会公共空间，成为社会普遍现象。这也是英语世界学者较为关注的报纸与女性教育之间的关系。一直以来，女性教育就是女性主义者广泛讨论的问题，在 18 世纪，这一问题就受到关注。最早的女权主义者之一玛丽·阿斯特尔在《对婚姻的一些沉思》中认为，"无论女子未来命运如何，都需要建立女子大学，使她们接受全面的教育"，"它们可以为某些女性提供人生选择，使她们过上不必依赖男

12　Barbara Mittler, *A Newspaper for China? Power, Identity, and Change in Shanghai's News Media, 1872-1912*. Cambridge: Harvard University Press, 2004. p. 273.

13　Barbara Mittler, *A Newspaper for China? Power, Identity, and Change in Shanghai's News Media, 1872-1912*. Cambridge: Harvard University Press, 2004. pp. 274-275.

性的生活"[14]。阿斯特尔"敦促妇女正视自己，相信自己的判断，通过开发自己的天赋和自学，在生活中作出自己的选择"[15]。英国女权主义者玛丽·沃斯通克拉夫特在《论女儿的教育》中也呼吁"给予女孩机会，让她们发展神赋予她们的才智"[16]，并不断在其他论著中强调女性接受教育的重要性。

当女性生活品质提高的同时，女性群体自身和社会都会对她们提出更高的要求，这也是时代和民族的疾呼。晚清民国时期的中国，风雨飘摇，国家动荡不安，内有软弱无能的政府，外有虎视眈眈的外国列强，民族处于水深火热之中。社会各界人士都开始寻求救国救民的有效途径。传统女性的"相夫教子"已经不能满足社会对于女性应有社会角色的要求，女性与民族、国家之间的联系越来越紧密。她们从"门内"走向"门外"，意味着要承担更多的社会责任与角色，"'受尊敬的'女性逐步从家庭中的母亲和妻子角色转向更广阔社会的积极参与者"[17]。"家庭之母"向"国民之母"的转变亟需女性教育的普及，提升女性的文化素质，因为这些市民女性扮演的是社会母亲的角色，她们已经不是传统的只管操持家务的母亲，她们承担的是教育下一代的任务，培养利国利民的国之栋梁，为江山社稷培养建设者。英语世界学者魏定熙指出，新闻界知识分子十分强调公众教育，20世纪20年代的"新闻运动"领导把报纸看作是实现这一目的的完美工具，这些知识分子利用报纸副刊向公众传递各方面的信息，成为公众接受新知的"学堂"，比如此期的《申报》。[18]也就是说，报纸成为女性接受教育的重要途径和手段。报纸所传达的生活常识、科学知识乃至女性思想都有可能重构女性读者的知识结构，重塑女性对于性别文化、女性认知、女性力量以及民族国家的重要性。

首先，女性阅读报纸部分构建了市民女性的新教育空间，女性教育对于现代化进程的拓展有着重要意义。阅读"提供了一种传达思想和信息的方式……

14　（英）玛格丽特·沃特斯《女权主义简史》，朱刚、麻晓蓉译，外语教学与研究出版社，2008年，第191页。

15　（英）玛格丽特·沃特斯《女权主义简史》，朱刚、麻晓蓉译，外语教学与研究出版社，2008年，第191页。

16　（英）玛格丽特·沃特斯《女权主义简史》，朱刚、麻晓蓉译，外语教学与研究出版社，2008年，第194页。

17　Barbara Mittler, *A Newspaper for China? Power, Identity, and Change in Shanghai's News Media, 1872-1912*. Cambridge: Harvard University Press, 2004. p. 275.

18　Timothy B. Weston, "Minding the Newspaper Business: The Theory and Practice of Journalism in 1920s China" in *Twentieth-Century China*, Vol.31, No.2, 2006. pp. 11-12.

帮助发展个人的想象力和思考能力……提高一个人的思考能力、反对文化规范的能力和为社会设想别种选择的能力——这些都是政治行为的基础……提高妇女在她所选择的为之努力的事业中的活动能力，从而帮助每一个妇女在世界中生存和成功"[19]。女性阅读本身便是一种具有变革性的社会现象，也是"新女性"的社会特征。在英语世界学者研究中，市民女性接受教育不仅是国家需要，也是社会现代化进程的一部分。检验一个国家是否开始进入现代化进程的标准之一就是教育的现代化。传统封建社会中，女性很难接受教育，她们也成为性别文化的牺牲者。打破腐朽封建的社会文化的伊始，就是逐步突破性别文化的歧视，赋予女性接受教育的权利，而创办学校和报纸便成为实现这一目标的最好方式。晚清民国时期，西方传教士创办的女子学校为市民女性提供了接受教育的机会，这一现象开启了后世创办女学的热潮。学者梅嘉乐更是将学校制度的引进、女性接受教育视为女性走出"门外"的原因之一。[20]女性阅读报纸成为一种社会现象，它是女性进步的表现。报纸成为沟通市民女性与外界的桥梁，让女性成为社会的参与者。在英语世界的研究中，多名学者关注到了这一现象并以图片作为例证，1919 年《先施乐园日报》中刊登的"都市丽人"（图 4.1）[21]和《申报》广告中香烟广告（图 4.2）[22]女性形象都以刻画女性阅读报纸为主题，充分展示了女性阅读不仅成为市民女性的新教育空间，也成为一种"时尚"。学者季家珍在其专著《历史宝筏：过去、西方与中国妇女问题》中将女性阅读报纸看作学习"阅世"的手段，鼓励年轻妇女阅读报纸期刊来了解社会，以免与世隔绝。[23]通过英语世界学者的研究可以看出，市民女性阅读报纸一方面是为了了解世界，另一方面是建立起与报纸的商业联系。报纸不仅将女性纳入其读者范围，也追随传教士的脚步，创办女子学校，加强报纸

19　（美）贝尔·胡克斯《女权主义理论：从边缘到中心》，晓征、平林译，江苏人民出版社，2001 年，第 126-127 页。

20　Barbara Mittler, *A Newspaper for China? Power, Identity, and Change in Shanghai's News Media, 1872-1912*. Cambridge: Harvard University Press, 2004. p. 275.

21　Catherine Vance Yeh, "Guides to a Global Paradise: Shanghai Entertainment Park Newspapers and the Invention of Chinese Urban Leisure" in Christiane Brosius and Roland Wenzlhuemer, eds. *Transcultural Turbulences: Towards a Multi-Sited Reading of Image Flows*. Berlin: Springer, 2011. p. 123.

22　Weipin Tsai, *Reading Shenbao: Nationalism, Consumerism and Individuality in China, 1919-37*. New York: Palgrave Macmillan, 2010. p. 38.

23　（加）季家珍《历史宝筏：过去、西方与中国妇女问题》，杨可译，江苏人民出版社，2011 年，第 29-30 页。

与市民女性的交流。这其中的佼佼者就是《申报》。穆德礼在其论文《在上海制作新闻》中指出,《申报》通过创办妇女学校与读者建立了更为紧密的关系,并建立了与社会更广泛群体的沟通渠道。[24]这种报纸—学校—读者的信息传递模式更加具有针对性,读者范围固定,对于特定群体的知识教育也更容易被接受。英语世界学者认为,这种方法是改变女性根深蒂固的传统观念的重要方法。

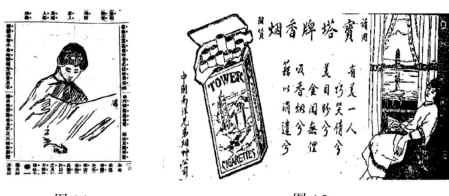

图 4.1   图 4.2

其次,教育虽然能改变人的思想,但是教育本身的目的性受到英语世界学者的关注。他们认为,市民女性接受教育似乎并不是完全出于对女性群体自由、解放的考量,而是在特定历史条件下,女性教育的大背景是为了国民整体素质以及国家的强盛,在这样的说法中,"天赋人权"似乎并未发生在市民女性身上。历史学家彼罕认为市民女性具备双重身份——未来中国国民和中华民族的母亲。她认为正是这两种身份才赋予市民女性接受教育的机会。彼罕在其期刊论文《中国女性报刊中的女性主义和民族主义,1902-1911》中介绍由燕斌创办的女性期刊《中国新女界》时指出,这份报刊的核心观点在于"作为国民的女性",主张女性应当被视为国民,而提高国民素质是拯救中国的基石。[25]赋予市民女性政治属性,"国民"身份让她们成为中华民族的一部分,提高国民女性的素质也就成为拯救中国的应有之义。彼罕在介绍由张展云创办的世界第一份以女性为编辑的女性日报《北京女报》时指出,女性教育是该报的主要关注点,只有教育才能防止女性成为社会的负担并且才能使她们更好地教

24 Terry Narramore, "Making the News in Shanghai: *ShenBao* and the Politics of Newspaper Journalism, 1912-1937", Ph. D, University of Canberra, 1989. p. 353.

25 Charlotte L. Beahan, "Feminism and Nationalism in the Chinese Women's Press, 1902-1911" in *Modern China,* Vol.1, No.4, 1975. pp. 407-408.

育子女，只因女性教育与民族救赎之间具有不可分割的紧密联系。[26]加州大学圣地亚哥分校历史学教授葛凯在专著《制造中国：消费文化与民族国家的创建》中也传递出类似的观点，中国妇女的解放是为政府服务的，附庸于政治，不具有独立性，这也就是中国妇女争取平权的进程总是磕磕绊绊的原因。[27]英语世界学者认为市民女性的教育变革的际遇得益于民族、国家正需要女性的力量，这一新的教育空间是具有政治附属性质的。

此外，女性的教育空间由公共化开始转变为个人化，女性认识由"女性群体"转而为"女性—男性"，性别之间的再认识表现在这一时期的报纸对于女性婚姻价值观改变，尤其是与之相关的"女性自杀"事件报道。英语世界的学者非常关注上海 20 世纪 20、30 年代的女性自杀的报道情况，既包括像阮玲玉这种家喻户晓的名人，也包括名不见经传的人物，如马振华和席上珍。这些报道总是与女性、爱情、复仇、自杀和谋杀相关，并伴随着媒体煽情报道。[28]英语世界学者（比如季家珍、顾德曼等）主张，作为"新女性"，她们需要承担更多的社会责任，不能通过自杀来减轻自己的社会责任。以往中国妇女受儒家道德礼教的约束，对女性婚姻有诸多限制，认为丈夫过世，妻子守寡是一种美德，对于"殉夫"更是要立一块"贞节牌坊"。但是至晚清民国时期，这种行为开始受到批判。英语世界学者从性政治学理论来分析导致这一变化的原因：社会环境的改变，促使这种观念的改变。美国学者葛尔·罗宾（Gayle Rubin）在其文章《关于性的思考：性政治学激进理论的笔记》（Thinking Sex: Notes for a Radical Theory of the Politics of Sexuality）中主张性的战争即是政治的战争，"性的领域内具有其内在的政治学模式、不公平模式以及压迫模式""它们充满了利益的冲突和政治的伎俩"[29]。一个社会的性自由逐渐开放，不仅是文化发展程度较高的缘故，还有政治因素考量。殉夫是"旧女性"的价值观念，"新女性"因婚姻不顺而自杀则会受到谴责，而这种新旧之间的观念差异与报纸的引导密切相联。

26 Charlotte L. Beahan, "Feminism and Nationalism in the Chinese Women's Press, 1902-1911" in *Modern China,* Vol.1, No.4, 1975. p. 409.

27 （美）葛凯《制造中国：消费文化与民族国家的创建》，黄振萍译，北京大学出版社，2007 年。

28 （美）魏定熙《民国时期中文报纸的英文学术研究——对一个新兴领域的初步观察》，方洁译，载《国际新闻界》2009 年 04 期，第 26 页。

29 （美）葛尔·罗宾《酷儿理论》，李银河译，时事出版社，2000 年，第 16 页。

英语世界学者十分关注报纸所刊登的"女性自杀"问题，也有学者认为女性自杀是女性问题中突出的一个关注点，通过女性问题牵涉出了社会问题，乃至"新思想，旧道德"的话题争论都有益于推翻旧传统，建立新传统。学者顾德曼在其研究中指出，在封建帝国晚期，女性自杀是政权认可的美德，但是到了民国时期，随着政治和知识运动的开展，女性自杀被谴责，被认为是以牺牲个人而获得遵循、屈服、忠诚、或女性贞洁的奴性儒家传统，在强调家庭改革、性别平等以及解放个人的意识形态下，自杀，尤其是年轻女性自杀并不被认为是美德，而是普遍的文化弊病，自我实现的失败和受害者。[30]美国西北大学教授柯必德也关注此期报纸报道中的女性自杀问题，与顾德曼的观点相似，他在其文章《宿命鸳鸯: 1931 年苏州"自杀潮"的报纸报道》（Fate-Bound Mandarin Ducks: Newspaper Coverage of the "Fashion" for Suicide in 1931 Suzhou）中明确表示，"女性自杀象征着社会性别观念的转变，以及现代城市生活某些特征如媒体的力量、工作场所的性骚扰等。"[31]但是他也关注到此期社会女性新转变是渐进式的，并非所有地区报纸对女性自杀事件的关注度都与顾德曼所研究的上海报纸一致。柯必德指出，"苏州报纸对女性自杀事件的讨论与上海报纸在性别话语基础上对自杀事件的讨论存在显著差异"，那些新观念在苏州报纸上还未有所体现。[32]而导致这种现象的原因，经柯必德考察，主要是因为苏州社会氛围比上海保守，苏州保持着传统习俗和建筑、崇尚精英文人文化、恪守"封建"阶级关系。[33]由此可见，英语世界学者在对中国早期报纸的研究中关于女性自杀问题研究较为深入，他们不仅关注到中国女性自杀的新转变，也关注到中国城市发展的不平衡性对此时期女性思想及地位的影响。

现代化进程中较为突出的是教育的现代化，教育的现代化必然包含女性教育。传统女性教育的内容、方式都逐步在晚清民国时期发生转变，报纸这一新的教育空间能够覆盖绝大多数的市民女性，并且这种教育多起效于女性群体内部的共同影响，女性对于教育的认知逐步加深，由个人阅读而心系家国，

---

30 Bryna Goodman, "The New Woman Commits Suicide: The Press, Cultural Memory, and the New Republic" in *The Journal of Asian Studies*, Vol.64, No.1, 2005. pp. 68-69.

31 Peter J. Carroll, "Fate-Bound Mandarin Ducks: Newspaper Coverage of the 'Fashion' for Suicide in 1931 Suzhou" in *Twentieth-Century China*, Vol.31, No.2, 2006. p. 74.

32 Peter J. Carroll, "Fate-Bound Mandarin Ducks: Newspaper Coverage of the 'Fashion' for Suicide in 1931 Suzhou" in *Twentieth-Century China*, Vol.31, No.2, 2006. p. 74.

33 Peter J. Carroll, "Fate-Bound Mandarin Ducks: Newspaper Coverage of the 'Fashion' for Suicide in 1931 Suzhou" in *Twentieth-Century China*, Vol.31, No.2, 2006. p. 74.

遂而有"国民女性"一说。英语世界学者认为女性教育新的改变还在于其对于"死亡"尤其是"自杀"的认知，女性自杀是当时报纸的重点关注新闻，传统自杀被认为是懦弱的表现。顾德曼认为，"新女性模型改变了传统女性贞洁、牺牲自我、忠贞丈夫和家庭的美德，而是以自我牺牲的政治英雄为主体"。[34] 这在一定程度上说明，广大阅读报纸的市民女性已然具有"新女性"的自主性。

三、市民女性在民族运动中的积极参与

市民女性的角色在晚清民国时期除生活空间及教育空间发生了质的转变，她们从"家庭"、从"学校"走上街头，为拯救民族危亡而贡献女性力量。在这一时期，女性解放与民族独立连接起来，女性的声音与国家、民族结合在一起，女性在革命与救亡中，也加速了解放自我的进程。在走出家庭的限制之后，女性得以在更广阔的范围里获得与男性同等的社会作用，同时，女性的责任感也在跨过男性中介、直面世界的过程中被唤醒，意识到自己不再只是家庭主妇，而是国民的一员，有责任和义务为国家贡献力量。正如波伏娃所说，"当她成为生产性的、主动的人时，她会通过设计具体地去肯定她的主体地位；她会去尝试认识与她所追求的目标、与她所拥有的金钱和权力相关的责任"[35]。

报纸所有者迅速察觉到了女性这一社会角色的改变，市民女性的民族意识带来的不仅仅是民族力量的增强，更让广告商意识到了将这一民族意识与日常消费结合所带来的巨大的购买趋势。普通市民女性在身体力量上虽然不如男性，但是其消费力却可以在抵制洋货、支持国货时发挥不可估量的影响。晚清民国以来，内忧外患，国内民营经济力量薄弱，无法靠自身产品抵抗外国产品，而中国又迫切需要发展经济。这时，报纸在报道中大力宣传国货，促进国货销量增加，充分挖掘女性的消费潜力。这样，报纸所有者以此为契机利用女性强大的消费力量去抵制美国产品，从而参与到反美运动中。报纸为何在国货运动中如此重视市民女性的地位？主要是市民女性肩负的双重身份属性：一方面她们掌握了家庭消费话语权，能够直接控制生活消费，而国货商品大多是生活日常用品；另一方面市民女性的母亲身份，"母亲"这一身份最重要的是可以引导孩子的消费观念和民族观念。市民女性在不断从"门内"走向"门

---

34 Bryna Goodman, "The New Woman Commits Suicide: The Press, Cultural Memory, and the New Republic" in *The Journal of Asian Studies*, Vol.64, No.1, 2005. p. 77.

35 （法）西蒙娜·德·波伏娃《第二性》，陶铁柱译，中国书籍出版社，1998 年，第771-772 页。

外"，不断地进行社会角色变迁的境况下，她们作为消费话语权的主导者身份仍然没有改变，仅仅是这一主导者身份中由于历史际遇而附属了更多的关联身份。

此外，社会中出现一种新的女性群体——女学生，她们成为市民女性中的知识分子代表参与民族运动，这些女学生常常阅读报纸并深受其影响，之后也大多数成为女报人中的一员，她们逐渐由"两耳不闻窗外事"的读书人到为争取权利而"上街游行"的抗议者。笔者通过对英语世界学者研究成果进行分析，认为英语世界学者普遍主张，这一时期女性走上革命的道路主要存在以下原因：一、女性长时间受到压迫，她们具有强烈的反抗愿望和精神；二、女学生一方面受到传统思想影响较小，一方面正在学校接受新思想，容易接受新事物；三、社会中男性形象的权威性开始跌落。同样，许多想要发表言论但迫于身份不能发表的知识分子就将女性问题探讨刊登在报纸之上，作为其参与社会革命的突破口。福斯特在其期刊论文《从学术挑剔到"新文化运动"：报纸如何促使学术论争成为"五四运动"中心》（From Academic Nitpicking to a "New Culture Movement": How Newspapers Turned Academic Debates into the Center of "May Fourth"）中指出，上海一位叫 Jing Guan 的年轻教师虽然支持学生的游行示威活动，但鉴于其老师身份不便参加，就只能通过研究"新女性"问题来支持学生的活动，并提出研究"新女性"问题同游行示威一样重要。[36]女学生参与民族活动代表着"新女性"概念在年青一代中形成了广泛的影响，这时期，她们的身上兼有的是学生与国民的双重身份。

市民女性对于革命的参与度完全可以和男性相提并论。英语世界学者（比如季家珍、瓦格纳等）指出，晚清时期，中国男性开始对革命表现出冷漠的态度，并不积极参与民族革命中，"他们对科举考试制度和仕途都完全不感兴趣"，"甚至一些男性都对自己产生严重的自我怀疑，怀疑自己能否完成国家和社会的角色"[37]。传统的男性主导革命的观念受到社会冲击、男性形象受损。然而英语世界学者发现，女学生虽然作为新的革命参与者出现，但社会公众对于这一新兴现象并没有展示多大的宽容度。学者季家珍指出当时社会对女学

36 Elisabeth Forster, "From Academic Nitpicking to a 'New Culture Movement': How Newspapers Turned Academic Debates into the Center of 'May Fourth'" in *Front History China*, Vol.9, No.4, 2014. p. 536.

37 Rudolf G. Wagner, "Women in Shenbaoguan Publications, 1872-90" in Nanxiu Qian, Grace S. Fong, and Richard J. Smith, eds. *Transformations of Gender and Genre in Late Qing and Early Republican China*. Leiden: Brill, 2008. p. 252.

生的态度颇有不妥。她认为"像秋瑾那样从事激进政治活动的妇女成为社会批
评的目标并不出人意料，但以相对温和的方式致力于民族复兴的女学生们成为
毁谤的对象就有些不寻常了"。[38]女学生的行为通过报纸的报道也在感染着市
民女性。在当时的报纸中，市民女性英勇就义的报道数不胜数，比如《四溟琐
纪》几乎每期都刊登了关于太平天国运动中英勇牺牲的不屈妇女的文章。[39]

　　晚清民国时期，市民女性与"门外"的世界联系愈加紧密。进入社会才是
真正地从"门内"走向"门外"，承担着更为复杂的社会角色。相对于后文中
将要讨论的名妓与女报人，市民女性属于学术研究中"沉默的大多数"，英语
世界学者通过将市民女性这种多重身份之间的重叠性与社会事件的发生联系
起来，相互阐发以使报纸与市民女性之间的关系更为明晰。

第二节　女报人——现代报业的女性先锋

　　英语世界学者不仅较为成功地从接受视角研究市民女性与报纸，也试图
关注市民女性中的勇士——女报人。女报人作为女性特殊群体，她们期望通过
极其工具性的报纸对市民女性产生目的性影响。晚清以来，报纸获得了越来越
多的社会读者，产生的影响力也逐渐加深，影响范围逐步扩大。报纸控制舆论、
传播思想的优势逐渐明显。此时，报纸与女性的关系不仅仅是"表现"与"被
表现"的关系，女性群体开始创办报纸，利用她们的社交资源、文化资源，借
助报纸等传播媒介传递自己的身份话语，创造属于女性的舆论空间，甚至是参
与政治斗争、民族救亡等活动。

　　英语世界研究者着重对这一被称为"新女性"的女报人群体的面貌和思想
进行了探讨。由于剧烈的社会变革，承担着报纸出版者、报纸编辑和报纸作者
等多重身份的女报人走进了历史视阈。比起普通市民女性，这些女性在中国现
代化进程中或许发挥了更加重要的作用。女报人开始登上历史的舞台，逐步参
与中国公共社会建构，更有力地推动女性社会地位提高，展现出中国女性崭新
的精神面貌。英语世界的学者高度赞扬女报人在近代中国扮演的角色。透过英

38　（加）季家珍《历史宝筏：过去、西方与中国妇女问题》，杨可译，江苏人民出版
　　社，2011年，第84页。

39　Rudolf G. Wagner, "Women in Shenbaoguan Publications, 1872-90" in Nanxiu Qian,
　　Grace S. Fong, and Richard J. Smith, eds. *Transformations of Gender and Genre in Late
　　Qing and Early Republican China*. Leiden: Brill, 2008. p. 240.

语世界学者的研究可以看出，女报人借助现代新闻媒体，以报纸为阵地，为女性发声，为女性呐喊，发出近代女性的最强音。同时，英语世界学者谈到，女报人身份所带来的现实生存的两难境地也不能忽视。

一、报业新局面——由"书写女性"转而"女性书写"

报纸与性别的关系在"女报"研究中是最为核心的议题。晚清时期，"倡女学"、"办女学堂"的呼声日益高涨，随着知识女性数量的增加，社会的开放度逐渐扩大，其女性力量逐渐蔓延至"报纸领域"，掀起了"女报"创办的热潮，如裘毓芳创办的《无锡白话报》、维新派女性联合创办的《官话女学报》、陈撷芬创办的《女学报》、丁初我创办的《女子世界》等。早期的报刊创办者大都为男性，他们多是"书写女性"、"表现女性"，但是后来"女性"在"女报"中成为"女性书写"、"女性表达"等主动性角色。英语世界学者对"女报人"这一群体也给予了重要关注。他们认为传统中国女性一直扮演着"贤妻良母"的形象，她们终其一生都在为家庭付出，为丈夫和孩子奉献自己的一切。随着中国近代社会的发展，女性重要性的觉醒，那些受过新式教育、出国留学以及爱国的"新女性"们开始尝试着改变自己的现状，力图将女性的力量用于更有意义的地方。随着这个群体的日益壮大，她们意识到女性革命不仅在于一个群体，而是要将这种思想影响到社会每一位女性，她们将目光投向报纸，借助现代媒体传递声音。就这样，她们的身份从"才女"身份向"女报人"身份转变。走出家门、走入社会的女报人在社会中尽情展现自己的才华，通过自己的努力来改变社会。她们借助报纸来发出自己的声音，也同样对报业发展产生不容小觑的影响。

美国著名文学批评家、文学理论家乔纳森·卡勒（Jonathan D.Culler）对女性观点持这样的看法，他认为"女性的经验，将使她们评价作品时表现出与男性同行不同的选择，男性同行也许会把妇女所遇到的独特问题只当作一种有限的兴趣"[40]，但是"女性主义批评家们坚信她们作为妇女的经验是她们作为读者对作品进行权威性评价的一种渊源，这使她们鼓起勇气去重新估价那些为人所推崇或被人所忽视的作品"[41]。在英语世界学者的研究中，女性对时事新闻的态度和女性对文学作品的态度一样，逐渐敢于跳出男性的视野，认识

---

40 张京媛编《当代女性主义文学批评》，北京大学出版社，1992年，第46页。
41 张京媛编《当代女性主义文学批评》，北京大学出版社，1992年，第46页。

到只有女性书写才能满足女性读者对某一社会问题、新闻事件的阅读期待。女报人对报纸内容的呈现和报纸种类的丰富都体现了这一趋势。

英语世界学者注意到了"女性书写"由"私人化"转向"大众化"的趋势。学者张咏在其期刊论文《通过写作走向公共领域：中国女性记者以及性别化的新闻空间，1890s-1920s》（Going Public Through Writing: Women Journalists and Gendered Journalistic Space in China, 1890s-1920s）中指出，尽管中国有非常悠久的女性写作传统，但是晚清民国时期的女性写作却不同于以往的女性写作，以往的女性写作只关注个人生活和私人乐趣，这一时期的女性写作走向了更为广阔的空间。[42]笔者查阅，实际上在中国古代才女的写作传统的梳理和挖掘上，美国汉学界似乎比中国大陆学界更为重视，例如，耶鲁著名教授孙康宜即重点研究明清女性文学、研究历史出身的美国汉学家高彦颐（Dorothy Ko）在其《闺塾师：明末清初江南的才女文化》（Teachers of the Inner Chambers: Women and Culture in Seventeenth-Century China）中也有比较系统的研究。学者马育新（Ma Yuxin）[43]在其专著《中国女性记者和女性主义，1898-1937》（Women Journalists and Feminism in China, 1898-1937）中定义的"女报人"与张咏对"女报人"的看法一致，马育新认为女报人不同于传统"才女"之处在于她们关心国家和女性主义，她们撰文是为了大众消费。换言之，明清之际的"才女"写作大部分是为了个人消遣，但是到了民国时期就不再局限于私人的情感表达，而是面向大众和社会。[44]这一转变掀起了中国报业发展的新革命，从学者的观点中可以窥探出，这些女报人在近代报业发展史中具有举足轻重的地位。女报人作为推动中国报业发展的重要群体，她们改变了报业人员构成，创办新式报纸，丰富报业内容，构建性别多元话语。

首先，报业革命的一个重要方面是报业内部从业人员格局的改变，女性知识分子的参与成为新的报纸行业风景线。女性在以男性为主导的报业登场并不是一帆风顺的，英语世界学者对早期的女性报业成员的社会背景和家世渊源表现出兴趣。在中国传统社会中，自古以来很多士家大族家门显赫的女子都

---

42 Zhang Volz Yong, "Going Public Through Writing: Women Journalists and Gendered Journalistic Space in China, 1890s-1920s" in *Media Culture & Society*, Vol.29, No.3, 2007. p. 469.

43 马育新（Ma Yuxin）：美国路易斯维尔大学东亚历史系副教授，美国明尼苏达大学博士，专注于晚清民国史和中国女性研究。

44 Ma Yuxin, *Women Journalists and Feminism in China, 1898-1937*. New York: Cambria Press, 2010. p. 1.

很难接受教育，更别说普通人家的女子了。"女子无才便是德"成为传统社会观中的普遍共识，即使是颇有文采的书香门第中的大家闺秀，她们的知识圈也仅限于家庭成员，但她们的思想和才气是无法影响公众和社会的。在晚清民国时期，受西方教育影响，思想开放的家庭常常是允许且支持家中年轻女性接受教育。她们或在私塾接受教育，或入女子学堂，甚至有些可以前往日本留学。学者彼罕在其期刊论文《中国女性报刊中的女性主义和民族主义，1902-1911》（Feminism and Nationalism in the Chinese Women's Press, 1902-1911）中就指出，具有一定识字能力的大多是家境富裕的女性。[45]她强调了经济因素对于女性大众媒介从业者的重要影响。从各学者的研究中可见，这些女报人多是来自显赫的家庭，自身具有教育背景和极高的文化水平，身处社会精英圈，为社会知识分子的组成部分。学者们认为这群女报人的家庭背景和生活道路，显示出了她们向性别路线和阶级路线的延伸。第一代女性新闻工作者们不仅接受了良好的启蒙思想教育，对于西方、对于世界甚至有切身的体验。此外，第一批女报人的配偶身份也被英语世界的研究学者所注意到。学者马育新就提出，"早期的女报人，主要是由士绅阶级成员和改革派的妻子所组成"[46]，比如近代第一批女报人中就有康有为的女儿康同薇，梁启超的夫人李蕙仙等。她们与男性改革者的关联使她们更容易进入男性统治的领域，从某种意义上来说，这是她们的精英家庭背景为她们提供的捷径或便利。女报人的加入不仅打破了报业由男性垄断的局面，而且增加了报业中精英阶层的人员数量，女性独特的视角与见解开始在社会公众空间中发挥作用，使得报业领域向多元化方向发展。

其次，英语世界学者注意到女报人的出现丰富了报刊的种类，主要是女性自发创办的刊物，这些刊物所隐含的时代精神与文化意涵以及创办过程中对社会发展、民众觉醒的启发性作用都成为学者关注的要点。比如学者马育新、彼罕、张咏等都对当时一些颇负盛名的女性办报人和其创办的报刊进行介绍分析。女报人创刊不易，她们进入报业往往都经历了一段艰难的历程——从不能在报社等相关行业工作到可以在报纸上发表自己的作品，最后能够创办属于"女性"的报纸。在19世纪的早中期，女性就业、女性的职业化在世界各地都是罕见的，学者瓦格纳在其期刊论文《女性在申报馆，1872-90》（Women

---

45 Charlotte L. Beahan, "Feminism and Nationalism in the Chinese Women's Press, 1902-1911" in *Modern China,* Vol.1, No.4, 1975. p. 180.

46 Ma Yuxin, *Women Journalists and Feminism in China, 1898-1937.* New York: Cambria Press, 2010. p. 22.

in Shenbaoguan Publications, 1872-90）中提及：1872 年，雇佣女性担任申报馆编辑、记者或报馆其它工作职务的时机尚未成熟，这些岗位就算在当时的英国都尚未对女性开放。[47]可见即使在 19 世纪 70 年代，女性仅仅在报馆工作都是难以实现的。之后报纸为了吸引女性读者、提高报纸的销售量以及加增强报纸的影响范围，女性的广告和文章开始频繁被刊登。虽然报业生态中开始容纳女性因素，但是这些报纸仍然以男性为主导力量，女性形象在很大程度上是被选择甚至是被创造的，女性作为男性的附庸，诉说的却是男性话语。这种男性话语主导的局面随着女性创刊而逐渐发生变化，英语世界学者观察指出，19 世纪 90 年代末期，随着社会环境的变化，女报人认为当前报纸已经不能表达出女性的真实想法，只有创办专门的女性报纸，女性的声音才能真正被大众所知。于是，一大批女性报纸如雨后春笋般涌现出来，有学者统计现存的清末民国时期女性报刊创办的数量达 220 种[48]。英语世界学者主要关注的女性办报人和女性报刊有：陈撷芬和《女报》，丁初我与《女子世界》，秋瑾和《中国女报》，燕斌与《中国新女界》，张展云、其母亲张筠芗和《北京女报》，何震和《天义报》，康同薇和《女学报》等。这些女性报刊的出现不仅丰富了报刊的种类，而且吸引了更多读者，尤其是女性读者，为大众觉醒"女性"这一身份提供知识资源和先进的思想理念，对于女性的日常生活及城市空间的改造也起到了重要的影响。

最后，女报人对于报纸内容的呈现方式以及女性对于社会问题的见解受到英语世界学者的极大关注。由于女性教育在晚清民国时期并不是普及性的，对于许多女性大众，阅读报纸便是第一道难关。报纸要想吸引女性读者，必须将报纸内容转换成女性更易接受、更易形成共鸣的内容。学者张咏认为有些女性新闻者主张，由男性主导的报纸刊不能真正地理解女性的状况，在她们看来，只有女性记者才能呈现女性的兴趣，涵盖女性关心的话题，这样才能为她们的女同伴带来好处。[49]英语世界学者从女性自身的视角审视了真实的女性话

47　Rudolf G. Wagner, "Women in Shenbaoguan Publications, 1872-90" in Nanxiu Qian, Grace S. Fong, and Richard J. Smith, eds. *Transformations of Gender and Genre in Late Qing and Early Republican China*. Leiden: Brill, 2008. p. 229.

48　温彩云《清末民国时期女性报刊对女性思想启蒙的贡献及其当代价值》，载《中国编辑》2019 年 02 期，第 83-88 页。

49　Zhang Volz Yong, "Going Public Through Writing: Women Journalists and Gendered Journalistic Space in China, 1890s-1920s" in *Media Culture & Society*, Vol.29, No.3, 2007. p. 481.

语被遮蔽在男性报纸中的女性形象这一现象。此外，在国家民族受难之际，男性是否可以承担起其所宣称的保家卫国的重任？其自诩的社会角色开始受到女性质疑，女性开始不断挑战男性的权威以表达自己的声音。但是鉴于女性读者的文化水平普遍偏低，为了更好地发挥报纸的教育、启蒙功能，吸引更多的女性阅读报纸，当时的报纸采用了两种方法。一种方法是刊印内容简单的作品，并在作品中加入插图以便读者理解，例如《点石斋画报》。另一种方法是降低社论等文章的质量。但是瓦格纳谈到"很难找到愿意降低报章质量标准的作家"[50]，女报人由此找到突破口，意识到女性必须拥有属于女性群体的刊物发出女性的呐喊，并且女性刊物与男性刊物需要有形式和内容上的区别。学者彼罕谈到，女报版式与同期的学生报纸版式一致，并且把文章分为两部分：一部分是传统形式，一部分采用白话文形式。[51]

英语世界学者还观察到，女性新闻工作者和男性新闻工作者面对某一问题可能会持截然不同的观点，尤其谈及女性问题时，报纸中不再只有男性视角下的女性问题研究和解读，女性视角下的女性研究开始进入人们的视野。例如学者张咏就谈及，对于"如何定义女性出版这一行为"，女新闻工作者和男性精英之间就存在分歧。男性精英们认为，"女性出版"主要是作为启蒙和改变中国妇女的一个工具，他们把"女性出版"定义为一种"为妇女的出版"（a press for women）行为，而不是"由妇女出版"的（a press by women）的行为。[52]也就是说，男性精英们认为女性出版业是没有主体行为的出版行为，她们始终是附属于男性精英们所掌握的出版业的。对于女性新闻者来说，她们把妇女出版视为既是"为妇女出版"的行为，又是"由妇女出版"的行为，两者皆存在。[53]也就是说，对于她们而言，女性新闻事业不仅是妇女政治教育的来源，而且是女性公民参与讨论国家发展的一个公共平台。女性新闻事业不是对

---

50 Rudolf G. Wagner, "Women in Shenbaoguan Publications, 1872-90" in Nanxiu Qian, Grace S. Fong, and Richard J. Smith, eds. *Transformations of Gender and Genre in Late Qing and Early Republican China.* Leiden: Brill, 2008. p. 250.

51 Charlotte L. Beahan, "Feminism and Nationalism in the Chinese Women's Press, 1902-1911" in *Modern China,* Vol.1, No.4, 1975. p. 388.

52 Zhang Volz Yong, "Going Public Through Writing: Women Journalists and Gendered Journalistic Space in China, 1890s-1920s" in *Media Culture & Society*, Vol.29, No.3, 2007. p. 481.

53 Zhang Volz Yong, "Going Public Through Writing: Women Journalists and Gendered Journalistic Space in China, 1890s-1920s" in *Media Culture & Society*, Vol.29, No.3, 2007. p. 482.

男性主导的新闻业的一个补充，而是一个独立且充满着女性特征的、重要的新闻种类。

二、女报人形象——女性力量的新突破

不同于普通市民女性的追随者形象，英语世界学者们认为"女报人"是时代先锋，承担了女性在公共领域中塑造女性美好形象的历史使命。他们着重研究女报人所代表的中国"新女性"形象的特征及历史时代品格，多为正面评价。女报人在创办刊物的过程中，一方面彰显了其独立自主的现代女性形象，成为社会乃至国家民族责任担当者；另一方面暗示着女性的自觉性和反抗性，女性开始参与社会公共领域中的舆论、政治等方面的活动，打破社会事务属于男性的固有思想。英语世界学者在研究中反对将西方世界的女性主义理论直接套入中国女性问题上，他们主张将中国女性主义纳入公共领域内，认为女报人在公共领域内主张女性权利，促进了中国女性主义理论发展。最重要的是，女报人在一定程度上加速了中国现代化的进程。

首先，英语世界学者认为，"女报人"标志着女性的身份由家庭传统女性向新时代职业化女性转变，"新闻工作者"的身份使女性在思想上开始独立自主，积极融入社会，成为中国"新女性"的代表。女报人个人所蕴含的美好品质受到学者们的关注，从她们身上可以看到中国"新女性"的精神面貌——她们敢于反抗，不再是懦弱无能、消极被动的形象。女性虽然不能像男士一样用肉去搏，去战场上厮杀，但是她们可以呐喊，可以发出内心的声音，可以为信仰而奋斗。她们以笔为戎，直指时代弊病、表达女性情绪及女性群体心系民族的情怀。有学者认为女性报纸是"女性第一次真正拿起笔为全中国女性及民族事业奋斗的象征"[54]。"新女性"的自我突破让公众场合中有了女性的声音，她们通过一个独立的新闻空间创造让人们关注到久久被人忽视的女性力量，将女性力量及女性解放与民族危难相系。新女性一系列的活动一开始在公众视野中仅仅是"被看"，逐渐她们的行为被证明切实可行遂而影响到大众。另外，新女性所代表的女性力量在一直扩大，她们承担并肩负着启迪更多大众女性的责任，将更多的女性力量融入公共生活中，尤其是政治活动领域。英语世界学者通过查阅大量的原始材料，称女报人为"女性中的勇士"，她们主动肩负

---

54 Charlotte L. Beahan, "Feminism and Nationalism in the Chinese Women's Press, 1902-1911" in *Modern China,* Vol.1, No.4, 1975. p. 380.

起时代赋予的历史使命和历史责任，即使身兼数职，负重前行，甚至受到男性新闻工作者的诟病，也依然坚持。学者马育新说到，"20世纪早期中国最显著的一个变化就是，女报人变成一种力量强大的职业，她们引领女性的兴趣，讨论国家政治，而且编辑独立的报纸对社会问题发表评论"。[55]她认为从1898年中国女性编辑出版第一份女性报刊开始，到20世纪初大量女性的创办，便已显示了中国女性具有创造历史的能力。

其次，女报人更是成为女性权利的呼吁者和捍卫者。女报人建构了一种"女性自由"的政治空间，在这个公共空间中，女报人收集妇女世界发生的新闻，讨论妇女的社会问题，提出妇女觉醒、妇女前进及妇女解放等观点，建立一种新的主体地位以拓宽女性的公共生活。妇女印刷媒介为女性作者提供了一个可供讨论的阵地，这个阵地不再受男性掌控，她们可以在这个平台中跟男性就社会、国家及民族问题进行平等的论争，调和女性理想与现实之间的矛盾。美国学者马育新通过探讨西方女性主义理论在其发展过程中的不足之处，主张西方女性主义理论中"女性受害论"等相关观点并不完全适合民国时期的女报人。相较于西方女性主义中的某些论述，中国的现实则在某种程度上表明了妇女权利在20世纪的中国转型期有两个方面的含义：一是中国社会普遍对中国妇女人权和社会经济权利给予人道主义的同情和理解，二是民族主义者认为妇女参与政治是建设一个当代中国国家政权的需要。

从英语世界学者的研究中可以看出，女报人不断通过报纸呼吁关注女性公共领域人权，凸显了报纸的工具性作用。人权的一个重要体现就在于女性教育问题，多数英语世界学者在宏观层面给予了女性教育关注。比如，彼罕认为"报纸应倡导男女同等受教育的权利，并且主张受教育女性的匮乏是中国危机的原因之一"。[56]张咏在分析促使中国女性走向新闻行业的原因时，第一个原因就是女传教士创办女校，使社会中接受过教育的女性增加。除了受教育权，还有其它女性权利被列入讨论范围，包括妇女解放、争取妇女的投票权、劳工运动和法律权利。此外，女报人主张应当允许追求恋爱自由、婚姻自主、公开社交、男女合校、成为独立的职业女性等，通过对上述权利的争取，以展现女性意识，达到自我实现。

55 Ma Yuxin, *Women Journalists and Feminism in China, 1898-1937*. New York: Cambria Press, 2010. p. 1.
56 Charlotte L. Beahan, "Feminism and Nationalism in the Chinese Women's Press, 1902-1911" in *Modern China,* Vol.1, No.4, 1975. p. 384.

女性本是社会成员构成的一部分，但其社会地位向来不受重视，正如女性主义批评指出的，"对人类来说，她们必不可少，然而，她们在经济、社会和政治中的作用却被忽视。恰恰是这种结合——即必不可少却被忽视——决定了她们的命运"[57]。直到女报人推动中国女性主义发展，女性在社会中承担了更多的社会责任，并参与到国家建设中，才凸显出其在中国现代化进程中的重要作用。由以上对英语世界学者研究的追溯可以看出他们对于女性刊物及女报人的重点关注在三个方面：一、教育先行。从英语世界学者的分析中，我们可以看出，女报人不仅鼓励女性要积极追求受教育的权利，还在不断追求男女平等接受教育。彼罕在分析《北京女报》时指出，女性教育是该报纸的主要关注点。学者将女性教育与民族救赎紧密联系，他认为教育才能防止女性成为国家的负担，并且只有接受过良好教育的女性才能更好地教育他们的子女，教育可以拯救国家。[58]二、女报人推动中国新闻职业化发展。女报人不仅仅使女性从事新闻事业成为一种可能，更让妇女感到是一份令人自豪的职业，而且还成为让其他妇女同伴羡慕的职业。三、英语世界学者认为女报人创办的报纸呼吁更多人加入到民族救亡中，让更多女性参与到国家建设中去，促使中国现代化进程飞速发展，这一点才是最重要的。

三、女报人两难处境——"夹缝中生存"

"新女性"的崛起之路并不顺利，英语世界学者在堪称繁荣的女性报业背后看到了作为"女性"的真实生存困境。要在男性主宰的世界里开辟一片属于女性的天地，他们必定要披荆斩棘，面临众多挑战与困难。就算在今天高度发达的社会中，职场女性的生存境地仍不乐观，更别说在晚清民国女性主义刚刚萌芽阶段，女报人的境地可谓是十分艰难。波伏娃讨论了这种艰难，她认为妇女在各个领域里的成就，不管是从数量还是质量上看，都不及男性大，这是"由社会决定的妇女的状况而导致"的，"社会把妇女限制在一个低人一等的位置上，而这一点又影响了她们的发挥"[59]。她同意英国文学批评家和文学理论家弗吉尼亚·伍尔夫（Virginia Woolf）在《自己的房间》（A Room of One's Own）

---

57 李银河编《妇女：最漫长的革命——当代西方女权主义理论精选》，生活·读书·新知三联书店，1997年，第9页。

58 Charlotte L. Beahan, "Feminism and Nationalism in the Chinese Women's Press, 1902-1911" in *Modern China,* Vol.1, No.4, 1975. p. 409.

59 张京媛编《当代女性主义文学批评》，北京大学出版社，1992年，第143页。

中表达的观点，"要想能够写作，首先必须有一个自己的房间……这个房间是一种现实同时也是一种象征，要想能够写作，想要能够取得一点什么成就，你首先必须属于你自己，而不属于任何别人"[60]。

英语世界学者的研究中认为晚清民国这一时期的女报人是在夹缝中生存的，这其中存在着选择、身份认同等困境。从英语世界学者研究的女报人所处的尴尬境地，我们才可以进一步看出女报人在当时的社会背景下所陷入的迷茫与选择背后的勇气。

首先，中西教育背景的融合对于女报人的双重影响。英语世界学者指出，民国时期的女新闻工作者很少来自于劳动阶层，大多是来自于书香世家，因此她们在家庭中接受了中国传统文化的熏陶。然而，她们在西式教会学校学习，有的还去日本和美国留学，受西方经验的直接影响。所以，女报人的思想中既具有中国传统文化的影子，又具有受到西方教育经验浸润的痕迹。中西教育的融合影响着她们的思想及行为，她们的这种中西混杂的思想直接投射到她们创办女性报纸的行为中。

晚清民国时期，社会上的大多数普通家庭女性是无法接受完整的教育的，故而她们的文化水平处于较低的层次，所以女报人创办的女性报纸就采用一种简单通俗的语言，但是这一选择的过程中却是经历了很多波折。当时正值白话文运动的热潮，女报人针对到底是使用白话文还是文言文的问题出现了自己的困惑。学者张咏分析其中缘由指出：一方面，她们想跟男性新闻工作者一样，把妇女的解放运动扩展到男性接受领域，这需要使用中国传统的文言；但是另一方面，她们又考虑到普通妇女的接受情况，就陷入了两难的境地。[61]其中有一部分女报人因受传统文化的影响，她们对报纸使用白话文是持反对态度的，因为她们认为白话文粗俗且不能充分地表达思想。彼罕认为这些女报人不仅希望女性去阅读报纸，也希望女性可以用正统的文学形式进行创作，从而提高女性的素养。[62]语言形式的运用代表着女性报纸在开创时期的自我认同，使用文言文是为了表达与男性话语同等的权利，使用白话文是启迪更多的大众女性自我觉醒。最终，女报人作出一个折中行为，传统形式和文言文各占一

---

60 张京媛编《当代女性主义文学批评》，北京大学出版社，1992年，第143-144页。

61 Zhang Volz Yong, "Going Public Through Writing: Women Journalists and Gendered Journalistic Space in China, 1890s-1920s" in *Media Culture & Society*, Vol.29, No.3, 2007. p. 477.

62 Charlotte L. Beahan, "Feminism and Nationalism in the Chinese Women's Press, 1902-1911" in *Modern China*, Vol.1, No.4, 1975. p. 388.

半篇幅。

　　其次，女报人追求独立的愿望与依附男性的现实之间的矛盾。女性刊物的
创办初衷便是摆脱男性话语控制的局面，女报人作为受新思想影响的近代"新
女性"，她们不愿受到传统礼教的束缚，追求独立与自由。然而，她们实际上
很大程度依赖着男性。如前文所述，多数英语世界学者都认为，晚清民国时期
女性进入新闻领域与她们的男性家庭成员是密切相关的（很多女报人都是男
报人的亲属），这些男性成员已经在这个领域耕耘多年，在经济、经验等方面
都影响着女报人群体。虽然早期的女报人进入新闻领域是通过家庭关系，但是
她们并不是要追随男性的步伐，而是竭力寻求一种独立的新闻事业。学者张咏
认为，这一点通过她们在文章中使用自己的婚前全名（full maiden name）可以
体现。比如，《女学报》的第一期的 18 名女性编辑（或多或少地与当时著名的
改革者有关系）都选择使用自己的婚前全名。[63] 名字作为人的身份的表达，带
有重要的指称意义，名字的使用关乎到当事人对自己基本的认知和自我的独
立意识。因为按照中国传统习俗，妇女一般被描述为某某人的妻子或者女儿，
名字在出嫁之后便会被男方的姓所掩盖。从这个角度上看，在 20 世纪激烈的
社会变革中，女报人使用自己的婚前全名，这是女性意识迈进的一大步。不仅
在名字的使用上存在女性极力摆脱男性的痕迹，而且在女报人的各笔名中也
有明显表达。

　　学者张咏提出这些女新闻工作者发表文章时使用的笔名是不同于男性的
（男性通常使用女性的笔名来掩饰自己），女性新闻工作者的笔名有鲜明的性
别指代作用，她们并不避讳自己女性的身份。[64] 比如说陈撷芬的笔名为"楚南
女子"，秋瑾使用过几个不同的笔名，比如说"鉴湖女侠"、"汉夏女儿"，等等。
这些笔名虽然鲜明地表达了自己的女性身份，但是这些名字仍体现了一种坚
强的"男性气息"。这种混合着男性气概和自我觉醒的女性特征的表现，反映
了女报人在报纸上刊登自己的文章时对于笔名所代表的含义的考量，实际上
仍然表露着女报人对于"女性—男性"主导与依附的焦虑，但是这仍然是一种

63　Zhang Volz Yong, "Going Public Through Writing: Women Journalists and Gendered
　　Journalistic Space in China, 1890s-1920s" in *Media Culture & Society*, Vol.29, No.3,
　　2007. p. 473.

64　Zhang Volz Yong, "Going Public Through Writing: Women Journalists and Gendered
　　Journalistic Space in China, 1890s-1920s" in *Media Culture & Society*, Vol.29, No.3,
　　2007. p. 473.

比较好的方式走向公共领域。另一方面，女报人在"走入"社会的同时，也意味着她们在家庭内部的独立。为了向大众展示女性可以独立自主、女性可以改变社会、女性力量可以平等于男性，为了颠覆整个传统社会对于女性的陈见，她们不得不将男性气质囊括在自己的"社会身份表达"中，这虽然是一种矛盾，但也是当时所无法避免的境况。

此外，多重社会身份使得女报人身处难以协调的困境，但也蕴含着生机。英语世界学者研究晚清民国女报人时发现她们有一个最为显著的特征——兼有多重职业身份。学者马育新在其专著中在对"女报人"（women journalist）一词下定义时，认为这个词语不仅包含了报纸编辑、为报纸撰写文章的女性，还包括了女性出版社创办人、女作家、女革命家、女党员、女性改革家、女性基督徒、甚至女大学生和女教师等，可谓范围甚广。由此可见，"女报人"的身份是多重的，身兼数职。[65]女报人除了含有多重社会身份，更重要的是传统社会赋予她们的家庭身份——主要是女儿、妻子、母亲的角色。但是，美国学者张咏认为这种情形在当时的男性新闻工作者身上就不同，因为男性工作者大多把新闻工作当成是自己学习或者政治统治的一种工具，而不是像女性新闻者那样把它当成一种事业。[66]各种角色的附加与难以协调使得男性新闻工作者对女性新闻工作者能否专注于工作提出质疑。对于男性来说，他们是把妇女解放运动放置在建设一个更为强大的国家的层面，他们通常是站在一个制高点，认为女性的观点对于增强国家经济的发展是没有建设性意见的。但是女报人并不这样认为，男性的偏见让"女报人"普遍存在一种挑战男性话语权的姿态。对于梁启超提出的增强女子的经济独立和发展教育的观点，女报人并不认为这些方面女性从业者弱于男性。但是这些女报人也忽略了第一代女报人大多出身富裕，而梁启超当时所针对的是中国大多数普通妇女，而不是只针对这些女报人。

女报人自身也意识到了这一问题，故而她们身兼数职，从事多重身份的活动，是因为她们的这种多重身份一方面可以为报纸募集大量的资金，另一方面承担社会角色意味着参与社会公共事务，是对女性身份的一种彰显。这已然与

---

65 Ma Yuxin, *Women Journalists and Feminism in China, 1898-1937*. New York: Cambria Press, 2010. pp. 4-7.

66 Zhang Volz Yong, "Going Public Through Writing: Women Journalists and Gendered Journalistic Space in China, 1890s-1920s" in *Media Culture & Society*, Vol.29, No.3, 2007. p. 478.

传统社会中的"女性"观念背离，中国传统的观念赋予女性诸多角色，要求她们保持贞洁、强调女性的家庭主妇作用，但是这一时期的女性新闻工作者正用自己的行动号召越来越多的女性走出家庭的边界，参与到社会变革的大潮中去。她们自觉主动地从家庭走向社会，在不同的空间承担着不同的角色。在这个过程中，女性的报纸文章和参与社会公共事业的讨论深刻地影响着普通女性民众，促进了传统中国女性的角色转变。

　　报纸的盛行影响了普通女性，促进她们的思想解放意识觉醒，而这些普通市民女性中的部分先锋在报纸新思想的浸润和鼓励下选择加入报纸行业成为女报人，这又反过来进一步促进了报业的发展。英语世界学者对于晚清民国时期女报人的研究，资料翔实，论述深刻。他们对于女报人所代表的中国"新女性"性格特征有特别的关注，使用了大量原始材料，利用图表数据对各个时期的女报人活动进行综合分析，同时注重以历史的眼光来看待女报人在历史进程中的作用。但是不可否认的是，英语世界研究的这一课题，是受到特殊历史背景的影响的，他们将女报人的地位放置于民国时期国家建设的层面，也是过于高估女报人的作用，这与西方盛行的女性主义思想有关，女性的社会力量在研究中被强化了。但是就一些挖掘史实的文章来说，确有其可取之处。比如彼罕在其文章中对女性报纸的创办人和报纸的研究，让英语世界学者了解到不同女性报纸创办背后的故事。

第三节　上海名妓——报纸打造下的租界娱乐文化符号

　　英语世界学者除了对市民女性的先锋——女报人展开研究，也对报纸打造的以上海名妓为主体"娱乐明星"关切有加。上海名妓与女报人在女性群体中堪称引领者，她们分别代表了不同的女性形象，也形成两种截然不同的文化现象，影响着社会中的普通市民女性（包括普通女性、女学生等）。大多数英语世界学者在研究上海名妓和女报人时，都会从社会学角度研究她们如何通过报纸对市民女性产生影响。女报人通过报论言语传递新思想，推动市民女性接受教育，引导更多大众女性参与到社会公共事务中，女学生便是其中的积极分子。上海名妓通过报纸刊登自己的照片宣传自己，通过"展示"身体获取了社会关注度，通过私人生活的公共化无形中影响着市民女性的穿着、行为，市民女性开始在意识维度上从外表和外在行为解放自己，重新审视"物质生活""西式风格""时尚潮流"等，成为市民关注的焦点。英语世界通过对上海名妓现象的讨论指出，报纸的宣传与商业运作对市民社会生活产生了巨大的影响。报纸通过打造上海"名妓"使其成为上海市民争相模仿追随"娱乐明星"，从而引领了城市娱乐文化，拓展了娱乐空间，同时"文人报人"与名妓间的商业联盟对娱乐商业模式也产生了重要影响。

妓女——"妓"作为特殊的女性群体在中国历史上存在已久，"妓"在古代曰"娼"，古代娼女起源于音乐，"汉以后曰'倡'，曰'妓'，曰'女倡'、'女妓'、'御妓'唐以后则名目日多……以'娼妓'二字可包括无遗了"。[67]晚明时期，娼妓业仍盛行，但至清开国以后，至雍正时期，历经唐宋元明四朝"官妓"制度废除，民间只有私人经营。然而，清朝官方的压制并没有消亡"娼妓"，进入民国之后娼妓比清时反而更加普遍且与外界的联系越来越紧密，甚至对于妓女群体中的身份划分也更为清晰。据调查，民国十八年北京"头等妓女三百二十八人。二等妓女五百二十八人。三等妓女一千八百九十五人。四等妓女三百零一人"。[68]妓女等级的划分关系到其名声的高低、获取利润的厚薄、生活的优越程度，而等级的区分势必需要带动整个社会大众的参与度，报纸则成为大众参与的重要媒介，从被动参与到主动打造必然影响整个城市市民群体的生活及其文化趋势。

英语世界学者发现，在晚清民国时期，由于报纸打造的娱乐明星"上海名妓"开始与频繁更新的社会信息、时尚风潮和各势力的角逐缠绕在一起，逐渐作为一个特殊的社会群体成为上海文化的重要表征。上海的名妓现象则成为报纸对上海市民娱乐文化影响的绝佳观察点。在英语世界学者的研究中，报纸所打造的上海名妓的形象不同于前文中学者对于"女报人"形象的正面研究，英语世界学者在研究上海名妓现象对社会的影响时，正面影响及负面影响都在学者的研究范围之内。上海名妓的新式生活方式以及她们在公共领域所引起的影响对传播租界文化，推动新型消费文化，引领上海时尚潮流等都起到了正面作用；但她们的消极形象也在学者们的研究之列，比如妓院成为地下赌博场所，名妓的行为对传统道德的挑战等。报纸中的名妓形象不仅不再逃避公共空间，甚至在这一社会领域中力图获得争议焦点。从上海娱乐业、现代城市文

---

67 王书奴《中国娼妓史》，湖南大学出版社，2014年，第2页。

68 王书奴《中国娼妓史》，湖南大学出版社，2014年，第239页。

化兴起等视角看，上海名妓也凭借其报纸所打造的"娱乐明星"的身份成为中国第一代职业女性，她们与报纸一道在城市时尚、上海城市文化方面具有引领作用，成为最具代表的租界文化形象代言人。名妓成为独立的群体、引领者和代言人，首先还是源于其经济的独立，波伏娃认为，"女人若是走上了这条路，的确会顺利获得某种独立的地位。她把自己租给某些男人，也就是明确不属于任何人；她积攒下来的钱，以及她像出卖商品似的出卖'名声'，保障了她的经济独立"。[69]这一形象巨大转折的深层原因在于"新时期"名妓与"新型报人"的交往。科举制度废除之后，文人们为谋生大都会选择上海租界这样繁华的城市，并力图将自己融入新的城市文化中。其中，娱乐行业吸引众多知识分子以此为生，从事与娱乐性质报纸有关的职业，也有些知识分子在面临仕途、前途和个人生活的迷茫时，被纸醉金迷的娱乐行业所吸引，沉沦其中。时局变迁，仕途无望，此时的上海名妓在一定程度上成了他们的精神寄托。文人，尤其是转型的文人报人与上海名妓的交互行为对他们的生活、创作和思想等方面影响深远，尤其女性的身份认知和社会地位改变之后，这种影响更加明显。租界内报纸这一平台使名妓、文人报人和城市发展联系得更为紧密，各个主体之间相互影响，共同构建上海租界的城市结构和文化动向，甚至有时可称为上海租界娱乐文化的"风向标"。

英语世界学者如梅嘉乐、叶凯蒂、瓦格纳、王娟、叶晓青等对《申报》《点石斋画报》《游戏报》《世界繁华报》等材料进行重点分析，他们细读报纸文本内容，解读刊登图片，从报纸中发现这一时期上海名妓其实是积极参与到上海娱乐文化活动中，也主动在公共场所呈现本是"私密"的生活细节、生活时尚等。日常活动公共空间化的状况以及上海名妓与"文人报人"的互动商业化、利益化，让我们从另一个侧面窥探到英语世界学者对上海名妓这一形象的解读，以及报纸通过名妓对上海娱乐文化引领和娱乐空间功能的创造。结论富有创意，具有让读者重新审视上海名妓现象与文化历史之间关系的启发性。

一、名妓"成名"与名妓效应

"名妓"与"文化"其实是息息相关的。前文提及，娼女源于音乐。历代名妓也都能歌善舞、也都擅长于琴棋书画，他们为了吸引更多的关注，自身往

69　（法）西蒙娜·德·波伏娃《第二性》，陶铁柱译，中国书籍出版社，1998年，第642页。

往具备独特的文化行为——包括生活理念、自我认识乃至价值追求,名妓文化如今已经成为中国传统文化中雅俗兼具的特色文化。然而,提及名妓对于历史所起的作用,学者们往往会想到著名的唐代乐妓薛涛、跨越明清两代的名妓柳如是和李香君等人,对于晚清名妓的关注度较少。例如薛涛在成都及其与同时代诗人的交往在后世传为佳话,她制作的"薛涛笺"影响至今;晚明清初之际的柳如是、李香君等人,面对家国危亡之际所表现出来的爱国之心和清醒于世,也影响着当时的士人才子报国之心。英语世界学者们发现类似的现象在晚清民国时期依然发生着,而是以另一种表达方式存在。根据报纸的记载,上海名妓们在服饰、家具、以及在公共场合中的举止等可谓新潮,通过报纸的传播,对大众产生了深刻的审美影响。她们以富于时代性的特征在多种文化交织的大上海中表露出不同于历史其他名妓的一面——她们身上留下了城市的烙印,同时也推动了这座城市的文化发展。

明星是大众媒介塑造出来的,早期上海名妓更是如此。上海作为现代中国最早的娱乐大都市,名妓在报纸的推波助澜下成为其城市名片的重要组成部分,她们不仅通过自身行为影响娱乐文化发展,更通过报纸进行宣传,逐渐成为上海娱乐文化的引领者。日益繁华的大都市为名妓提供的是更广阔的市场和追求更优越生活的机会,不断发展的现代报业为名妓增持影响力提供宣传支持,她们也很快适应这种互动模式,学会利用社会环境提升自己的知名度。英语世界的学者普遍认为,上海名妓不再像历史妓女群体那样长期处于被动、只能依靠男人而生存的状态。由于上海商业环境的变化,晚清名妓有意识地抓住这一机会,利用大众媒介更为大胆地展示自己,表达自己。在有限的范围内,她们开始触及社会公共领域和空间,对公共娱乐产生特有的影响。正如波伏娃所认为的,名妓"和冒险家的态度有点相似;准确地说,她和他一样,也常常介乎于认真和冒险之间;她的目标是指向一些体面的现成价值的,诸如金钱和名声;但她对它们的实现十分看重,就像十分看重对它们的占有;并且,归根结底对她来说,最高价值就是她的主观成功"[70]。当然我们必须要正视,上海名妓现象的出现不是名妓主观意愿就可以实现的,必须依靠媒介的力量。可以说,没有报纸就没有上海名妓现象,也没有上海此期的娱乐文化。

首先,根据此期报纸塑造的上海名妓形象,她们俨然已经成为晚清民国时

70　(法)西蒙娜·德·波伏娃《第二性》,陶铁柱译,中国书籍出版社,1998年,第649页。

期社会各阶层中大量接触西方物质文明，接受西方生活方式的群体。但是，英语世界的学者发现处于中西文化碰撞融合过程中的名妓身上仍旧保留了许多中国传统习俗。正如叶凯蒂在其专著《上海·爱：名妓、知识分子和娱乐文化（1850-1910）》中指出的，"名妓的新角色就是根据上海的特点去重新定义什么是'繁华'……在'繁华'的旗帜下，名妓最恰当地代表了传统和西式发明的结合"。[71]

　　英语世界学者从这一时期报纸的图片和报道中分析指出，上海名妓逐渐西化的表现有：妓院的家具摆设、名妓可以自由出入公共场所、就餐环境等。在妓院中的摆设上，西式家具和陈设摆在房屋的中间，暗示了一种新的时尚和繁华的气息。"名妓可以随意出现在公共场合，并且在剧院、西餐厅与客人享乐"，[72]上海城市的现代化程度和繁华景象通过名妓的生活环境以及娱乐生活便可看出。名妓除了跟顾客一起乘坐西式敞篷马车穿梭在上海的大街小道上，她们出行也学习外国人乘坐黄包车。梅嘉乐在其专著《一份为中国而生的报纸？》中通过分析《点石斋画报》和《图画日报》中展示的图片指出，上海名妓也成为乘坐黄包车的群体，她们通过乘坐黄包车出现在公共场所（如图4.3）。这一生活范式由于上海名妓现象在报纸中的传播在上海逐渐流行开来。除了出行方式学习外国模式，她们与客人的交往和接触方式也打破传统公共场所的禁忌，变得更加开放和自由。传统名妓严格按照传统礼教对妇女的束缚，在公共场所遵守规矩，不可逾矩。如叶凯蒂指出，在传统画作中，传统名妓在为雇主弹奏表演时，不仅要在具有私密性的没有外人的场合中演奏，而且要与雇主在空间上保持一定的距离（如图4.4），但是这一现象在晚清民国时期发生了改变。经学者考察，在《先施乐园日报》娱乐休闲专栏刊载的图片中，"可以看到名妓和雇主拥抱在一起，身旁明显有旁观者，可见他们置身于公共场所"。[73]这种场所和空间的改变是上海名妓社会地位转变的标志之一，也是上海名妓现象的突出特点。

71　（美）叶凯蒂《上海·爱：名妓、知识分子和娱乐文化（1850-1910）》，杨可译，
　　三联书店，2012年，第35页。

72　Wang Juan, "Imagining Citizenship: The Shanghai Tabloid Press, 1897-1911" in
　　Twentieth Century China, Vol.35, No.1, 2000. p. 40.

73　Catherine Vance Yeh, "Guides to a Global Paradise: Shanghai Entertainment Park
　　Newspapers and the Invention of Chinese Urban Leisure" in Christiane Brosius and
　　Roland Wenzlhuemer, eds. *Transcultural Turbulences: Towards a Multi-Sited Reading
　　of Image Flows*. Berlin: Springer, 2011. pp. 121-122.

图 4.3   图 4.4

其次，报纸塑造的上海名妓的身体表达也受到了学者们的注意，其中最为明显的是修饰身材的服装变化。清代对女性服装要求严格，设计了非常多的限制，常见的便是她们穿着臃肿肥大的旗袍，严严实实地遮挡着身体，从脖子到脚踝看不见一寸裸露的肌肤，更别说女性妖娆的身段姿态。然而，晚清民国时期的名妓穿着开始逐渐倾向于追求"开放"、"潮流"，不再受传统服饰的束缚。注意到这一趋势后，专注于打造"漂亮明星"的《游戏报》便花费极大的心力关注名妓的衣着服饰。名妓们为了能够在李伯元（《游戏报》创刊人）组织的"花选"比赛中取得好成绩，特别注重对于自身"美"的展现，她们更加注意"美容术"和"衣着搭配"，为的就是能够在报纸刊载的照片中留下最美的瞬间，从而赢得比赛。[74]叶凯蒂指出，《游戏报》几乎每天都有关于名妓服装的颜色、样式的报道，当时名妓们的服装样式多种多样，不但有西式的服装和打扮，而且还有日式、满族的服装。[75]其中特别是紧身衣的出现引起了叶凯蒂的特别注意，这种服饰受到名妓的追捧，被奉为最时髦的服装。叶凯蒂认为这种"新的服装式样雕塑着身体，赋予它一种新的语言。上海名妓身着的最新时装成为都市变迁的标志"，[76]通过报纸的传播，也影响了市民女性的审美与着装标准。

74　Catherine Vance Yeh, "Shanghai Leisure, Print Entertainment, and the Tabloids, *xiaobao*" in Rudolf G. Wagner, ed. *Joining the Global Public: Word, Image, and City in Early Chinese Newspapers, 1870-1910*. New York: State University of New York Press, 2008. p. 218.

75　（美）叶凯蒂《上海·爱：名妓、知识分子和娱乐文化（1850-1910）》，杨可译，三联书店，2012 年，第 67 页。

76　（美）叶凯蒂《上海·爱：名妓、知识分子和娱乐文化（1850-1910）》，杨可译，三联书店，2012 年，第 67 页。

多元化的服饰展现以及新服饰的出现在某种意义上也折射出名妓自身的审美独立思想，透露出女性潜意识对自己身体的关注，对时尚美的追求，也是女性意识逐渐趋向自我的一种再现。这种独立思想在社会中引起了强烈的反响和回应，人们开始关注这一以往从未被正视过的群体，名妓的审美观也通过报纸的传播影响者上海女市民的生活观。

随着女性社会地位的提高，女性"跨阶层"的着装自由也是对于追求"社会自由"最有力的另一表现。传统社会中，对于不同社会阶层所特有的服装类别、服装色彩乃至服装图案都有严格的限定。名妓成为打破这一联系的重要贡献者。学者叶晓青分析道，由于任何人都可以购买或者穿着同样的衣服，名妓也可以购买、穿着普通市民的衣服，所以无法从穿着上分辨普通市民和妓女。妓女甚至可以穿着标志着已婚妇女身份的服装，例如红长衫，《点石斋画报》就曾报道妓女穿着红长衫出席元宵节。[77]这样的穿着出现在中国传统节日庆典在过去是不敢想象的。服装的融合在一定程度上表明着身份的融合，人们无法从穿着上分辨人的身份，在排除身份的偏见外反而会无意间受到名妓们所代表的"新思维"、"新生活"的影响。

再次，城市娱乐文化的重要表现还在于市民的消闲方式。英语世界的学者指出，报纸笔下的上海名妓的休闲娱乐生活空间已经延展至城市公共领域，这是相对于传统妓女而言最大的变化。虽然晚明清初的名妓已经有过女扮男装出现在公众的视野，但是像晚清名妓这种频繁而自由地出入公园、马路、跑马场、茶楼、餐厅、书场等等地方还是非常罕见。英语世界的学者注意到即使这种现象在晚清民国时期已逐渐普遍化，但是仍然受到一些小报作家的谴责。王娟在其期刊论文《想象市民：上海小报，1897-1911》(Imagining Citizenship: The Shanghai Tabloid Press, 1897-1911) 中指出，小报作家不仅谴责上海人民对娱乐的无尽追求，而且将名妓自由出入公共场合的行为视为对女性应遵守的道德准则的违背，并进行谴责。[78]然而，上海名妓依旧大胆地出现在公共场所，频繁地外出游玩和开展娱乐活动，其娱乐方式也在不断地更新、增加，丝毫不理指责之风。叶晓青在其专著中指出，新的社会环境带给上海名妓的休闲娱乐活动有："花车观光"、"茶馆饮茶"、"西餐厅用餐"、"观赏

77　Ye Xiaoqing, *The Dianshizhai Pictorial: Shanghai Urban Life, 1884-1898*. Ann Arbor: University of Michigan Press, 2003. p. 162.

78　Wang Juan, "Imagining Citizenship: The Shanghai Tabloid Press, 1897-1911" in *Twentieth Century China*, Vol.35, No.1, 2000. pp. 39-40.

公共花园"等。[79]且名妓们交往的大多是上流社会人物,伴随而来的便是特殊的身份性。如叶晓青在其著作中特别谈到中国人不能随意进入公共花园的话题,但是名妓却有特权。[80]可以看出,名妓能够进入花园等公共空间,证明名妓的地位在社会格局中正慢慢发生改变。叶凯蒂也指出,"妓女享有社会很多阶层同等的权利,也包括与文人同等的权利,文人的道德权威在名妓这里没有任何约束力"[81]。这也在一方面解释了为什么报纸中对名妓进出公共场所的行为的批判对上海名妓来说毫无压力,但是也不可否认女性社会地位的提高和当时宽松的社会环境的作用,这些因素使得女性出行更加自主、自由。

最后,英语世界的学者还特别强调,上海名妓通过照相技术打造自己的美好公众形象,利用报纸刊登照片宣传推广自己的形象,扩大自己的知名度和影响力。叶凯蒂在其论文《上海:"世界游戏场"——清末妓女生意经》将上海妓女看作是"第一代女商人"立论新颖大胆。在她眼中,上海妓女将中国的妓女传统与西方摩登的生意经结合起来,将上海演绎成一个东西合璧的"大观园"。随着照相技术的发展和工业的发展,复制成了机器时代的重要手段。上海租界照相技术的流行,娱乐小报、新闻报以及各种画报出现并在社会中流行,比如最为流行的《游戏报》《妇女时报》《良友画报》等,使得上海名妓热衷于通过这项技术来扩大自己的影响力和公众的认知度。叶凯蒂指出,早在《游戏报》风靡以前,名妓就开始将自己拍摄的照片送给顾客,也同时在照相馆出售。[82]因此,照相技术和报纸都为这一时期名妓形象的塑造与传播起了至关重要的作用,但是,值得注意的是,名妓并不是一开始就将照相技术和报纸结合在一起宣传自己的形象,这中间经过一段发展变化的历程。李伯元在《游戏报》上举办的"花选"比赛被认为是现代明星的发端,[83]这就类似今天娱乐

79 Ye Xiaoqing, *The Dianshizhai Pictorial: Shanghai Urban Life, 1884-1898*. Ann Arbor: University of Michigan Press, 2003. pp. 58-63.

80 Ye Xiaoqing, *The Dianshizhai Pictorial: Shanghai Urban Life, 1884-1898*. Ann Arbor: University of Michigan Press, 2003. p. 125.

81 Catherine Vance Yeh, "Shanghai Leisure, Print Entertainment, and the Tabloids, *xiaobao*" in Rudolf G. Wagner, ed. *Joining the Global Public: Word, Image, and City in Early Chinese Newspapers, 1870-1910*. New York: State University of New York Press, 2008. p. 209.

82 Catherine Vance Yeh, "Shanghai Leisure, Print Entertainment, and the Tabloids, *xiaobao*" in Rudolf G. Wagner, ed. *Joining the Global Public: Word, Image, and City in Early Chinese Newspapers, 1870-1910*. New York: State University of New York Press, 2008. p. 218.

83 Catherine Vance Yeh, "Shanghai Leisure, Print Entertainment, and the Tabloids, *xiaobao*" in Rudolf G. Wagner, ed. *Joining the Global Public: Word, Image, and City in*

行业如火如荼的"选秀节目"一样。很多想要成为明星的参赛者都会竭尽全力在"选秀节目"中胜出，增加自己的曝光率，取得可能成为明星的机会。晚清上海名妓也一样。"花选"比赛后，在《游戏报》中增加名妓图片还是应读者的要求而增加的，在选择肖像画还是西式照片时，李伯元因西式照片具有新颖性的特征，最终选择在《游戏报》上刊载西式照片。[84] "照片使人们可以窥探这个隐秘的世界，但又与此保持着一定的距离，这个所谓的距离不是把名妓隔离在深巷的院子和围墙，而是冉冉升起的明星与仰望星星的芸芸众生之间的地位差距"[85]，照相技术让明星和明星商业化成为可能，名妓们的照片成为了收藏品。在报纸中插入名妓的照片，无意中将报业、妓女和影楼紧密地联系在一起，形成一个商业联盟。大量的名妓照片形象出现在报纸的广告和月份牌中，这些都让上海名妓的照片具有了一定的商业价值，为民国时期电影的发展和电影明星的出现吹响了前奏，也为上海娱乐文化的发展提供了条件。

上海名妓的身体消费这时候也有了其特殊意义，正如白蔚在《摩登与反摩登——民国报刊建构的女性身体及其现代意义》一文中所说："首先，它指称着现代性，标志着处于世界现代化潮流中的中国人追求现代性的热烈尝试，是现代都市市民文化的具体而微的活雕塑；其次，它指称着女性解放，是身体解放的极至，是现代女性从闺阁中解放出来，走入更广阔的社会空间的一种象征；再次，它又指称着身体物化，意味着从封建专制主义与父权制家庭解放出来的女性重又沦为男权社会与商业文化消费的对象。要言之，摩登女性身体是现代性之于女性的作用物，是解读现代性与女性之内在关联的一把最生动的钥匙。"[86]

上海作为中国现代化进程最早的城市，其现代性体现最为显著。现代化是一个全面、整体性的转变，存在于其中的上海名妓，作为女性群体中一个特殊的角色、一个重要的枢纽走入了城市文化公共领域的空间，接受多元文化的社

Early Chinese Newspapers, 1870-1910. New York: State University of New York Press, 2008. p. 215.

84　Catherine Vance Yeh, "Shanghai Leisure, Print Entertainment, and the Tabloids, _xiaobao_" in Rudolf G. Wagner, ed. _Joining the Global Public: Word, Image, and City in Early Chinese Newspapers, 1870-1910_. New York: State University of New York Press, 2008. p. 218.

85　（美）叶凯蒂《上海·爱：名妓、知识分子和娱乐文化（1850-1910）》，杨可译，三联书店，2012 年，第 88 页。

86　白蔚《摩登与反摩登——民国报刊建构的女性身体及其现代意义》，载《妇女研究论丛》2011 年 04 期。

会环境，在经济、文化、技术等多方合力、共同作用的结果下，将自身作为"公共想象"连接着想象载体（报纸等）与想象受众（读者尤其是女性读者），通过报纸这一新兴媒介，引领上海租界时尚、影响着上海的娱乐文化、促进城市文化建设，丰富报业经营，带动文化产业经济发展。

二、名妓行业规则的改变与空间的延伸

除上海名妓对于城市公共空间的创造之外，英语世界学者还意识到上海名妓对于"妓女"群体内部规则的影响以及租界娱乐空间功能转变的参与，这个过程中上海名妓展现出来的自主性是以往从未发现过的。在中国古代社会中，无论哪个朝代，女性作为主持家庭内务的人，其举止须合礼仪，活动范围以家庭为主。清代之前，除了出生于书香门第的大家闺秀可以有机会吟诗作画和交友外，大部分闺中女子并没有广阔的活动空间，大多数困于深闺中。近代以来女性开始逐渐走出闺房，打破"大门不出，二门不迈"的传统观念，并逐步走向社会，参与城市游戏空间的建构。这一点主要体现在上海租界作为国际化的舞台被报纸呈现出来的时候，晚清名妓的生活空间、方式的转变发生了翻天覆地的变化。她们出入以前专属于男性的公共空间，而上海名妓自由出入公共场所的自由是他们区别于其他城市妓女的最重要原因之一。名妓本身的公共化带动了城市的公共化，妓院随之成为社会公共领域之一。

首先，英语世界的学者普遍认为上海名妓现象重新塑造了上海租界中新的游戏规则和社交规矩。由于租界新的社会经济环境，租界国在租界内实行租界法律制度和社会行为规则，对于上海名妓的约束力度大为放松，例如上海名妓群体中存在着一些专门的艺人，这些艺人是专业的说书艺人，她们有自己的表演场所。学者也提到，"这一时期上海租界地的司法和社会结构赋予名妓一定程度的自由，她们可以以自己喜欢的方式服务顾客，只要生意是成功的，她们可以不必在意公共舆论或者《娱乐报》倡导的职业标准"。[87]名妓与顾客之间的传统关系被打破，波伏娃指出："由于从男人那里获得了金钱和其他利益，女人的女性自卑情结也许可以得到补偿；金钱有一种净化作用；它可以消除两性之间的斗争……因为让男人付给报酬……就等于把他变成了一

87 Catherine Vance Yeh, "Shanghai Leisure, Print Entertainment, and the Tabloids, *xiaobao*" in Rudolf G. Wagner, ed. *Joining the Global Public: Word, Image, and City in Early Chinese Newspapers, 1870-1910*. New York: State University of New York Press, 2008. p. 209.

种工具。"[88]

在新的游戏规则里，女性的参与程度也非常高，女性的自主性逐渐增强，名妓在妓院的新规矩下借助报纸积极推荐自己，以此为自己赢得更多的物质利益和名声。新形式的"花选"比赛突破了传统的名妓与大众的断裂关系，通过报纸刊登"名妓选手"的照片，新式的关系出现，叶凯蒂指出此现象"改变了顾客对名妓的'独占'现象，过去只有少数的顾客能够直接与名妓接触，但是现在，只用花费很少的钱就能够欣赏到自己喜欢的名妓"。[89]报纸的发展也使得名妓不用到街头去亲自揽客，卖弄自己的声音、乐理才华和身段，也不用完全依赖文人通过文章来宣传自己，报纸刊载的照片就可以起到很好的宣传效果，而且影响力辐射更远。这样的宣传方式，锻炼了名妓的独创性和独立精神，她们要想脱颖而出就必须具有独特性，不断创新，吸引顾客的眼球。但这也导致另一个问题，名妓在与顾客的交往中充满着谎言和虚伪，"名妓虽然满怀热情地接待她们的顾客，但是她们从来不表露他们对客户的真实感受"[90]。学者认为，在新媒体的支持下，在新的社交规则及游戏空间中，名妓掌握的主动权明显增强。

其次，妓院作为社会各阶层的游戏空间相对于茶楼、戏楼总是私密性的，然而英语世界学者强调晚清民国时期的妓院迅速成为上海租界中新的游戏空间场所，并逐渐大众化、社会化、公共化。妓院不仅是培育上海名妓的聚集地，随着租界城市娱乐的发展，妓院在游戏空间中扮演着越来越重要的作用。在前文中已然提到，妓院的家具摆设呈现西方特色，成为上海都市的时尚风向标，引领城市生活文化建设。上海妓院的存在本身就构成上海城市空间的组成部分，也是上海游戏活动的重要内容，"去妓院"成为上海休闲娱乐活动的一种。[91]王娟就注意到妓院在中国的地位是逐渐变化的，由不合法逐渐合法化。为了维护社会道德和社会安宁，政府对"性"都会进行严格控制，"性"

88 （法）西蒙娜·德·波伏娃《第二性》，陶铁柱译，中国书籍出版社，1998 年，第643 页。

89 Catherine Vance Yeh, "Shanghai Leisure, Print Entertainment, and the Tabloids, *xiaobao*" in Rudolf G. Wagner, ed. *Joining the Global Public: Word, Image, and City in Early Chinese Newspapers, 1870-1910*. New York: State University of New York Press, 2008. p. 219.

90 Wang Juan, "Imagining Citizenship: The Shanghai Tabloid Press, 1897-1911" in *Twentieth Century China*, Vol.35, No.1, 2000. p. 38.

91 Wang Juan, *Merry Laughter and Angry Curses: The Shanghai Tabloid Press, 1897-1911*. Vancouver: UBC Press, 2013. p. 46.

成为政府控制的重要组成部分。因此，清朝伊始，朝廷为了稳固政权，维护社会稳定，对妓院活动进行限制打压。1695年，一名江南文人因组织"花选"比赛被斩首。但是到了晚清时期，清政府的权威衰弱，对妓女行业约束力减小，就算政府官员纳妓为妾，也不会受到处罚，只是成为社会民众茶余饭后的笑谈而已。到了1905年，晚清政府甚至开始对妓女征税并对妓院进行管理。[92]可见，此时妓院已经取得合法地位，成为了正规的社会机构和政府管理的对象。妓院的合法化是其作为城市游戏空间的第一步。

名妓交往的对象多是文人知识分子、官员等，她们"常常被讨厌'好'女人的艺术家和作家包围着"，[93]妓院成为这些群体交流的聚集地，一些新来上海工作的外地人也在妓院形成新的社交圈和生活方式，由此可见，传统的"家庭社会"正转向公共社交。在此情况下，妓院除了提供娱乐服务外，还提供宴会和晚宴，以供在此休闲的人享用，这也是妓院的另一重要功能。这些人聚集在这里除了进行娱乐休闲，开展游戏活动外，还开展社会活动，妓院成为公共讨论的场所，开始参与社会活动。英语世界学者观察到，妓院成为不想当官的文人讨论的平台，通常其讨论的内容第二天就会在小报上看到，除此之外，社会改革、革命和复辟等思想也经常在妓院中讨论形成。[94]叶凯蒂还指出，身处上海租界内的妓院还肩负着消除西方陌生感的重要责任。上海租界受外国人管理，租界内到处都是外国人和外国规约，这对中国人来说都是陌生的。上海名妓和妓院试图通过为顾客提供"传统的"环境来减弱这些新的环境和人带来的陌生感。[95]英语世界学者也通过对报纸的研究关注到妓院的负面影响。作为娱乐场所和名妓聚集地，里面开展的娱乐活动多数受到社会诟病，例如"作为地下赌博场所，就连女性都陷入赌博活动中"[96]。娱乐报作家以妓院为描述对

---

92 Wang Juan, *Merry Laughter and Angry Curses: The Shanghai Tabloid Press, 1897-1911*. Vancouver: UBC Press, 2013. p. 51.

93 （法）西蒙娜·德·波伏娃《第二性》，陶铁柱译，中国书籍出版社，1998年，第642页。

94 Catherine Vance Yeh, "Shanghai Leisure, Print Entertainment, and the Tabloids, *xiaobao*" in Rudolf G. Wagner, ed. *Joining the Global Public: Word, Image, and City in Early Chinese Newspapers, 1870-1910*. New York: State University of New York Press, 2008. pp. 211-212.

95 Catherine Vance Yeh, "Shanghai Leisure, Print Entertainment, and the Tabloids, *xiaobao*" in Rudolf G. Wagner, ed. *Joining the Global Public: Word, Image, and City in Early Chinese Newspapers, 1870-1910*. New York: State University of New York Press, 2008. p. 211.

96 Ye Xiaoqing, *The Dianshizhai Pictorial: Shanghai Urban Life, 1884-1898*. Ann Arbor:

象，借此反思社会毒瘤问题，妓院也逐渐成为报纸报道的内容。

　　从英语世界学者的视角，可以发现上海名妓在上海公共空间的社交活动中借助报纸的力量已然凸显其商业化趋势，她们已经懂得寻找新式途径吸引社会大众、提升自己的知名度，并在这个过程中掌握了主导权，开始制定符合自身权益的行业规则。这样一来，她们"为自己创造出一种几乎和男人相等的处境；她们以把自己作为客体交给男性的女性气质为起点，逐渐达到了主体地位。她们不但像男人那样谋生，而且出现在几乎只属于男性的圈子里；她们的言谈举止是自由的，所以能够获得极为罕见的智力知识"。[97]她们通过结交名流，获得特殊的社会身份，将妓院的社会空间功能逐渐拓展，由妓女的聚集地转变成社会公共讨论的阵地和社会毒瘤问题的场所，在这里，人们可以公开化地谈论社会各方问题，这里也成为报纸内容重要的产生地。

三、名妓与"知识分子"的商业联盟

　　自古以来，中国历史上的文人与妓女之间都存在不可忽视的联系，特别是晚明以来的文人与名妓的互动更为突出。文人苦于自己为官不能的际遇，将这种愁绪抒发在名妓身上，既有同病相怜之情，又为她们所从事行业为耻。晚清以来，文人的身份转型，成为现代社会"知识分子"的一部分。根据叶凯蒂的论述，此处的"知识分子"主要是指在上海从事报业的传统文人，他们的身份具体可能是商人、官员、教师，也可能是供职于外国公司的记者、编辑或者买办。娱乐业作为一种新型的商业模式，吸引了大量的商人、士绅等投资，报业的发展同时也增加了传统文人的就业机会，扩大了他们的就业面。这些文人为报社供稿，其中以晚清时期的娱乐小报关注妓女群体最为明显，它们常常将关于名妓的报道作为吸引读者的焦点。在照相技术和报纸业繁荣发展的背景下，知识分子为了生存，名妓为了宣传自己，他们两者之间形成商业联盟，各有其自身的利益目的。

　　首先，英语世界学者认为此期的文人与上海名妓有着"卖文为生"与"卖笑为生"的心理认同。晚清时期，上海经济发展迅速，成为国内经济发展最快的城市，也是最早开始现代化的城市。这里不仅经济繁荣，受租界文化的影响，休闲娱乐生活丰富，文化产业也更加发达。在这样的环境下，吸引了一大批前

　　　University of Michigan Press, 2003. p. 176.
97　（法）西蒙娜·德·波伏娃《第二性》，陶铁柱译，中国书籍出版社，1998 年，第
　　　642 页。

来上海谋生的知识分子，他们多数是不想当官或者仕途不顺无官可当之人，只能来上海通过写作稿件获得收入和经济来源，这与名妓们"卖笑为生"的生存方式有类似之处，他们在报纸中描写名妓们的生活时确实也寄托了自己内心的愁绪。这一时期的文人，正处在社会变革的转型期，不管是从思想上，还是在日常生活的交往上，都与之前有很大不同，他们这种愁绪可以通过报纸得到抒发。他们以名妓为描述对象，为她们的悲惨际遇呐喊，她们的苦难生活折射出上海城市生活的艰辛。梅嘉乐在其专著中指出，名妓经常出现在《申报》的社论中，由她们的苦难所激发的讨论是对上海生活的真实回应。[98]这些知识分子对名妓是一种复杂的态度，他们同情作为弱势群体的名妓，但是他们也认为这些名妓是道德有问题之人，应当受到鄙视和唾弃。在梅嘉乐的专著中，她指出，《申报》对女性的报道以"苦难"为基调，其中以名妓为主要报道对象。在一则报道中，一名妓女受到虐待，警察调查后得知这名妓女因生意不好被老鸨折磨，但是警察也无能为力，因为他不能帮妓女揽客。[99]英语世界学者察觉到了报纸对妓女"苦难"命运的同情实际是撰报人自身人生苦难的诉说，知识分子正是与妓女群体有这样的情感共鸣才会在报道中透露出同情之意。

其次，英语世界的学者注意到，由知识分子主导制造的明星文化使文人与名妓之间形成了新的商业联盟，而报纸是实现这一联盟的中介。妓女与文人的交往及其相知相惜的传统虽然在晚清时期仍然存在，但是上海名妓的身份也逐渐多元化，她们也逐渐变成了职业艺人和女商人，与这些知识分子生意上的往来主要是一种商业互利关系。这些知识分子在报纸上为名妓打造其所需要的公共形象，名妓利用他们打造的公共形象处处推销自己，而知识分子又进一步利用名妓大胆的商业精神和对公共空间的积极利用而推销自己，获取大众关注度、社会影响力、金钱乃至权力。叶凯蒂在《上海休闲，印刷娱乐和小报》（Shanghai Leisure, Print Entertainment, and the Tabloids, *xiaobao*）一文中提到，"名妓发现了报纸报道的优点，她们善于利用其宣传自己，比如通过刻意制造的形象登上头条新闻"，[100]这些花边新闻同时也大大地增加了报纸的商业价值

98　Barbara Mittler, *A Newspaper for China? Power, Identity, and Change in Shanghai's News Media, 1872-1912*. Cambridge: Harvard University Press, 2004. p. 273.

99　Barbara Mittler, *A Newspaper for China? Power, Identity, and Change in Shanghai's News Media, 1872-1912*. Cambridge: Harvard University Press, 2004. p. 292.

100 Catherine Vance Yeh, "Shanghai Leisure, Print Entertainment, and the Tabloids, *xiaobao*" in Rudolf G. Wagner, ed. *Joining the Global Public: Word, Image, and City in Early Chinese Newspapers, 1870-1910*. New York: State University of New York Press,

和丰厚利益,两者达成了某种程度上的一致。在该文中,叶凯蒂以李伯元为例,指出他就是在这种新式的商业模式下取得巨大成功,一炮而红。"1896 年春天,李伯元初到上海时还是无名小卒,然而几个月后,他就成为新一代最成功的中国记者。1896 年 6 月,他首次尝试创办《指南报》。虽然该报很快衰落,但其标题所宣称的上海名妓的日常指南内容已经包含娱乐的核心成分,即名妓新闻和文学。"[101]李伯元在首次尝试后,他开办了自己的公司,创办《游戏报》,举办"花选"比赛,全力打造娱乐业的明星文化,通过多种途径增加报纸的发行量,以此增加公司收入。在这个时期,上海名妓不再像过去的时代那样只是一味地接受与之交往的顾客的单方面的"享用",而是逐渐有了独立价值。王娟在其专著中指出,上海名妓面对"花选"排名结果时,通过报纸大胆表达出自己的不满,抱怨自己排名过低,于是,李伯元只好重新邀请专业人士重新进行排序。[102]这种活动涉及到大众投票,把"花榜"变成了大众参与的活动,显然加入了商业性目的,报纸通过这种方式增加社会关注订阅和报纸收入,而且让名妓们获得了社会认可的文化资本。仅从这一点而言,这与当下的各类选秀活动有异曲同工之处。只不过晚清时期报纸是最为流行的大众媒介,而当下使用的是有别于传统媒介的新媒体。作为男性文人的报人就在与名妓的互动中,完成这种商业性质的交换,形成了一种新的商业联盟,也就是在这种不自觉的商业联盟中,名妓成为了波伏娃所说的"一个具有支配欲的、男性化的人"[103],名妓和男性报人处于平等互利的关系,名妓的地位得到进一步的彰显。尽管记者或者是报业人对名妓们的抛头露面行为感到反感,但是他们仍然能够接受这种转变。

总之,英语世界学者认为报纸改变了上海娱乐商业化的传统模式,而这主要归功于上海名妓与知识分子的商业联盟。上海名妓与知识分子之间的情感与商业往来是复杂的,这种复杂性表现在两方面:一方面两者之间的商业关系

2008. p. 216.

101 Catherine Vance Yeh, "Shanghai Leisure, Print Entertainment, and the Tabloids, *xiaobao*" in Rudolf G. Wagner, ed. *Joining the Global Public: Word, Image, and City in Early Chinese Newspapers, 1870-1910*. New York: State University of New York Press, 2008. p. 205.

102 Wang Juan, Merry Laughter and Angry Curses: The Shanghai Tabloid Press, 1897-1911. Vancouver: UBC Press, 2013. p. 29.

103 (法)西蒙娜·德·波伏娃《第二性》,陶铁柱译,中国书籍出版社,1998 年,第 646 页。

在新型社会中产生了显著的功利性因素，对上海娱乐商业化产生了影响；另一方面就是名妓们一步步在公共空间展示自己，她们与文人知识分子之间的对话渐趋平等化，独立思想渐浓。

本章小结

　　近代中国中西方文明的博弈和冲突，深刻影响了近代报纸与市民社会生活之间的互动关系。晚清民国时期市民的生活方式上深受西方器物、文化及制度上的冲击，形成了颇有特色的早期市民社会，而女性无疑成为受影响和改变最大的群体。本章主要以女性为例考察了英语世界研究者们有关晚清民国时期报纸对市民社会生活影响的研究，主要表现在以下三个方面：

　　从研究的对象上来看，英语世界学者选取的重点是报纸对普通市民女性、女报人和上海名妓社会生活的影响，并对她们的形象、特质及转变进行了阐述。从这些学者的研究中，我们可以一窥其对晚清民国时期报纸研究的一个侧面。正如夏晓虹所说："在晚清的社会震荡中，女性的生存状态发生了更为显著的变化。从基本人权的严重缺失，到争取男女同权，更进而与男子一道，为现代国家的国民所应具备的各项权利努力奋斗，这一女性逐步独立自主的过程，也成为晚清社会基础变革最有力的印证。"[104]晚清民国时期的女性在每一阶段、每一群体的转变都是中国传统社会的变化，而这些变化离不开报纸的推波助澜。女性在传统中并没有公共话语的声音，其社会地位最难改变，学者关注报纸记载的名妓、女报人等"新女性"的历史变化，正因为强调的是"女性"受到报纸影响，且对于男性、社会、民族以及国家的影响不能被忽略。夏晓虹提到，"新闻的讲究时效，记者的好奇搜隐，使其最大程度地逼近于社会情状的原生态，作为晚清报界主体的民办报刊所代表的公众立场，也注定了其向民间社会倾斜的取向，并为之留下了相当忠实且详尽的记录"。[105]正是由于报纸所代表的"公众立场"，所以以此为载体重现晚清民国时期女性的真实境况及遭遇都是极具说服力的。在这一点上，英语世界学者们以对女性群体的关注阐明报纸对市民社会生活的影响是有必要且具有启示性的。

---

104 夏晓虹《重构晚清图景——〈晚清女性与近代中国〉导言》，载《博览群书》2004
　　年 01 期，第 48 页。

105 夏晓虹《重构晚清图景——〈晚清女性与近代中国〉导言》，载《博览群书》2004
　　年 01 期，第 47 页。

其次从研究的思路上来看，英语世界的研究者们通常在掌握了大量的材料后，多从宏观的角度对女性的活动给予社会学、历史学的文化意义上的解读。这种宏观角度大多是将研究对象与国家的民主化进程和民族命运联系在一起，既考虑到妇女自身的解放需求，同时又与当时的社会脉搏保持一致。英语世界的学者虽然对材料的掌握充分，但是他们总是倾向于围绕一个中心议题来选取自己论述中所需要的材料，所以有时候不免会遮蔽一些对其观点不利的材料，这是海外汉学家研究的通病之一。这种研究思路本身就存在着漏洞，而这一漏洞往往隐藏在材料堆砌的论述中，表面上看似无懈可击，实则往往以偏概全。就英语世界研究中国早期报纸中的女性形象和相关思想而言，英语世界学者极大地忽视了男性在女性形象建构中的作用。众所周知，男性作为社会主体，必然对女性的生存和社会活动有很大的影响作用，虽然这些外因要借助妇女自我觉醒的内因才能够起作用。据笔者耙梳材料，仅有学者瓦格纳在其文章《女性在申报馆，1872-90》提到男性社会形象开始面临严峻处境，但并未进行详细分析。据夏晓虹考察，从梁启超、马君武到柳亚子等人，他们积极为晚清民国时期的女性独立和男女平等的权利而撰文，而晚清女子的自我认知和反省其实并不是那么强烈，对当时女界的前途并不看好。[106]也就是说，女性独立地位的争取不能只依靠女性群体本身，而是男女两个群体共同努力的结果，这是因为男性仍然在某种程度上掌握着社会的话语权，大多数女性报人仍然处在相对较低的位置。据统计，中国女报人在晚清民国时期活动的人数其实是凤毛麟角的，直到 1937 年进入抗战时期之后，女性记者等才逐渐增多，解放战争后才逐渐进入"繁荣期"。[107]在这之前，报社的女记者作为被"观看"的对象，也跟晚清名妓一样被男性报人和读者评头论足，社会地位可见一斑。由此可见，虽然晚清民国时期女性的独立意识有了根本的改变，对历史的发展和潮流的引领有一定的作用，但是并不能确定她们在多大程度上是自发地意识到自己的处境和职业选择，男性报人对其影响的作用不可不提。

最后，从使用的理论和研究方法上来看，英语世界的学者们有时直接把女性主义的相关理论套用在研究晚清名妓和民国时期女报人的研究上，存在着强说理论之嫌。不管是马育新还是张咏，在使用某些西方术语时皆未对其进行

---

106 夏晓虹《从男女平等到女权意识——晚清的妇女思潮》，载《北京大学学报（哲学社会科学版）》1995 年 04 期，第 97-104 页。
107 谢美霞《旧上海的女记者》，载《新闻记者》2006 年 09 期，第 30 页。

重新解释和定义，这种不准确性在对照晚清民国报纸原件时未免产生误解。此外，他们使用的方法多是在文本细读的基础上对报纸或者某一个女性人物做个案的分析，这种个案分析并没有吸收中国大陆和港台学术界对同一主题的研究成果，与中国学术界没有形成对话意识。在国内学界，最为突出的是北京大学学者夏晓虹，她自 20 世纪 90 年代起，一直对晚清民国女性和报纸做大量的研究。首都师范大学副教授秦方在《台湾硕士博士历史学术文库妇女史论著介绍》一文中，介绍了内容更为丰富的台湾学者研究资料，指出妇女史这一研究所运用的史料的交互性和多重对话。[108]这一点正是英语世界研究者们所欠缺的。

综上所述，英语世界在此方面的研究虽然偶有新意，论述也较为细致严密，但是存在的理论先行、全局意识缺乏以及对话意识欠缺等问题，仍不可忽视。

---

108 秦方《台湾硕士博士历史学术文库妇女史论著介绍》，载《近代中国妇女史研究》2013 年 22 期，第 151-168 页。

第五章　英语世界对晚清民国报纸与文化变迁的研究

　　至 19 世纪中叶，真正意义上的大众报纸的出现所带来的不仅是大众文化的悄然崛起，更是给中国带来了报业的商业萌芽与发展，真正的中国当代新闻业开始被定义。英语世界在这一时期对报纸的认知与研究也呈现出一个全新的视野，在这种视野基础上，英语世界的报纸研究走向了深层次的意义解析。"新的大众传播手段代表了一个重大的技术进展，最古老的、然而至今仍然是最重要的传播技术是印刷，印刷本身就经历了多次重大的技术变革。……既加快了新闻的搜集，又使印刷品的分送更为广泛更为迅速。"[1]报纸的兴盛"培养"了最早的"受众"，也"结构"了大众文化中的"舆论"场域。诸此一系列的发展所裹挟的是新兴的消费文化的构建，无意识的文化消费驱动了有意识的现实商业经济。可以肯定的是，"文化研究现已成为一场运动或网络"。[2]因此英语世界在对报纸的研究中，很难脱离文化研究来进行阐释。

　　在文化研究的阐释维度，除了"表象和意志"的构成，在这种维度中，报纸以一种表象存在，另一种立场则需要关注"次级客观性"的建构主义。"萨特（Jean Paul Sartre）的《存在与虚无》（*Being and Nothingness*）一书体现了这一立场的极端形式，而当下则在常用方法学的文化主义流派中和在一些理性

1　（英）雷蒙德·威廉斯《文化与社会》，吴松江、张文定译，北京大学出版社，1991年，第 379 页。

2　（英）理查德·约翰生《究竟什么是文化研究》，陈永国译，罗刚、刘象愚编《文化研究读本》，中国社会科学出版社，2000 年。

主义色彩较浓的理性选择理论分支中，最为充分地表现了这一立场。与结构主义的客观主义正相反，它认为具有资格能力的社会行动者通过'日常生活里有组织的、富于技巧的实践'持续不断地建构他们的社会世界，而社会现实就是这些'持续不断的权宜行为所成就的'。"[3]在文化研究的阐释维度中，报纸一方面作为大众媒介的社会表象存在，另一方面，它也成为一种社会的文化力量存在。同时报纸的本体商业性也决定了报纸的消费文化烛照。

第一节　作为表象的报纸

就大众文化的萌芽与发展而言，报纸成为其重要的助推力。这一阶段的报纸培养了中国最早意义上的当代报纸受众。尤其是在上海此类繁华的城市，报纸的快速崛起成为了社会文化的重要表征。"媒介业发生戏剧性的激变，为所谓的媒介新秩序奠定了基础"。[4]媒介的变革本身既是对社会的反应，也影响着社会的变化。"社会确实具有一个客观的结构，但同样千真万确的是，社会在根本上也是由——用叔本华那句名言来说——'表象和意志'构成的。这里的关键在于，每个人对世界都有一种事件知识（practical knowledge），并且都将它运用于他们的日常活动之中。'与自然科学不同的是，完整的人类学不能仅限于构建客观关系，因为有关意义的体验是体验的总体意义的重要组成部分。'"[5]在社会学的意义维度中来看，作为大众传播媒介的报纸所建构出来的是一种反映社会文化的表象。

一、映射现代城市的转型

这一时期的报纸在英语世界研究者眼中不仅是一个信息的传递载体，更是成为承载了东方社会文化的城市映射。作为报纸集中发行的地区，尤其是上海，报纸与城市有着千丝万缕的关系。英语世界学者研究的出发点都默契地聚焦在繁华都市中的报纸之上，在研究路径上都几乎从作为社会表征的报纸上

3　（法）皮埃尔·布迪厄、（美）华康德《实践与反思》，李猛、李康译，邓正来校，中央编译出版社，1998年，第9页。

4　（英）戴维·莫利、凯文·罗宾斯《认同空间——全球媒介、电子世界景观和文化边界》，司艳译，南京大学出版社，2001年，第14页。

5　（法）皮埃尔·布迪厄、（美）华康德《实践与反思》，李猛、李康译，邓正来校，中央编译出版社，1998年，第9页。

出发，进而对报纸中的客观世界，尤其是客观世界的"新变化"进行勾勒与重构。从研究中我们可以轻而易举地解读出，这一时期报纸映射了城市状态，表现着社会诸方面，甚至影响着地域文化的发展。

上海由于地域和历史原因成为了报纸研究的重要指征对象。对城市印象的写照来源于观察者与学者对城市所展现出来的外在感受与其在报纸这种大众文化中所展现出来的形象描写。这种所谓的形象描写一方面来源于亲身体验而来的经验主义，另一方面则是取决于学者们对报纸所展现出来的印象化的语言符号。在《一份为中国而生的报纸？》中，作者梅嘉乐认为，"上海的报纸是价值连城的城市指南，报纸是城市本身的完美展现。"[6]在这个层面，英语世界学者肯定了上海报纸对城市的多元表达以及相对完整的社会映射。叶凯蒂在《上海休闲，印刷娱乐和小报》中明确指出，"作为所有活动的背景，城市本身就是现代性的体现。《娱乐报》及其他小报本身就是他们在报纸中讨论的一种城市现象。……就如同上海名妓一样，小报本身就成为一种特色，都是城市自我呈现的舞台。"[7]

对于作为媒介的创作主动性而言，多元表达的途径一方面来源于内容表达，另一方面来源于报纸的形式表达，更潜在的一个表达在于报纸的传播形式的表达。在内容表达上，此时的报纸所展现的是从多种形式的内容生成上对城市文化进行多角度、多维度的建构。其次，在报纸的形式上，诸种报纸的内容的多元化形式呈现不仅表明了创作者的主观能动性，更是呈现了多重性城市语境之中的话语表达。而潜在的报纸传播形式表达更是对城市本身的完美呈现与表达，具有代表性的符号化的传播形式一度成为这个时期上海的城市符号语言。

城市印象中的文本来源于都市符号，因此我们有必要对这一时期的都市符号研究做出简要概述，以此窥测报纸研究中的文本与客观世界中的都市符号之间的关系。在诸多对这一时期城市或是都市的研究中，都能看到研究者极尽笔墨对城市繁华的概述与描绘。"有好几百个摊位的百货商场，里面应有尽有，琳琅满目，充满着异国情调，准备上演着自豪的发现、难分难解的议价、

6　Barbara Mittler, *A Newspaper for China? Power, Identity, and Change in Shanghai's News Media, 1872-1912.* Cambridge: Harvard University Press, 2004. p. 312.

7　Catherine Vance Yeh, "Shanghai Leisure, Print Entertainment, and the Tabloids, *xiaobao*" in Rudolf G. Wagner, ed. *Joining the Global Public: Word, Image, and City in Early Chinese Newspapers, 1870-1910.* New York: State University of New York Press, 2008. pp. 221-222.

欢喜的拍板定案,有一些情况则是定期的顾客与老主顾。"[8]城市客观世界的勾勒从这简单的符号化的"百货"商场中便能窥见一斑。因此研究者在对此时期报纸的研究中,都会首先将城市中的印象化反映与报纸中勾勒的世界之间做出关系性论证。

著名汉学家、美国哈佛大学中国文学教授李欧梵曾在著作中提到:"1930年的上海确实已是一个繁华的国际大都会——世界第五大城市。"[9]上海的城市文化建构与城市印象表征在作为大众文化中的报纸里有着深刻的联系。这一时期新的都市文化的发展无疑一方面为城市文化独特性增加了浓墨重彩的一笔,另一方面也为报纸的发展提供了乐土。正如李欧梵在其书中以"重绘上海"一个章节的描写建构出对此时上海的符号化城市建构,他以"外滩建筑"、"百货大楼"、"咖啡馆"、"舞厅"、"公园和跑马场"、"'亭子间'生活"、"城市和游手好闲者"等具有明显符号化的象征来建构出此时的上海都市印象。而这一切符号化的表征为之后印刷文化与现代性的建构提供了前提性基础。在李欧梵对上海的重绘中,对作为中国印刷文化发源地的上海做出如下印象化的评价:"在20世纪 30 年代,上海已和世界最先进的都市同步了。"[10]与世界同步的上海为城市的印刷文化的发展奠定基石,因此这一时期报纸文化的兴盛与发展无疑与城市文化的印象表达息息相关。城市印象既为报纸文本提供了内容,同时也成为报纸内容生成与表达的重要来源。正如波德莱尔之于巴黎,上海人之于上海所呈现的又是一个新的呈现。在上海这样一个新的、不断商品化的都市中,不仅为现代主义的黎明奠定了最基本条件,同时也呈现出一个传统与现代矛盾交织的城市图景。"当我试图以本雅明的思路来梳理上海,试图跨越上海(她经常被称为东方巴黎)和巴黎之间的文化边界时,我马上就遇到不少问题。其中有一个很明显的是时间问题:19 世纪的巴黎和 20 世纪 30 年代的上海已相当接近了;而作为首都和大都会的巴黎本身又是法属殖民去所仿效的城市。但波德莱尔的巴黎依然是一个驾马车的城市,一个荡子可以寻求拱门街庇护的城市。"[11]

---

8 (美)叶文心《上海繁华:都会经济伦理与近代中国》,时报文化出版企业股份,2010 年,第 78 页。

9 (美)李欧梵《上海摩登——一种新都市文化在中国 (1930-1945)》,毛尖译,北京大学出版社,2001 年,第 3-4 页。

10 (美)李欧梵《上海摩登——一种新都市文化在中国 (1930-1945)》,毛尖译,北京大学出版社,2001 年,第 7 页。

11 (美)李欧梵《上海摩登——一种新都市文化在中国 (1930-1945)》,毛尖译,北京大学出版社,2001 年,第 44 页。

在诸多研究者看来，上海是可以被类比为巴黎的，被称为"东方巴黎"的上海，在这种前提观念下，在城市的诸多属性和样态之上是类似于巴黎的，自然而然的问题就是巴黎的研究很容易被移植于上海的城市研究之中。李欧梵指出，"30 年代的上海早已是一个现代都会（虽然还需要被进一步现代化），一个电车、巴士、汽车和人力车的都市。20 世纪早期，城市里还有马车，就像前文曾提到过的，马车载着名妓从老城区驶向外滩的景象是上海滩的著名的习俗。"[12]独特的都市文化赋予了上海与巴黎不同的文化样态，正如马车、人力车、电车这种属于不同时代的样态在同一地点出现。英语世界的研究者也注意到了这个问题，他们着眼于上海独特的矛盾的文化之中。"不像巴黎，上海新旧城区之间的区别是越来越大：老城厢里有窄巷、小店、饭馆和茶馆；而高度现代化的公共租界是由高层公寓楼、百货楼和电影宫组成的，至于法租界，则有林荫道通向梦幻般的西式住房。"[13]新旧城区、中西文化同时并存的城市以一种互相冲击式的新样态展现在客观世界中，也展现在学者的研究视野之中。

英语世界的学者自从开辟了文化研究这一路径，在对报纸的研究中从未放弃过对城市文化展现的研究，然而，报纸中描述的城市印象与真实的城市感官是否存在差别也是英语世界对中国早期时期报纸研究中的一个重点领域。正如梅嘉乐在书中所说，"上海报纸中的广告、诗歌和社论并没有呈现出上海社会本身的模样。相反，如果人们能够购买广告中的商品并按照广告中的要求一一践行，如果人们能够把上海想象成诗歌中的城市，如果人们能够按照社论的指示去行动，那么报纸可以描述上海生活可能的样子。"[14]英语世界学者所认为的报纸中所描绘的或者说所建构的不是对上海社会的简单复刻，而是沿着一条大众文化引导的社会主流的方向来展现上海城市景观。"这种对生活的想象不仅仅是上海，而是整个中国。……在上海报纸中，上海人以一种有吸引力却让人恐惧，异域却必需的姿态作为上海和上海以外地方中国人的模板。"[15]在深度地了解和阐释中，英语世界研究者进一步阐发了报纸所建构的

12　（美）李欧梵《上海摩登——一种新都市文化在中国（1930-1945）》，毛尖译，北京大学出版社，2001 年，第 44 页。

13　（美）李欧梵《上海摩登——一种新都市文化在中国（1930-1945）》，毛尖译，北京大学出版社，2001 年，第 44-45 页。

14　Barbara Mittler, *A Newspaper for China? Power, Identity, and Change in Shanghai's News Media, 1872-1912*. Cambridge: Harvard University Press, 2004. pp. 313-314.

15　Barbara Mittler, *A Newspaper for China? Power, Identity, and Change in Shanghai's News Media, 1872-1912*. Cambridge: Harvard University Press, 2004. p. 314.

大众文化所引导的新的城市生活与文化。

对主流文化的引导的一个前提是作为大众文化代表的报纸本身所能完成的客观世界的建构。城市文化的变迁与转型是报纸的一个重要的映射面，所以对客观现世城市的映射成为英语世界学者研究这一时期报纸文本的一大亮点，在不同的报纸中从不同侧面反映和展现了都市的客观环境。在这一类的研究中包括了对城市生活诸方面报纸内容承载的研究。英语世界学者在研究从《点石斋画报》中所展现出的城市生活中，从城市的基础设施建设以及城市休闲娱乐活动等方面对城市生活做出了描绘。

（一）新城市生活

在对城市生活的建构研究中，英语世界的学者们基本上清晰而明确地对客观实际的城市状况进行了详细的描述，如从城市的道路和交通，从上海的街道修建到中西式交通方式的混杂，在城市的描述建构之上完成了对城市生活中实际展现的映射。从这种社会状态的展现来看，英语世界学者将研究的目光转向了报纸中内容文本及其倾向性的研究。叶晓青在其著作中谈到《点石斋画报》提醒读者上海的街道是如何修建的：一群无力支付罚款的轻罪犯者在警察的指挥下做苦力修建道路。"《点石斋画报》评价道：殖民地的道路'充满了中国人的血泪'。来自其他地方的游客不应该羡慕。"[16]从这段文字描述足以看出学者的价值倾向。此外，作者还对中西方公民受到的不公正对待进行了解读。"中国人给官员写信抱怨不公，因为外国公民犯罪交由外国领事馆处置，从未见他们做苦工，而中国人则是做牛做马。"[17]人文关怀的出现，表现了这时期报纸中文化建构的新的研究点的出现——对普适的新闻专业主义的关注和研究。英语世界学者也对一些特别的内容给予了适当的关注：《点石斋画报》中提到了特殊的交通工具——西式马车，马车的引入以及在上海的普及，造成了一定程度的交通混乱。"虽然政府出台了交通规则，但还是经常发生马车交通事故。"[18]学者在研究中形成了以点带面的研究路径，并以此完成了较为全面的城市图景建构。由生活中的基础设施的变化而引发的一些问题

16　Ye Xiaoqing, *The Dianshizhai Pictorial: Shanghai Urban Life, 1884-1898*. Ann Arbor: University of Michigan Press, 2003. p. 43.

17　Ye Xiaoqing, *The Dianshizhai Pictorial: Shanghai Urban Life, 1884-1898*. Ann Arbor: University of Michigan Press, 2003. p. 43.

18　Ye Xiaoqing, *The Dianshizhai Pictorial: Shanghai Urban Life, 1884-1898*. Ann Arbor: University of Michigan Press, 2003. p. 44.

延伸也得到了英语世界研究者的重视。叶晓青提到，"《点石斋画报》评论到西方人对卫生非常挑剔，连马粪掉在地上都要立即清理。作者举例道，天气炎热，市政府禁止家畜到马路上。一位养猪者未注意规则，在马路上赶猪，被警察拘捕。……《点石斋画报》评论这些规则是'专横的'（tyrannical）。"[19]但是学者也承认上海确实很干净，而其他城市拥挤狭窄。上海城市基础设施完整清晰的呈现与过去相对落后的城市基础设施的对比得到了英语世界学者的关注。在这样一个相对比较成熟的城市生活基础设施的文本研究中，我们可以清晰地发现英语世界学者在研究中具有清晰而明确的研究思路，同时勾勒了比较客观而系统的研究轮廓，在报纸文本的描绘中建构出一个城市生活的研究路径。

然而，城市生活的描绘和建构不是单方面的，英语世界学者在研究中更为全面地对一个城市的基础设施系统进行了解构——除了道路和交通，笔者发现在报纸的文本展现中，城市基础供应的客观环境展现研究也历历在目。首先是在水供应和卫生上——消防栓在上海街头非常常见，一些地方也有自来水的供应。尽管自来水更加干净、便捷，但由于其造价较高，社会上还是有一些反对的声音。但是叶晓青却指出，《点石斋画报》从未提到过这些反对的意见，作者推测"可能是因为《点石斋画报》的政策支持西方科技的引进"。[20]评述性的内容已经逐渐频繁地出现在这一时期的文本中，似乎也成为一种常态。报纸文本内容中诸多意见性的观点通过不同的文本主题、内容得以完成表达。而同时，更多的表达样式也逐渐显示出其魅力，文字、图片等多样式也成为这一时期报纸不断提供信息的手段。英语世界的学者注意到，"通过图画，《点石斋画报》多次表扬上海的供水系统。画报作家通过对上海最著名的茶馆发生火灾和紫禁城发生火灾的灭火情况对比，凸显出京城与上海供水系统的差距。"[21]这也从某个侧面反映了英语世界研究者对《点石斋画报》的观点性看法。不同的新闻样式不断被创造和运用，以此来完成对诸多新闻内容的建构。

英语世界学者还研究了《点石斋画报》中的图片和评论。常规性的文本内容研究在这一时期的研究中已经成为常态，在图片和评论的研究中展示了上

19 Ye Xiaoqing, *The Dianshizhai Pictorial: Shanghai Urban Life, 1884-1898*. Ann Arbor: University of Michigan Press, 2003. pp. 45-46.

20 Ye Xiaoqing, *The Dianshizhai Pictorial: Shanghai Urban Life, 1884-1898*. Ann Arbor: University of Michigan Press, 2003. p. 49.

21 Ye Xiaoqing, *The Dianshizhai Pictorial: Shanghai Urban Life, 1884-1898*. Ann Arbor: University of Michigan Press, 2003. p. 51.

海在租界地区具有现代设备，但其他地区仍然处于落后状态，并且这种状况亟待改变。在图片和评论的研究中英语世界学者也逐渐勾勒出上海城市的卫生设备和条件正在转变与发展的过程。除这两类的研究切入点之外，叶晓青在书中也对煤气和电力提供公共照明能源的展现进行研究。据作者考察，《点石斋画报》中经常描绘在著名的河道或大街小巷中出现六边形煤气照明灯。但实际上此时电灯已逐步出现，彩灯在各种庆典中发挥重要作用。[22]从这里我们不难看出画报对城市的映射，但也不时有滞后之处。除开事实性的研究报道之外，学者还从资料中进行推测。叶晓青从《点石斋画报》的记载推测，"首先使用电灯的是'第一楼茶馆'，接下来是一些酒馆、餐厅。[23]书中还提到有一则报道记载一名电工维修电灯时触电身亡。这可以充分说明电灯非常普及，即使有事故发生，也没有反对声音。"[24]人们日常生活中新事物的出现已成习惯，而这种事实报道与资料推测相结合的研究方式使得上海这一时期的城市景观更为生动地呈现在报纸之上。

在基础大环境研究之外，英语世界的学者对新的城市生活的研究也做了进一步的勾画。报纸所构建出的一种具有舆论作用的新的城市生活的样态是无可厚非的，新的城市生活研究更为突出地展现了在这样一个中外文化融合迅速发展的城市中，报纸中所构建和映射的城市生活。新的社会环境创造了新的城市生活，产生了新的娱乐方式，就连传统活动也开始呈现出新的形式。"乘坐马车成为新的都市娱乐，马车观光成为友人参观、情侣享乐的新方式，也是花花公子带着妓女游玩的新时尚。新的娱乐场所包括现代影院、餐厅、茶馆、鸦片馆、歌厅、妓院逐步出现在人们的生活之中。"[25]日常生活的报纸展现中还涉及一些新兴的体育活动，比如赛马、追纸、板球等。除了日常生活之外，一些媒介大事件也出现了新的变化，如《点石斋画报》大量报道庆典活动，有一整期《点石斋画报》纪念外国殖民地成立十五周年，"上海人就像庆祝本国节日一样蜂拥而至，热闹非凡；……维多利亚女王继位五十周年和六十周年庆

---

22 Ye Xiaoqing, *The Dianshizhai Pictorial: Shanghai Urban Life, 1884-1898*. Ann Arbor: University of Michigan Press, 2003. pp. 53-54.

23 Ye Xiaoqing, *The Dianshizhai Pictorial: Shanghai Urban Life, 1884-1898*. Ann Arbor: University of Michigan Press, 2003. p. 51.

24 Ye Xiaoqing, *The Dianshizhai Pictorial: Shanghai Urban Life, 1884-1898*. Ann Arbor: University of Michigan Press, 2003. p. 56.

25 Ye Xiaoqing, *The Dianshizhai Pictorial: Shanghai Urban Life, 1884-1898*. Ann Arbor: University of Michigan Press, 2003. p. 57.

典街道上挂满了彩灯、灯笼、举行游行，一片喜气洋洋的景象。"[26]在这样的生活表现之上，不难看出西方城市生活逐步引入上海，中国人接受并融入参与外国生活，并共同构建了现代中国人的生活方式。此外，一些新的国外娱乐活动方式如马戏团、西式魔术等，也成为都市生活中的一部分。

我们不难看出英语世界学者在研究中拥有相对宽泛的研究视域和较为丰富的研究方法，同时，从研究内容文本和成果来看，英语世界的学者对当时报纸中的上海城市映射的观感是相对积极的，不和谐的画面与声音在时代进步的潮流中淡化。综合来讲，一个相对来说较为清晰而明确的城市图景在报纸世界中得到了构建，同时，也映射出了一个时代的新城市文化特征。

（二）新城市文化

在英语世界学者的研究中发现，新的生活方式的变化成为一种普遍现象之后，随之而来的是新的城市文化的变迁。叶晓青对新城市的文化进行了探讨。通过《点石斋画报》中对城市的映射和对城市生活的反映，从而描述并阐明了一种新的城市文化。作者首先描绘了上海人对中西方文化并存的态度。在文本内容中，英语世界学者得出诸多从文化渗透中完成的观念性转变，如"《点石斋画报》中对中外联姻持中立态度，对他们养育的混血小孩也毫无敌意"[27]，这在封建社会是不可想象的。此外，画报中记录了琵琶作为中国传统文化在教堂组织展开演奏。这些充分体现了中方对西方文化的宽容与接纳，总的来说，研究表明这一时期殖民地的移民者少有排外情绪。作者认为，"原因可能是大部分的移民者来到上海都是寻求其他地方所缺少的发展机会。他们没有强烈的排外情绪，否则他们不会选择来到上海。"[28]不断流动的人口使得文化的流动也随之进行，新的城市文化逐渐形成和发展。英语世界的研究者在对《申报》和《点石斋画报》的研究中发现其表现了诸多中国人和外国人和谐相处的行为，比如前文中提及的中国人热情参与女皇周年庆典等活动。这种新的城市文化呈现出一种中西融合的样态。

中西融合的城市文化较为明显的另一种表现是西方的食物也开始流行，

---

26 Ye Xiaoqing, *The Dianshizhai Pictorial: Shanghai Urban Life, 1884-1898*. Ann Arbor: University of Michigan Press, 2003. pp. 68-69.

27 Ye Xiaoqing, *The Dianshizhai Pictorial: Shanghai Urban Life, 1884-1898*. Ann Arbor: University of Michigan Press, 2003. p. 117.

28 Ye Xiaoqing, *The Dianshizhai Pictorial: Shanghai Urban Life, 1884-1898*. Ann Arbor: University of Michigan Press, 2003. p. 120.

乐队更是时尚的顶峰。一种新的文化价值观——以模仿西方为基础，在普通大众中产生。由此带来的是以农业为基础的传统和信仰的消逝。比如牛是传统农业的象征之一，中国政府禁止屠牛行为。但是随着西餐的引入，吃牛排变得越来越普及，而这种习俗也被中国人普遍接受。西式餐厅和西式事物在报纸的文本表现中大量出现，在报纸中出现诸多图画式的内容文本，其中也普遍地存在对西式文化的刻画。"尽管西方物质、文化很有吸引力，人们也乐于接受西方文化，但有些也只是表面的。"[29]例如上海人"衣装"并不流行西式，还是以中式为主。花花公子仅仅通过吸烟、戴墨镜和拿雨具来体现他们的现代性色彩。新的城市文化也在报纸文本中得到了展现，然而在现实生活中这种构建并非是他们生活的日常。

外来文化的波及并非是一个点，而是形成了一连串的效应式的现象。这一时期新城市文化的另一突出表现是人类关系模式的改变，关系模式的变革体现出了文化融合中的另一种形态。英语世界的学者在研究中发现，上海出现了公所、会馆以及老乡协会等。相比之前，邻居间没有社区意识，邻里之间相互不认识，也基本不交流，这一点与中国传统的家族模式的人际关系大大不同。即使从人际关系之间的矛盾冲突解决方式上来看也是如此，新城市文化中的传统解决争端的方式也发生了改变。传统争端解决方式是家族长辈判断对错，而现在是送到公堂会审，由法律裁决。而中西方价值观的强烈反差在会审公廨中显露无疑。例如，一名外企女工跟丈夫发生争执，丈夫要求她回家但遭到拒绝，她的雇主支持她的行为。会审公廨的中方法官认为妻子应该回到丈夫身边，而西方法官认为女性应该追求自由生活。[30]西方法律制度传入中国，英语世界学者通过研究发现，中国人认可西方法律制度。有时候中国人也会聘请西方律师为他们解决问题。在中国人与外国人的诉讼中，中方有时也会胜诉。[31]这充分体现了英语世界学者对于这一时期上海引入西方法律体系的肯定与赞同。但是英语世界的学者也注意到，并非所有的矛盾解决都是一概而论的，实际上，人们有时也会通过"喝讲茶"这种传统中国方式调节矛盾，而地点有时

29 Ye Xiaoqing, *The Dianshizhai Pictorial: Shanghai Urban Life, 1884-1898*. Ann Arbor: University of Michigan Press, 2003. p. 130.

30 Ye Xiaoqing, *The Dianshizhai Pictorial: Shanghai Urban Life, 1884-1898*. Ann Arbor: University of Michigan Press, 2003. p. 90.

31 Ye Xiaoqing, *The Dianshizhai Pictorial: Shanghai Urban Life, 1884-1898*. Ann Arbor: University of Michigan Press, 2003. p. 149.

会选在西餐厅，因此当时上海人解决矛盾方式是半中半西的。[32]实质上，表现上看起来中西融合的文化方式实际上处于一个对抗融合、矛盾交流的状态之中，两者协同对新的城市文化产生影响。

在英语世界学者的研究中，还提及对传统社会秩序的挑战。阶层的符号表征也发生了重要的变化，如传统阶层的标志性的衣装、食物、住宅、称谓等受到了巨大挑战。比如过去只有官员阶层有权称自己的房屋为"公馆"，而 1890 年代以后，任何有钱人修筑的房屋，无论其阶层是什么，都可以称为"公馆"。"新的社会秩序是以金钱为导向划分社会阶层，而文人认为这种社会秩序是扭曲的。"[33]社会秩序中的价值观念衡量转变，也成为一种新的城市文化的变革标志。

英语世界学者也从报纸中关注到民众信仰的转变。比如民众对有字纸张的敬畏逐渐减弱。对有字纸张的敬畏是中国士大夫个人道德修养的重要维度，这一点在王娟的书中也有论及。然而叶晓青指出，19 世纪晚期在上海，这种习俗越来越难以维持。随着印刷物的普及，有关纸张生产的工厂、公司的增多使得"有字纸张"无处不在。鉴于此种现状，《申报》的一则广告呼吁民众尊重有字纸张。在广告中，作者以印有公司英文名称的包装纸使用后被随意丢弃为例，呼吁大家做正确的事情，因为对有字纸张的尊重可以延长寿命，得到应有的回报。[34]但总体而言，这种传统的延续越来越困难。由此可见，报纸反映甚至影响着社会文化的变迁，而这些新的文化习俗也逐步被大众接受并延续至今。

当然，英语世界学者并非认为城市生活与文化的"新变化"都是积极的，叶晓青在其氏著中也指出其消极的一面。比如新的城市生活使穷人心生惦羡，他们通过抢劫、偷盗财物、拐卖儿童、诈骗、赌博等方式非法获取财富。由于政府管理意识的薄弱以及法律制度的不健全，拐卖儿童的行径惩罚较轻，甚至可以说是无关痛痒。诈骗成为一种职业，专门骗钱、骗婚等。然而这种被现代社会认为很严重的罪行在当时却很少被定罪，就算有也只是遣返回原籍。由于

32　Ye Xiaoqing, *The Dianshizhai Pictorial: Shanghai Urban Life, 1884-1898*. Ann Arbor: University of Michigan Press, 2003. p. 151.

33　Ye Xiaoqing, *The Dianshizhai Pictorial: Shanghai Urban Life, 1884-1898*. Ann Arbor: University of Michigan Press, 2003. p. 161.

34　Ye Xiaoqing, *The Dianshizhai Pictorial: Shanghai Urban Life, 1884-1898*. Ann Arbor: University of Michigan Press, 2003. p. 216.

管理并不严格，这些诈骗者也常有重新回上海的案例。[35]叶晓青认为，"虽然画报经常讨论上海的社会进步与物质繁华，但是其评论经常以苛责（reprimanding）的口气出现"。[36]由此可见，英语世界在研究报纸作为现代城市映射时，不仅描绘出其"新变化"中的"繁华"，也关注随之而来的"邪恶"，上海城市文化便是在这些"新变化"中逐步发展并走向现代化。

二、展现人物形象的变化

"不代表任何事物的艺术作品如楼房、图案、织锦等，怎么能叫做意象呢？当它呈现出来纯粹诉诸人的视觉即作为纯粹的视觉形式而与实物没有实际的或局部的关联时，它就变成了意象。它离开了它的实际背景，而得到了不同的背景。"[37]在报纸中表现的城市意象既是城市的一部分，也是社会文化的重要部分。报纸文本中的印象表达如果是显而易见的作为城市文化的表征，那么隐藏在其中的更进一步的表现是展现的一种交织着中外文化表达的报纸文本。回归到对报纸发展最为昌盛的上海报纸研究中，英语世界的学者认为，"在上海的报纸中，上海人生活在美丽的梦幻与丑陋的现实中。没有人可以确定这些鼓吹居住在上海的人们是在庆祝他们开明的冒险生活还是在祝贺他们在城市充满磨烂的挑战中艰难生存下来。"[38]由此可见，英语世界中的报纸研究的路径并未在宏观研究中止步，其不仅对客观城市的新生活与文化进行了深刻的解读，同时还对报纸中展现的人物进行了深刻的分析。

英语世界学者研究的报纸中的人物，在前提上还是离不开人所处的地域、文化和社会背景，因此对城市的总结性的阐发是作为基础前提存在的。梅嘉乐提到，"这个时期的上海报业，由于外国媒体都用中文书写，也就折射出上海城市本身双重性：同时对外国的接受和排斥。"[39]外国媒体的"中文书写"所折射的是上海城市外国文化与本土文化之间的关系。而上海城市的双重性也意

35　Ye Xiaoqing, *The Dianshizhai Pictorial: Shanghai Urban Life, 1884-1898*. Ann Arbor: University of Michigan Press, 2003. pp. 167-172.

36　Ye Xiaoqing, *The Dianshizhai Pictorial: Shanghai Urban Life, 1884-1898*. Ann Arbor: University of Michigan Press, 2003. p. 176.

37　（美）苏珊·朗格《情感与形式》，刘大基、傅志强、周发祥译，中国社会科学出版社，1986 年，第 57 页。

38　Barbara Mittler, *A Newspaper for China? Power, Identity, and Change in Shanghai's News Media, 1872-1912*. Cambridge: Harvard University Press, 2004. p. 313.

39　Barbara Mittler, *A Newspaper for China? Power, Identity, and Change in Shanghai's News Media, 1872-1912*. Cambridge: Harvard University Press, 2004. p. 312.

味着上海人的"双重人格"。梅嘉乐同时指出,"上海,就像在广告中呈现的一样,首先是一个外国城市,也是娱乐之城。但是最重要的是,上海是一个矛盾的城市。在提供外国图片、日历、商品的同时,广告对洋货产品的介绍和权威性也是有妥协的。一部分广告商有意识地融合中西方元素在服装和医药广告中,另外一部分广告则是无意识的妥协,因为广告商不能决定他们在广告页的具体位置,可能有时候中文广告在更显著的位置,有时同一类型的中西广告出现在同一版面。这就导致了语言、时间甚至是空间的多样性。"[40]城市的建构基础在于人,因此我们不得不回归到人本位来阐明这个城市中所呈现的整体的矛盾生存样态与文化。

人物展现归属于文本研究,性别意识与性别研究在上一章中已有专门的论述,在此不多做赘述。这一小节中主要从人物展现的内容中引申出宏观上英语世界研究中对报纸人物展现的意义与特征。在对上海城市进行前提性认知之后,梅嘉乐对报纸内容中的"城市人"也进行了关键性分析,她认为报纸中的上海人是"精神分裂的"(shcizophrenic)。[41]在报纸中的作为受众的人物形象分析也是对报纸内容倾向性的重要映射和客观世界的镜像映射。对于报纸中的上海人,研究者的描述中认为上海居民是"有道德的、精致的、干净的、老练的、理性的"(moral, refined, clean, seasoned, and rational)。而在同时对于上海的新来者,他们描述到:"上海人是凶险的、粗俗的、肮脏的、欠缺经验的、非理性的"(vicious, vulgar, dirty, inexperienced, and irrational)。[42]报纸文本的人物展现反映了这一时期城市人物的总体身份。研究者关注到的核心内容关键在于处于报纸建构的大众主观世界中个人身份认知的焦虑与缺失,而这种焦虑与缺失正是区别于过去的重要文化表征。

在英语世界研究者的眼中,报纸中所塑造的人物并非是"排外"的。叶晓青论述到画报中经常报道上海举办各类体育赛事,如赛马、追纸、板球等,"中国人实际上不允许参加,他们也不想参加,但是他们非常热衷于充当忠实的观众,把观看比赛作为节日庆典一样隆重。"[43]英语世界研究者认为此时的民众

40 Barbara Mittler, *A Newspaper for China? Power, Identity, and Change in Shanghai's News Media, 1872-1912*. Cambridge: Harvard University Press, 2004. p. 322.

41 Barbara Mittler, *A Newspaper for China? Power, Identity, and Change in Shanghai's News Media, 1872-1912*. Cambridge: Harvard University Press, 2004. p. 312.

42 Barbara Mittler, *A Newspaper for China? Power, Identity, and Change in Shanghai's News Media, 1872-1912*. Cambridge: Harvard University Press, 2004. p. 313.

43 Ye Xiaoqing, *The Dianshizhai Pictorial: Shanghai Urban Life, 1884-1898*. Ann Arbor:

并没有真正的"民族主义"意识，而仅仅把观看比赛作为娱乐生活的一部分。在对《点石斋画报》的文本研究和文化研究中，学者阐明了这样一种城市文化浸入城市人的生活理念：对外国事物的崇拜。在对这种现象的研究中，叶晓青尤其论述到"其对西方'人道主义'的推崇"。[44]西方人高度重视"慈善"和"正直"，在中国创办聋哑学校，帮助穷困中国人，并且不为自己的利益损害别人的利益。同时，英语世界的学者认为，"虽然中外关系和谐，但是外国权威仍然占'主导性'地位，甚至在外国工厂和家庭工作的中国人都认为自己比其他人更高人一等。"[45]在分析中，英语世界学者认为这从某种角度阐明了这一时期的国人对外国人并不排斥，甚至可能是羡慕外国人，同时崇尚外国事物的。而这样的人物形象刻画与国人希望争取民族独立、抵制外国侵略从本质上又有着不可调和的矛盾。

此外，英语世界的学者如王娟注意到此期的文人、官员、学生以及普通市民都被贴上了"功利性"的标签。留学归国的学生本应是思想开明、品行诚实、社会变革的先锋，然而，在王娟的研究中却并非如此，她指出小报作家描述到当政府为留学生举办考试时，有在国外仅仅学习了三个月的学生匆匆花费3000银元购买文凭，借此进入翰林院。此外，留学生选择的专业也具有很强的功利性。这些留学生在国外热衷于选择学习政府管理和教育，目的就是回国后担任官员或者新式学堂的老师。[46]报纸中中国留学生功利性形象的塑造进一步凸显了此期人物的两面性。这种突破普罗大众认知的人物形象塑造实则映射着此时期人物的焦虑和身份缺失，也凸显了报纸中人物形象的矛盾性、双重性。

三、呈现社会话语的转变

英语世界中对报纸基础认知的前提在于对基础语境的研究，基础语境的体现首先表现在作为社会文化的反应与映射之上。时代的城市文化、社会文化等一系列的文化表征成为英语世界报纸研究不可规避的前提。晚清民国时期的中国，尤其是上海和诸多沿海城市是一个复杂、多元文化交织的场所，因此

University of Michigan Press, 2003. p. 68.

44 Ye Xiaoqing, *The Dianshizhai Pictorial: Shanghai Urban Life, 1884-1898.* Ann Arbor: University of Michigan Press, 2003. p. 127.

45 Ye Xiaoqing, *The Dianshizhai Pictorial: Shanghai Urban Life, 1884-1898.* Ann Arbor: University of Michigan Press, 2003. p. 128.

46 Wang Juan, *Merry Laughter and Angry Curses: The Shanghai Tabloid Press, 1897-1911.* Vancouver: UBC Press, 2013. p. 143.

英语世界中的学者在研究这个时期的报纸时，对报纸中社会话语的变迁研究是非常重要的部分。

英语世界的学者对晚清民国报纸的研究并非只止步于报纸对现实世界的表面观察，对报纸中的深层次社会文化书写也是重要的一个方面。设身处地考量到这个时期上海报行所处的历史背景，我们也不得不将此时的历史社会大环境作为一个重要的依据。处于一个双重文化交织与冲击之中的上海报业，就行业内部而言，英语世界的诸多学者（顾德曼、费南山、瓦格纳）注意到从业人员的多元化：文人、官员、商人、传教士同时都在报业之中。再则，作为报纸传播对象的受众也具有多元化特征。这一时期上海的人口构成是多层次的、复杂的、多元化的，由此报纸的受众组成也呈现出这种转变。而这种新的多元化的城市表达具体而言，体现在作为基础的经济话语之中，又弥散在生活的日常话语之内，同时，还植根在观念话语之中。

（一）经济话语

毫无疑问，英语世界学者在研究这一时期的报纸时，经济问题是不容忽视的，对资本主义、经济主义的相关性分析也是不容忽视的。这一重要的经济话语使得这一时期的报纸沉浸在与经济主义相关联的话语背景之上。一方面经济话语为报纸的发展提供了乐土，另一方面，诸多批判性的研究也出发于经济话语之中。"尽管关于资本主义的社会科学理论起源于近代，但'资本主义'是否专属于近代仍有着争议。相较而言，晚清才出现的'经济主义'，即使内涵是无所不包，也是一个没那么模棱两可的论点。它指的是文化和社会中明确有的物质主义的特质。"[47]汉学家叶文心肯定了经济话语是在研究这一时期报纸中不可忽视的话语机制，这既是存在于这一时期报纸发展中的动力机制，也是建构报纸文本表达之中双重矛盾性的基础之一。

就批判性话语而言，"就这个意义而言，直到不远的近代，从欧洲到东亚的社会才转向'经济主义'，并重新调整了道德标准和理性规范以适应这种财富的生产。格林菲尔德认为，这种现代转型的动力是源于近代民族主义的兴起"[48]在这一层面上不难理解作为本土重要经济和文化分支的民族文化及相

---

47 （美）叶文心《上海繁华：都会经济伦理与近代中国》，王琴、刘润堂译，时报文化出版企业股份，2010年，第19页。

48 （美）叶文心《上海繁华：都会经济伦理与近代中国》，王琴、刘润堂译，时报文化出版企业股份，2010年，第20页。

关的内容作为城市双重性中的一个方面存在。这种持续不断的本土生存经济力与文化根源使得城市在外来经济的冲击之中，依然持存这原有的本土经济力。这背后当然无可否认有着深层次的文化根源和内在矛盾。

经济话语作为社会表征中的认知，叶文心的研究从社会文化背景中进行了溯源，"在中国，1920 年亚当·斯密（Adam Smith）《国富论》（*The Wealth of Nations*）的译本是重要的出版时间。该书的翻译者严复不仅因早期翻译汤玛斯·亨利·赫胥黎（Thomas Henry Huxley）的《天演论》（*Evolution and Ethics and Other Essays*）而闻名，还写了一系列关于中国的财富和国力的文章。亚当·斯密 1776 年出版的《国富论》是关于英国经济作为'现代'国家的概述。而中国在庚子拳乱，遭到挫折和羞辱的清廷被迫向列强赔款四亿多两白银，使严复的翻译有迫切性。"[49]社会背景使当权者对经济发展产生了迫切诉求。这一背景也使得作为大众文化的报纸在经济话语中的重要地位逐渐地显露。

作为西方早期重要的经济类理论著作的《国富论》为这一时期的中国社会对"经济"的思想认知带来了巨大的冲击，这种冲击一方面使学者在对报纸话语研究中不可忽视地对经济话语进行阐释和研究，同时也为大众文化传播带来社会文化的结构转型提供了可能性。"严复的翻译既是概述的文字转译也结合自己的阐释，结果，《国富论》包含了近千条的评述、注释，严复从中勾勒了《国富论》出版百年来欧洲的经济思想。从某一方面看，《国富论》包含了从政府债务到社会财富的广泛主题，成功地为朝廷在财政上的辩论重新找到说法。在不到四分之一个世纪之前，这些政策用的还是道德与工具之争，或者'体'与'用'之争的传统语言。在另一方面，严复翻译的文本提供了一系列广泛的分类和辞藻，使得中文思考'经济'上的问题成为可能。"[50]中西方经济思想的互相冲撞成为这一时期报纸文本中的一个不可忽视的话语建构。英语世界学者梅嘉乐在其著作中以"贸易与利益"为节对追求经济利益的合理性展开了论述。在传统儒家文化中，商人地位低下，其对经济利益的追求被视为非正统。然而，研究者通过对《申报》文本的分析，将报纸中所展现的与传统社

---

49 （美）叶文心《上海繁华：都会经济伦理与近代中国》，王琴、刘润堂译，时报文化出版企业股份，2010 年，第 20 页。

50 （美）叶文心《上海繁华：都会经济伦理与近代中国》，时报文化出版企业股份，2010 年，第 20 页。

会相冲突的经济观清晰地呈现在大众眼前。"利益不仅仅是对个人有益，而且对社区有益。……追求财富并不意味着人们不能拥有美德与公正。"[51] "贸易对国家的繁荣是有益的，甚至是必须的。正确对待利益可以成为一种美德而不是罪恶。"[52] 显然，英语世界学者与《申报》编辑"鼓励人们进行贸易往来，抛弃对利益的偏见"[53] 立场一致，尤其在中外贸易的主张上，作为社会文化表征的报纸在经济话语中呈现了积极的一面。中西方经济思想的互相冲撞成为这一时期报纸文本中的一个不可忽视的话语建构。

　　另一方面，经济话语在报纸文本中的最直接表现就是广告。广告直接表明了经济话语的诉求。英语世界研究者认为除却之前研究中提到的民族意识构建之外，经济话语研究体现在学者对"消费者开始通过他们对自己身份的认知选购商品"[54] 之上。报纸中的广告一方面反映了研究者对商业的关注，另一方面呈现了城市经济主义发展的基本样态。

　　关于经济话语的其他方面研究，同时也体现在英语世界研究者们对报纸内容中"经济"问题表达的双重性问题之上。该问题所影射的一个更重要的核心在于，持续不断地在报纸世界的经济话语的矛盾表述之外的一个根源在于这一时期中国经济市场本身话语权的归属是矛盾的。这种矛盾体现在外在市场经济的不断持续性渗透与中国市场的难以渗透。"中美关系史学家普遍认为，1890-1915 年间进入中国工业产品市场的美国商人发现，中国市场是难以渗透的。按照许多历史学家接受的'中国市场的神话'，美国人期望在中国形成对其产品几乎是永不衰竭的需求，但是最后却只进行了极少量的贸易，与美国人的高度期望相比，它是如此之小，以致只不过是一个'神话'。"[55] 这一论证的基础表明了在报纸研究中同样存在的一个矛盾性话语，正如在烟草广告研究中所提及的——中外文化、中外实体在报纸世界的文本话语中处于一个双重性状态之中，这种双重性所产生的矛盾是持存的。

---

51 Barbara Mittler, *A Newspaper for China? Power, Identity, and Change in Shanghai's News Media, 1872-1912*. Cambridge: Harvard University Press, 2004. p. 144.

52 Barbara Mittler, *A Newspaper for China? Power, Identity, and Change in Shanghai's News Media, 1872-1912*. Cambridge: Harvard University Press, 2004. p. 146.

53 Barbara Mittler, *A Newspaper for China? Power, Identity, and Change in Shanghai's News Media, 1872-1912*. Cambridge: Harvard University Press, 2004. p. 150.

54 Weipin Tsai, *Reading Shenbao: Nationalism, Consumerism and Individuality in China, 1919-37*. New York: Palgrave Macmillan, 2010. p. 29.

55 （美）高家龙《大公司与关系网：中国境内的西方、日本和华商大企业（1880-1937）》，程麟苏译，上海社会科学院出版社，2002 年，第 15 页。

（二）日常话语

经济话语作为一个普适性的问题存在于报纸研究中的诸方面，而同样的，另外一种不可忽视的话语——日常话语，一直在被研究者们不断提及。日常话语不仅仅是报纸世界中日常话语样态的展现和表述，更是构建主观世界大众文化中的一个合理构成。经济问题本身与日常话语不可被剥离，这种渗透在商业性的报纸环境中显得尤为突出。

日常生活中的期待视野与信念表达成为研究者关注日常文本样态的一个方面，经济主义的话语架构了日常话语的部分。"在社会与政治思想中，经济主义源于这样的假定：即持续不断的经济成长不仅被认为是可能而且是必然的，是一种自然的状态也是一种积极的价值。在日常生活的期待中，它则表述为一种信念：现代性意味着舒适度和便捷性不断提高。"[56]

除却经济问题所呈现的部分日常话语样态之外，日常生活的文本表现也构成了日常话语。"花、画、书、杂志、香味是优雅女性卧室的意境，暗示现代女性个性和品味，她们懂得艺术，能阅读，有知识，在意她们的外表，懂得如何装饰她们的房屋。家居成为一种需要学习的艺术，自爱成为日常生活的哲学。"[57]家居式的生活样式成为文本展现中的常规式表达。这意味着日常生活的诸多形态在报纸建构的主观世界中以一种常规式的样式进行了表达。这种表达使得一种日常生活式的哲学传递到了受众之中。学者们在诸多的香烟广告研究中发现，商业艺术和广告的结合，大众的诸多艺术形式都被搬到了报纸文本之中。在这种日常生活中隐藏的是受众或是内容生产者日常生活认知中对个人身份认知的焦虑与惶惑——这一点在前文"人物形象展现"中已有提及。日常话语的身份认识与缺失作为大众文化报纸的表现之一，城市空间的符号化作为前提存在，而在话语阐释中，成为一种新的话语解读与阐发。蔡维屏赞同梅嘉乐的观点，认为在 1912 年上海人有"多重人格的症状"，也就是说上海人有多重身份。"一方面，他们崇拜西方；另一方面，他们对落后的社会和物质状态极其敏感，这种感觉转化成对外国人的敌意。这被认为是'现代中国面对外国势力的集体心态'。"[58]这种身份认知的焦虑在于一种存在于诸方面的

---

56 （美）叶文心《上海繁华：都会经济伦理与近现代中国》，王琴等译，台北时报出版公司，2010 年，第 19 页。

57 Weipin Tsai, *Reading Shenbao: Nationalism, Consumerism and Individuality in China, 1919-37*. New York: Palgrave Macmillan, 2010. p. 41.

58 Weipin Tsai, *Reading Shenbao: Nationalism, Consumerism and Individuality in China, 1919-37*. New York: Palgrave Macmillan, 2010. p. 120.

日常生活中所带来的矛盾内容的冲击，使得个人身份认知处于迷失之后的归属感找寻之中。当然我们不可否认社会大背景或是矛盾的文化背景是作为一个深层次的动因而存在，但是作为日常话语的整体双重性城市表达使得传统日常话语被解构之后，重构的日常话语不得不夹带着这种矛盾与双重性的焦灼。

（三）观念话语

如果说经济话语是渗透在日常话语之中，那么我们无可否认——潜藏在双重性城市表达与人物形象展现之下的关注点在于观念话语。关于观念话语，我们不得不说它升华于日常话语之中，渗透在话语结构的诸多方面。在英语世界研究者的关注中，不同的报纸文本对日常样态的表现都可以成为一种观念话语的展现。

英国诺丁汉特伦特大学学者张涛在专著中讨论了"新报纸与文化现代性的转变"，其中最核心的论题就是观念话语转变，即：现代时空观的社会天宇论。剑桥大学教授约翰·汤普森（John Thompson）认为远程通讯的到来改变了时空维度。[59]格林威治标准时间（GMT）的全球使用，电报和铁路，都是时空转变的记录，改变着大众的传统观念。作者指出，机械钟是西方代表性的物件，当传教士将机械钟赠予皇帝时，后者只认为其是娱乐工具悬挂于大殿展示，忽略了机械钟代表着西方现代人工计时方式的价值。在很长时间内，中国仍然沿用农业习作和朝代更迭计算日期时间，甚至在首都都买不到世界地图。[60]封建社会的落后与封闭，从某种意义上来说，也为新的时空观的形成创造了历史条件，而报纸正好成为渗透这一观念话语的最好媒介。张涛以《万国公报》重塑了中国学者的时空结构体验为例，论证了报纸中观念话语的改变。该报封面（图 5.1）左边是西历、右边是中国传统农历。作者指出，封面的排版是新的时空观的缩影。该报传递了"时间"的新意义和进步的观念话语。[61]《国闻报》也同样使用中西历，这不仅是形式上的改变，更代表着中国社会对西方思想更深层次的理解与接受，以及中国现代时空观的形成。此外，叶晓青也在研究中关注到了这一时间观念的变化。她指出《点石斋画报》记录了上海人新的时间观念，《正午的太阳》（The Sun at Noon）（图 5.2）成为很多历史书

---

59 John Thompson, *The Media and Modernity*. Cambridge: Polity Press, 1995. pp. 31-33.
60 Zhang Tao, *The Origins of the Modern Chinese Press: The Influence of the Protestant Missionary Press in Late Qing China*. London: Routledge, 2007. pp. 75-79.
61 Zhang Tao, *The Origins of the Modern Chinese Press: The Influence of the Protestant Missionary Press in Late Qing China*. London: Routledge, 2007. p. 80.

籍和文章的参考。她指出上海法租界殖民地的居民能够准确判断时间。时钟增
强了人们的时间观念,手表成为财富的象征。[62]新的时空观无疑是此期社会文
化转型的重要体现。

学者还注意到,传教士在华报纸中的观念话语还促使中国形成了新的哲
学观。受到新观念的冲击,中国人摒弃"中心观"思想,意识到自己仅仅是不
同文化、不同民族的一份子。[63]从王韬的《循环日报》到康有为的《强学报》,
再到梁启超的《时务报》,都反映了这种新的哲学观,他们所提倡的改革也可
从新的哲学观中追本溯源。报纸中所展示的新的观念话语改变了中国大众的
文化意识,加速了中国的现代化进程。

图 5.1

图 5.2

英语世界学者在研究中发现这一时期的报纸中存在一种文本策略,文本
传播中语言具有口语的表达形式,日常用语被习以为常地运用在报纸文本广
告中。同时,政治话语的传播也渗透在其中,因此,口语表达、道德趋势、时
事评论使得在这种文本传播策略之下的报纸文本呈现出这一时期特有的文本
范式。正如前文中所提到的南洋统一牌香烟广告,蔡维屏描述到:"中间是一
幅有很多人围观的图片,全部都穿着中国传统长袍,一些人在抽烟,仿佛他们
被什么东西所吸引。在图片的右手边是竖着书写的文字:'统一牌香烟乃是国
土统一国语统一的先锋请诸君特别注意',但是广告的大篇幅描绘的是一群老
百姓围着观看的一幅张贴的公告。"[64]在这样一个文本表述中传达出的是一种

---

62 Ye Xiaoqing, *The Dianshizhai Pictorial: Shanghai Urban Life, 1884-1898*. Ann Arbor: University of Michigan Press, 2003. p. 73.

63 Zhang Tao, *The Origins of the Modern Chinese Press: The Influence of the Protestant Missionary Press in Late Qing China*. London: Routledge, 2007. p. 84.

64 Weipin Tsai, *Reading Shenbao: Nationalism, Consumerism and Individuality in China, 1919-37*. New York: Palgrave Macmillan, 2010. pp. 27-28.

文字传播符号中所潜藏的观念话语中隐匿的意识形态话语。

从简单的话语描述中就能看出报纸文本架构的矛盾性。这也毫无疑问展现出一种观念上的矛盾双重性。"在这个广告中强调的政治事件就是国家、语言和领土的统一。当报纸的读者读完这则广告后,他们会像图片里面的群众一样点头对公告中的文字表示赞同。这则广告看上去就像代表大众意见的领导者在公共场合发表演说。这则广告也揭示了吸烟体验不仅仅是个人对味道和包装的喜好,也代表了中国人习以为常的集体生活方式。其他广告还要求人们在吸烟的同时思考一些有意义的事情,比如中国的悲哀,五卅运动等。"[65]具有引导性质的观念性文本策略来源于意义生产者生产运营机制中的观念话语。鉴于此,笔者发现,广告商在消费引导中渗透的观念话语表明,消费香烟本身行为的引导是不单一的,更附着了品牌、商业和政治引导。但是英语世界的学者认为事实并非完全按照中国报纸广告商的计划发展。"首先,南洋兄弟烟草公司并没有在五四运动后从联合抵制中获益,除却前几个月的销售份额下降,英美烟草公司的销售量一直稳步上升。第二,很多民众并无法区分国产香烟和外国香烟,很多西北地方的人仍然抽英美烟草公司的香烟,有些烟民甚至并不知道国产烟的存在。"[66]这种企图与现实实际效果相反的观念表明学者研究并非止步在文本研究中,而是从文本研究中升华到了文本表达策略与传播效果之间的问题。报纸中的观念话语呈现出一种复杂、混乱的样态。当然造成这种状况的原因并非只是观念话语的非统一性,也存在一些商业运营中的问题。

第二节　报纸的文化力量

著名汉学家李欧梵认为"在文化上定义上海国际大都市地位有些困难,因为那关乎'实质'和'表象'……而受经济因素的决定,城市文化本身就是生产和消费过程的产物。"[67]19世纪末、20世纪初期的中国,消费文化的兴起与报纸所萌生的当代大众文化纠缠在一起,英语世界在研究中通过报纸及其文本,尤其是小报及广告等,照烛出一幅大众传媒文化中的消费盛世。消费文化

---

65 Weipin Tsai, *Reading Shenbao: Nationalism, Consumerism and Individuality in China, 1919-37*. New York: Palgrave Macmillan, 2010. p. 28.

66 Weipin Tsai, *Reading Shenbao: Nationalism, Consumerism and Individuality in China, 1919-37*. New York: Palgrave Macmillan, 2010. p. 28.

67 (美)李欧梵《上海摩登——一种新都市文化在中国(1930-1945)》,毛尖译,北京大学出版社,2001年,第7页。

的基本形态与报纸商业密不可分。作为大众文化的报纸成为一种消费文化的表达场所，在这个场所里不仅形成大众文化的舆论场，也成就了报纸消费文化的发展。本节所论证的是大众"消费文化"这样一个概念逐渐形成的过程，而报纸则作为其中"大众消费文化"的重要阵地。报纸作为重要的舆论场和新兴的公共舆论，逐步成为一股文化力量。而伴随着社会经济的发展和诸多外国办报人的加入，这股重要的文化力量与消费文化慢慢结合到了一起。

一、报纸跨文化认知对民众的浸润

在中国早期的报纸文本研究中，学者一直关注于跨文化认知。其中，跨文化研究是报纸研究中英语世界学者在对具体文本中进行研究做出评述时的重要维度。在对这一时期的报纸研究中，英语世界研究学者在其论述中用"全球天堂指南"来总概了上海游戏场小报，并在其中将对这一报纸文本的解读与中国城市休闲文化相联系，从而展示出一场跨文化的视觉盛宴。叶凯蒂在《全球天堂指南：上海游戏场小报和中国城市休闲生活的创造》中深刻阐释并剖析了一场跨文化动荡，引发对图像流的多点解读。她指出，对图像、媒体、地点的跨文化流的学习衍生了另一种历史发展轨迹，换句话说，全球范围内的交流和娱乐（活动）大幅增多，成为了在时间、空间和媒体的飞地和主要文化接触区中构建另一个现代文明世界的软实力形式。[68]在这个论著之中，跨文化动态的阐明表现了学者在图像跨文化研究之中的一个新维度，解释并阐明了图像传播与内容解释表达中的需要性达成是如何实现的。在这一时期所呈现的一个重要特征是图片和文字在全球范围内的迅速流动，这种现象本身就为探索社会和文化变革开辟了新的途径，但同时也对如何把握和更好地理解这些变化和流动提出了新的理论挑战。总的来看，跨文化的研究首先表明了跨文化流动在这一时期的可能性和必然性，同时也表现了一个历史维度的深度性考究。英语世界的研究学者在这一时期的报纸研究中已经开始逐渐显露出以跨文化的姿态来呈现报纸研究的技术路线。从长远来看，跨文化仍然是人文学科中一个相对较新的研究领域，通过这一领域，我们可以提高我们的能力和素养，以适应全球化文化的复杂性。

---

68 Catherine Vance Yeh, "Guides to a Global Paradise: Shanghai Entertainment Park Newspapers and the Invention of Chinese Urban Leisure" in Christiane Brosius and Roland Wenzlhuemer, eds. *Transcultural Turbulences: Towards a Multi-Sited Reading of Image Flows*. Berlin: Springer, 2011. p. 107.

　　跨文化的先声为这时期报纸文化的性质研究又增添了浓墨重彩的一笔。在研究者以由先施百货公司发行的娱乐小报——《先施乐园日报》为例的研究中，作者介绍上海小报是如何建造和展示世界上海这种现代天堂形式，以及这种类型的城市或现代休闲的发明可能对中国 20 世纪的城市社会和文化变革产生的影响。叶凯蒂指出，"娱乐小报使读者从现实的焦虑中解放出来，在全球化的乌托邦世界进行精神旅行。虽然在娱乐的边缘空间，娱乐小报享受着向公众呈现新思想、新行动、甚至以新眼光看世界的自由。在《先施乐园日报》中，掌管外部世界的逻辑失去了权利和控制。在这里没有竞争、输家或赢家。这种能够以相对低廉的价格获取的独有的轻松氛围本身就是对社会传统以昂贵的休闲方式比如少部分人到国外旅行的特权的挑战"。[69]正如学者陆扬所言，"不必把文化看作是建立在经济或社会结构任何其他维度基础之上并由此而派生的"。[70]文化作为一种变化的力量而言是为文化的文化。在英语世界对这一时期的跨文化研究之中，也是从这个维度上来阐发的。"一开始，这些小报通过关注娱乐和娱乐活动，似乎仅仅代表了一个拒绝正统道德价值观、对性和娱乐保持自由态度的团体。在世纪之交，当政治在报纸和杂志上引起相当大的关注时，这种情况发生了变化。曾经批判过妓女和妓院的大量小报现在开始转向批判清政府官员的堕落。这种对国家道德意识形态的挑战，对政治合法性提出了更为严峻的挑战。"[71]小报以娱乐的形式勾勒出世界以娱乐形式出现的历史轨迹，以此作为对民族国家力量的讨论。对国家力量的探讨是英语世界研究者一直没有回避的问题。"当中国的知识分子精英正在努力构建民族意识，政治西方化时，娱乐报纸把全球带入了新中产阶级的生活中。作为中国公共领域的一股力量，娱乐报纸向读者展现另一种解读世界的方式。在这样的背景下，一种新的世界秩序和社会秩序产生。正如前文中'旦'的社会地位的变化，报纸真正产生了一定的社会影响。"[72]此外，研究者们对图像、媒体和场所的跨文化

69 Catherine Vance Yeh, "Guides to a Global Paradise: Shanghai Entertainment Park Newspapers and the Invention of Chinese Urban Leisure" in Christiane Brosius and Roland Wenzlhuemer, eds. *Transcultural Turbulences: Towards a Multi-Sited Reading of Image Flows*. Berlin: Springer, 2011. p. 125.

70 陆杨《文化研究导论》，高等教育出版社，2009 年，第 29 页。

71 Wang Juan, *Merry Laughter and Angry Curses: The Shanghai Tabloid Press, 1897-1911*. Vancouver: UBC Press, 2013. pp. 52-53.

72 Catherine Vance Yeh, "Guides to a Global Paradise: Shanghai Entertainment Park Newspapers and the Invention of Chinese Urban Leisure" in Christiane Brosius and Roland Wenzlhuemer, eds. *Transcultural Turbulences: Towards a Multi-Sited Reading*

流动的研究带来了另一条历史轨迹。叶凯蒂在对小报的研究中指出，"照片图像是一个在文化上非常复杂且大胆的举动。虽然有经济动力和商业技巧的参与，但是也有'民主'成分以及现代城市因素"。[73]这种跨文化的图像交流改变了顾客对妓女的"独占"。过去只有少数顾客能够直接与妓女接触，现在只用花很少的钱就能够欣赏到自己喜欢的名妓。这种改变是轰动性，但是不是野蛮的。[74]随着全球传播和娱乐水平的急剧上升，娱乐文化作为软实力形式，成为世界关注的焦点，这在时间、空间和媒体以及关键的文化接触区构成一个不同的现代和"文明"世界的愿景。一种新的跨文化交流之后生成的文化愿景成为学者在晚清民国时期报纸研究中所预测性描绘出的一种大众文化力量，这种文化是一种跨文化图像交流、文明交流之后的产物和结果。

这类研究之中，英语世界的关注点放在上海游戏场小报上，这些已经产生了丰硕成果的图片，在媒体和网站等研究中是最不知名的一种研究对象。这种研究路径为英语世界中的中国报纸研究开辟了文化研究的新路径。同时，将小报研究置身于世界潮流中，对全球化研究起到不可忽视的作用。跨文化研究是当今前沿研究形式，这对后来的学者研究带来一种新的研究方式，丰富了报纸研究的成果。跨文化研究的路径本身所带来的就是在技术路线和研究思路上的创新与开拓，因此英语世界的研究者不仅聚焦于报纸文本的研究，更是将这一时期的文本研究作为述评内容来呈现出主观性意义研究。

跨文化认知是英语世界学者在研究中的重要特征。英语世界的学者在研究中发现，中文报纸中经常出现外国物品和图片。因此，报纸本身的归属与文本内容呈现出跨文化、交叉的特点。"从19世纪70年代开始，报纸广告中出现了很多外语如英语、德语和法语的文本，外国商标和地址也很常见。这些公司通常都只给出他们在纽约或巴黎的地址，而上海只是这些外国城市的附属地，中国领土上的外国实体。"[75]这种文本内容的交叉性质不仅表现了文本内

---

of Image Flows. Berlin: Springer, 2011. p. 130.

73 Catherine Vance Yeh, "Shanghai Leisure, Print Entertainment, and the Tabloids, *xiaobao*" in Rudolf G. Wagner, ed. *Joining the Global Public: Word, Image, and City in Early Chinese Newspapers, 1870-1910*. New York: State University of New York Press, 2008. p. 219.

74 Catherine Vance Yeh, "Shanghai Leisure, Print Entertainment, and the Tabloids, *xiaobao*" in Rudolf G. Wagner, ed. *Joining the Global Public: Word, Image, and City in Early Chinese Newspapers, 1870-1910*. New York: State University of New York Press, 2008. pp. 219-220.

75 Barbara Mittler, *A Newspaper for China? Power, Identity, and Change in Shanghai's*

容构成的跨文化现象，也表明了报纸文化的多元化的特点。在报纸研究的语境之中，广告显而易见的直观表现造就了具有矛盾和双重性的大众文化。跨文化性在某一个侧面所代表的就是一个矛盾丛生的文化环境。在娱乐广告板块，很显然上海生活充满了矛盾性。梅嘉乐以图 5.3 为例指出中西方元素经常同时出现，并对此进行了阐发。在报纸的同一版面中，上面是一则赛马广告，外国赛马人在外国建筑的背景下，为赛马公司打的广告。正下方则是中国官员拿着广告牌为某中国公司打广告。广告上半部分的西方元素和下半部分的中方元素构成了一个整体。因此，广告中中西方意境就如同现实中城市中西方元素并存一般。[76]中西方混合的人物、语言、样态在文本表现中似乎成为了一种常规形式。矛盾的双重性文化在报纸广告中也逐渐成为一种正常形式。

图 5.3

News Media, 1872-1912. Cambridge: Harvard University Press, 2004. p. 317.

76 Barbara Mittler, *A Newspaper for China? Power, Identity, and Change in Shanghai's News Media, 1872-1912*. Cambridge: Harvard University Press, 2004. p. 318.

　　语言的多样性只是一个方面，文本中的矛盾表现和视觉化的图像表现更能突出和刻画出这种文化的双重性和矛盾性。这种具有创造性，甚至可以说有一点精神分裂的，在图像和文字中不断转换的场景在日本森下公司（Morishita）为其专利药品仁丹（Jintan）的广告中（图 5.4）体现得最为明显。这个专利药品的商标是一名穿着整齐的男子带着一顶帽子，留着长长胡须，很像凯撒·威廉二世（Kaiser Wilhelm II）的形象。这个形象的下方是以三种文字系统出现的产品的名字：中国汉字、日本发音片假名、罗马字体。在这个商标上有公司的日本地址和一排标语注明该药具有起死回生的功能。由此，英语世界的学者梅嘉乐认为"这个商标组合了中外不同传统的元素标识。凯撒形象、日本地址和罗马字的使用赋予了产品力量与现代性，标语和产品的名称证实了道德和仪式的权威"。[77]

图 5.4

　　梅嘉乐书中论述到的类似的跨文化特征也可以在其他的医药广告中找到。例如，鱼油广告的商标是中国官员穿着长袍和马褂，而广告中一群中国人围着正在发放处方的希腊神。广告商一直强调产品的外国来源，也提到药品是由柏林和维也纳大学的医生开发的。由此可见，广告商在同一个商品广告上融合了中西方元素，既有中国人的形象，又有外国医生的权威。[78]人物的形象在广告中是多元化的。从时空性的角度而言，读者可能在同一广告商看到多种画面，也可能在同一产品不同时期的广告中看到不同的画面。比如麦克莱伦（Foster McClellan）公司，在推销多恩肾丸（Doan's Kidney Pill）时就不断交替使用中国人和外国人的形象。有时采用中国人穿着马褂的图片，下一次又换

---

77 Barbara Mittler, *A Newspaper for China? Power, Identity, and Change in Shanghai's News Media, 1872-1912*. Cambridge: Harvard University Press, 2004. p. 320.

78 Barbara Mittler, *A Newspaper for China? Power, Identity, and Change in Shanghai's News Media, 1872-1912*. Cambridge: Harvard University Press, 2004. pp. 320-321.

成外国人穿着西式套装的照片。[79]广告与其他报纸文本的一个显著区别在于，广告同时在文字表达和图像表现两个方面来完成内容传递和传播。如果说文字表达是相对隐性的，那么图像表现就毫无疑问是显性而具象化的。因此，从不同的广告文本中，跨文化认知的矛盾性在图像化的内容表现中实现的是更为清晰而明确的文化内容传递。报纸中跨文化特质的凸显必然加深大众的跨文化认知，大众对于对多元文化的适应与接受也由此带来了社会文化的转变。

二、小报"嬉笑怒骂"对民众文化情绪的影响

　　文化情绪能反应出学者研究对报纸更深层次的关注，在《嬉笑怒骂：上海小报，1897-1911》中，作者王娟通过对 1897 年至 1911 年上海小报的研究，充分展现了晚清时期上海文化情绪的两面性。事实上，面对改革的潮流，当其中一些人信心满满地声称要改变社会并完全陷于自己创造的改革的浪漫氛围中时，另一些人却在一旁鄙视着政客们野心的虚伪和社会生活荒诞的本质，截然不同的情绪展现给我们充分的研究价值。情绪展现是在消费性的跨文化研究中作为报纸文本内容深度呈现的一个重要研究维度，该呈现表明的是一种在深刻剖析了小报的文本内容之后的文化研究角度，进而阐释了内容文本内在意义生成与文化情绪之间的关系。

　　在英语世界的研究中，学者从小报中颇受关注的娱乐新闻出发，研究了其中小报媒体、作家和读者所着重关注的焦点是如何形成的，并在此基础上分析了这种表面的良性文化如何揭露清政府对社会控制的弱化和民众对国家的反抗态度。"在以抨击清政府官员为中心的反清话语盛行的潮流中，解释朝代衰落的原因就潜藏其中。这种新的批评言论使政治体制进入公众视野中，并帮助民众形成了一种政治意识——清政府的威望和权威消失了。"[80]这种一气呵成的关联性研究深度挖掘了娱乐报道背后所潜藏的动机性意义生成。在小报研究之中，作家和读者共同建构了一个批评的舆论场，成为小报消费的一个重要契合点。无数的小说作品描绘了腐败无能的统治者和官员。1904 年，《世界繁华报》(*Splendid World*) 7 个专栏中的 5 个都是对政治的讽刺。李伯元从"游戏主人"变为"南亭厅长"，后者类似于三个世纪之前南方文人对明朝的

79　Barbara Mittler, *A Newspaper for China? Power, Identity, and Change in Shanghai's News Media, 1872-1912*. Cambridge: Harvard University Press, 2004. pp. 321-322.

80　Wang Juan, *Merry Laughter and Angry Curses: The Shanghai Tabloid Press, 1897-1911*. Vancouver: UBC Press, 2013. p. 54.

批判。[81]他的角色转变也说明了批评舆论场的构建。在这种长达十多年的内容呈现文本之上，说明了读者与作家和报纸三者之间所建构出的一种达成共同话语认识的结构场所。同时，这一批判话语在研究者的进一步分析中，透析了它如何侵蚀了象征国家的权力，并成为1911年大革命的文化基础。比如，王娟谈到小报热衷于报道慈禧太后的喜怒。小报向读者展现的慈禧太后是关心自己的物质舒适超过任何事物的领导者。官员绯闻也成为小报关注的重点，比如贿赂、腐败行为，官员的个人癖好及弱点，与上层官员的密切关系、裙带关系、上层领导的权利斗争、涉及自身利益的政治观点等。这些批判性话语使读者认为中国的政治道德并不是其宣称的模样，树立了腐败是清政府官员根本问题的观念。而这些话语在后来的辛亥革命中给予清政府致命一击。[82]作为一种话语呈现的小报文化情绪非常清晰地表明了一种本土文化共情呈现中的情感、社会运动、话语等本质性特征的存在可能性意义。这种话语表现成为小报重要的情绪宣泄口和情绪展现。在跨文化的图像、文化流动产生之后，新的政治观念和伦理价值的冲击和出现，使得小报的文化情绪展现显得更为复杂和谨慎。在中西方政治观念和理性价值观念的展现和对抗之中，小报作为相对大报内容展现更为自为、自在的可能性工具，在社会内容合法性的表现之中为内容合法性展现做出特别的贡献。然而市场的力量是不能被忽视的。因此，在小报的文化情绪表现之中，文化情绪的表现在市场的需求和市场力量的作用中是不可被忽视的。英语世界学者王娟阐释了市场力量是如何培育平民主义和塑造小报美学的——"审美最重要的就是品味：什么是让人愉悦的。而读者在消费这些文学作品时就展示了他们的审美价值。作家观察、预测读者的审美倾向，并在他们的写作中形成某些特定的习惯"。[83]在这种考察和对抗之中，小报的文化情绪展现逐渐呈现出独特的特征。

在对小报文化情绪表现的研究中，诸多英语世界的学者都毫无疑问地认为该研究需要梳理小报和市民社会的出现和繁荣的过程。鲜明的美学平民主义、社会上的普通文人在这一发展的主导作用都促成了1911年革命的颠覆力量。纵观所有研究晚清时期小报的作品，可以得出这样一个结论，即人民的心

---

81 Wang Juan, Wang Juan, "Officialdom Unmasked: Shanghai Tabloid Press, 1897-1911" in *Late Imperial China*, Vol.28, No.2, 2007. p. 94.

82 Wang Juan, Wang Juan, "Officialdom Unmasked: Shanghai Tabloid Press, 1897-1911" in *Late Imperial China*, Vol.28, No.2, 2007. p. 112.

83 Wang Juan, *Merry Laughter and Angry Curses: The Shanghai Tabloid Press, 1897-1911*. Vancouver: UBC Press, 2013. p. 168.

声是新闻的素材来源。这是小报不同于一般性报纸的一个重要研究成果。英语世界学者将小报作为一个新的情绪抒发和话语表达来阐释小报的内容意义，以"嬉笑怒骂"的方式使政治娱乐化。当报纸出版发展到狂热化的程度时，小报可以随意批评政府官员，嘲笑社会精英，诽谤读者。小报作家创作了大量的反动文学，其独特的幽默和讽刺风格既有力又符合当时的流行元素。王娟的论著展示：小报社区是一个集生产意义和社会文化的对话，动摇了封建王朝的基础，从而促进了中国 1911 年的辛亥革命。小报成为一种集体性的话语表达，是集中展现社会新的文化情绪表达的重要窗口。从这种意义上来说，小报有完全不同于一般意义报纸的文化情绪展现出口。

小报的独特作用显示出了小报的独特地位，同时展现了小报作为特别的文化情绪的力量。同时它呈现出新的文化机制特征，并对受众具有一定的启发性。王娟在书中论述小报的文本表达采用包括讽刺、嘲弄、流言蜚语和尖刻幽默等方式，论证了这些时髦的出版物在很大程度上已经为时代的消亡做好了准备，解读了当时时髦的小报发挥的独特的社会作用。小报的前瞻性和接近民众的话语集体表达性成为小报的重要特质，这种特质归根结底是一种与集体文化展现相关联的文化意义。这种研究成果对于英语世界研究小报与社会文化的关系具有重要研究价值。

三、报纸对民众认知的时效性影响

报纸不仅是对文化情绪的即时表现，对后代的文化影响也是显而易见。这种影响来自于大众对报纸内容真实性的坚信，即便报纸内容所构建的是错误的信息，人们还是愿意相信"错误"。芮哲非在《重新收集资料：上海〈点石斋画报〉和其在历史记忆的位置，1884-1949》中，通过分析两位不同时代作家的回忆录，以一种全新的写作手法展现了画报的巨大文化影响力。从晚清到民国，从《点石斋画报》出版到停刊都印证了同一个问题：其对世人的记忆、文化、政治影响是巨大的。

芮哲非谈到，包天笑对《点石斋画报》中美丽的印刷以及插画中的字体感兴趣，认为画报可以使人们看到全新的世界，比如新兴事物蒸汽机、火车等。他还认为新颖性对中国读者产生了持续性的影响。《点石斋画报》中的图像甚至渗入到了中国的语言文化，比如画报报道外国已经生产出飞机（在画报中译为"飞船"），画报中飞机有帆、浆、船舵和两个机翼（这是画家自己对飞机的想象，而非亲眼见过飞机的绘画）。芮哲非指出，即使在画报停刊后的很长时间，飞机在中国大众心中仍然是"飞船"的形象，他们并不知道这一形象仅仅只是画家的设计。直到飞机首次来到中国，翻译家仍然翻译其为"飞船"。[84]包天笑及同时代读者一直被画报所留下的记忆所蒙蔽，这足见画报视觉艺术中文化记忆的持续性。

不同于包天笑出生的年代，出生于民国的张静卢在看待《点石斋画报》的图画资料时更多的承载了对过去帝国时代的回忆。在他的描述中，可以看到20年前的画报对其思想的影响痕迹。就像现在的电影和电视告知人们应该如何应对威胁或刺激的场景一样，《点石斋画报》告知张静卢进京请愿（1938年）时在法庭中将会面临什么。张静卢根据画报的指引应对在法庭发生的一切。但必须指出的是，张静卢对记忆中图像的描述和吴友如实际的插画有一定的出入，比如他描述中的小锤子和匕首在《点石斋画报》并没有出现。[85]而这种错误记忆更进一步凸显了画报的巨大文化影响力。《点石斋画报》的印刷及出版技术既满足了人们的幻想，也成为对历史的回忆，更重要的是潜移默化的市场导向最终导致了其他视觉文化的工业化大众生产。由此，报纸不仅仅是作为文化情绪的即时展现，更重要的是这些展现在多年后仍然能够对大众产生巨大的文化影响，而报纸引发的社会文化变迁更是英语世界学者在研究中不可回避的重要问题。

第三节　消费文化的映像

成为舆论场是近代报纸广泛发展的必然，但是商业性对于报纸而言是不可忽视的。大众文化与消费文化的同向发展使得作为商业的报纸成为社会表现的重要形式。"如果我们在这个永恒的传播问题上加上大众这个观念，我们就从根本上改动了这个主张。把人视为大众的观念，并不是因为没有能力了解他们，而是因为依照一个公式来解释他们。在这里，传送意图变成决定一切的问题。我们的公式可以是针对讲我们的语言的有理性的人而定下的公式。它可

---

84 Christopher A. Reed, "Re/Collecting the Sources: Shanghai's 'Dianshizhai Pictorial' and Its Place in Historical Memories, 1884-1949" in *Modern Chinese Literature and Culture*, Vol.12, No.2, 2000. pp. 57-58.

85 Christopher A. Reed, "Re/Collecting the Sources: Shanghai's 'Dianshizhai Pictorial' and Its Place in Historical Memories, 1884-1949" in *Modern Chinese Literature and Culture*, Vol.12, No.2, 2000. p. 61.

以是针对参与我们的共同经验面且对我们感兴趣的人而定下的公式。或者——'大众'一词在这里发生作用了——可以是群氓的公式；容易受骗、变化无常、乌合之众、趣味习惯低下。事实上，公式出自我们的意图。如果我们的目的是艺术、教育、传递信息或见解，我们的解释也会是以有理性的人和感兴趣的人为尺度而作出的解释。另一方面，如果我们的目的在于操纵——说服大量的人以某种方式去行动、感觉、思考、了解——那么大众公式将是合适的公式了。"[86]在消费文化对大众传播的烛照中，大众是信息接受的重要一环。

一、报纸及其文本样式的商业性

报纸的商业性是在报纸肇始时就具备的重要特质，该特质在报纸的发展演进过程中一直发挥着不可替代的作用，从某种意义上而言，商业性是现代报纸的重要指针。笔者主要从报纸本体和文本样式两方面展开论述：

（一）报纸本体的商业性

报纸本体的商业性是在报纸创办之初就具备的重要特质，当然这也是十分自然的事情。例如由美查创办的报纸《申报》、中外商人共同出资创办的《新闻报》，从创办伊始就定义为商业报纸。在对中国早期的报纸研究中，对报纸商业属性的研究是英语世界学者从未回避的问题。而多名英语世界研究者（叶晓青、梅嘉乐、瓦格纳等）以英国商人美查在 1872 年创办的《申报》为例引出了一系列以商业为目的而创办的报纸，并对其进行了商业路径分析。在对商人美查的介绍中，英语世界的学者陈述其首先经营茶叶生意，后来意识到中文出版的重要性，将其作为附属产业。美查不仅创办了《申报》，而且还建立了点石斋印书局（以印刷《点石斋画报》而著名）。叶晓青明确指出，《点石斋画报》具有商业性，而不是高度政治化的。画报旨在介绍新知识，扩充视野，并不是批评政府。[87]从美查作为创办人的身份伊始，创办报纸本身并非是单纯的出于某种情怀，而是简单明了的表明是以对出版行业的商业动机来完成的。显而易见，商业动机的明显性为美查所创办的报纸奠定了商业性的主体属性。"我们必须记住新机构并不是劳动人民自己生产出来的。新机构是其他人为

86　（英）雷蒙德·威廉斯《文化与社会》，吴松江、张文定译，北京大学出版社，1991年，第 382 页。

87　Ye Xiaoqing, *The Dianshizhai Pictorial: Shanghai Urban Life, 1884-1898*. Ann Arbor: University of Michigan Press, 2003. p. 29.

劳动人民生产出来的，而且往往是为了谋取有意识的政治与商业利益而生产出来的（最明显的是大规模地使用廉价的报纸和商品广告）。在这个领域里，劳动人民为自己生产出来的东西（激进的报纸，政治小册子和广告、工会旗帜和图案）有十分重要的不同之处。再者，把这些新机构看成只是为了迎合这个新阶段，也是错误的。"[88]报纸的商业性裹挟了报纸本身的目的性，与报纸本体紧密关切。

（二）报纸文本样式的商业性

报纸文本之中的商业性质不是突然萌生的，而是在报纸类型还存在纯商业性之时就存在的。从报纸内容的文本出发，梅嘉乐阐述了《申报》的本土化路径，如适应中国人的阅读习惯、外报形式的中国化、写作方式的本土化、修辞手法的中国化等。究其原因，《申报》想要占领中国报业市场，获取商业利益，必须符合中国的本土化需求。因此，《申报》的编辑试图从多维度构建这一外报的本土化形象，争取商业利益的最大化。费南山也指出了外国报纸本土化的重要性："对于所有的报纸而言，以本土形式出现都是重要的市场策略。"[89]就连本土报纸《循环日报》也欲利用其中国所有者的身份突出其代表中国本土真实观点，以此增加销量。由此可见，早期中外报纸为获取商业利润而在报纸文本策略上做出的诸多努力，也进一步凸显了报纸文本的商业性萌生。

除却早期中外商人创办的商业报纸，英语世界学者也在 30 年代创办的本土报纸中寻求到文本样式的商业性萌芽的踪迹。陈细晶（Sei Jeong Chin）从《立报》的办报动机及对其成功原因的分析探讨了中国 20 世纪 30 年代印刷资本主义、战争以及报纸大众化的内在关联。该研究认为 20 世纪中期《立报》的成功证明了印刷媒体的商业化和民族危机的爆发促使了政治化读者群体的拓展，为印刷资本家提供经济动力出版大众化和政治化报纸。[90]即便是被贴上了"民族"、"爱国"的标签，《立报》一定程度上追求商业利益的诉求也是无可厚非的。

---

88 （英）雷蒙德·威廉斯《文化与社会》，吴松江、张文定译，北京大学出版社，1991年，第 386 页。

89 Natascha Vittinghoff, "Useful Knowledge and Appropriate Communication: The Field of Journalistic Production in Late Nineteenth Century China" in Rudolf G. Wagner, ed. *Joining the Global Public: Word, Image, and City in Early Chinese Newspapers, 1870-1910*. New York: State University of New York Press, 2008. p. 66.

90 Sei Jeong Chin, "Print Capitalism, War, and the Remaking of the Mass Media in the 1930s China" in *Modern China*, Vol.40, No.4, 2014. p. 393.

此外，广告作为最直接的报纸商业性质的展现。一开始，报纸中的广告就被洋货、外国公司占领，尽管《申报》给国内公司更低的价格，但是仍不起效，国内的公司并不经常在报纸中刊登广告。[91]广告对于《申报》而言，从一开始就是作为重要的盈利模式而存在的报纸样式或者说是报纸内容文本。英语世界的学者发现"大部分早期的广告都是直接针对批发商。大型的拍卖、售卖会信息也在早期广告中。从 19 世纪 80 年代开始，广告才更多的开始针对个人客户。20 世纪初，更多的洋货开始刊登广告"。[92]洋货的刊登和广告的兴起使得报纸所面对的客户或者说是收入的来源变得十分广泛的。多元化的客户组成能为报纸带来更多的收益。

在报纸广告内容中，20 世纪以前很难连续性地追溯图片广告的历史。梁庄爱伦（Ellen Johnston Laing）注意到，顾客购买的商品包装上可能印有店铺的图片标志，以此吸引顾客再次光顾或者宣传店里的其他产品。[93]这种连续不断的广告信息输出在这一时期是非常普遍的现象。英语世界的学者认为，"直到 19 世纪晚期，当产品的小图片开始出现在报纸中时，'饱和营销'（Saturation advertising）[94]开始影响中国，其作为一种广告策略被带入到报纸中的广告制作生产之中。就像是剧场印刷品包括了每台戏的名字，《点石斋画报》中风扇店的广告通过熟悉的场景来获取大众关注"。[95]场景的复刻既能迅速地唤醒观众的历史记忆，也能完成对情绪传达认知的迅速联结。广告本身所附带的具有商业性质的内容呈现是广告诞生之初就具备的，而这也成为报纸商业性的一大重要指针。

除了对广告客户或是说报纸收入来源的关注之外，广告消费的存在也是重要的一个关注侧面。广告消费不仅是日常生活消费的需要，在报纸广告的不断发展中，内容文本消费也成为英语世界研究者关注的核心。烟草广告的发展

---

91 Barbara Mittler, *A Newspaper for China? Power, Identity, and Change in Shanghai's News Media, 1872-1912*. Cambridge: Harvard University Press, 2004. pp. 315-316.

92 Barbara Mittler, *A Newspaper for China? Power, Identity, and Change in Shanghai's News Media, 1872-1912*. Cambridge: Harvard University Press, 2004. p. 316.

93 Ellen Johnston Laing, *Selling Happiness: Calendar Posters and Visual Culture in Early-Twentieth-Century Shanghai*. Hawaii: University of Hawaii Press, 2004. p. 19.

94 饱和营销：由美国学者詹姆斯·菲茨西蒙斯（James A.Fitzsimmons）在《服务管理》一书中提出。他认为饱和营销是一种公司为发挥明显形象效应来吸引消费者注意力的独特的市场定位。

95 Ellen Johnston Laing, *Selling Happiness: Calendar Posters and Visual Culture in Early-Twentieth-Century Shanghai*. Hawaii: University of Hawaii Press, 2004. p. 19.

显得尤为突出。高家龙（Sherman Cochran）认为"中外烟草公司的竞争构成了中国商业的缩影"。[96]海报和广告是报纸中商业性质表现最为明显的特征。在烟卡和包装上，这些公司都试图勾勒人们的生活。通过对人们生活的勾勒从而拉扯出观众对于生活的关注度与报纸接近性之间的关系。在报纸的生活勾勒之中，他们描绘传统、宗教差异、政治发展和中国生活的其他特征。而这种方式为其他诸多的竞争对手模仿。为了赢得这场战争，优胜的公司必须有最好的广告，南洋兄弟烟草公司、英美烟草公司和一些其他公司都成立专门的广告部门。[97]广告部门的出现是报纸商业性进一步发展的重要标志和表现。专业广告部门的出现不仅说明了广告本身有利可图，能为报业经营带来重要的收益；同时也说明了就报纸的本体属性而言，商业性是至始至终存在的。因此才会出现前文中所提到的南洋兄弟烟草公司等其他本土公司，为了获得广告的成功，拉近与受众之间的接近性和贴近性，运用民族主义思想作为他们在《申报》广告中的主要策略。这都充分说明了报纸的商业性特征，以及完成受众消费文化需求的重要目的。

二、新消费诉求与消费文化

报纸的消费诉求在英语世界学者对读者与作家之间关系的考察中呈现出清晰的脉络，而这一时期消费诉求逐步转型。王娟指出，小报作家通过社论、前言、布告、书评与读者交流，不断试探读者的态度并及时做出调整。读者通过给编辑的信或私人渠道与作家交流，其影响力不可低估。作家孙玉声的《海上繁华梦》就在读者的强烈要求下从最初计划的 30 章，到后来又分别续写 30、40 章。[98]生产者与消费者的互动增加，而这种消费诉求的改变是此期社会文化转型中重要的表现。

如果说消费诉求是停留在浅层的物欲满足，那么我们可以认定消费诉求是早期报纸文本研究中学者关注的一个重要焦点。但当研究者将这一时期报

96 Sherman Cochran, *Business in China, Sino-Foreign Rivalry in the Cigarette Industry, 1890-1930*. Cambridge: Harvard University Press, 1980. p. 219. qtd. in Weipin Tsai, *Reading Shenbao: Nationalism, Consumerism and Individuality in China, 1919-37*. New York: Palgrave Macmillan, 2010. p. 21.

97 Weipin Tsai, *Reading Shenbao: Nationalism, Consumerism and Individuality in China, 1919-37*. New York: Palgrave Macmillan, 2010. pp. 21-22.

98 Wang Juan, *Merry Laughter and Angry Curses: The Shanghai Tabloid Press, 1897-1911*. Vancouver: UBC Press, 2013. p. 166.

纸发展中的消费文化进行阐释的时候，我们不得不将单纯的消费诉求与消费文化分离开来。

如果说是单纯的消费诉求的话，可以在报纸信息文本中的广告样式内容发展轨迹上找寻到英语世界学者研究的基本路径。在研究中，对广告文本内容的分析中学者提到"这些物品鼓励中国人追求外国生活方式而不是中国本土的传统方式，通常这些物品已经做好，并在中国人经营的洋货店出售。这种生活方式通常在广告中得以体现，比如在一个粉刺广告的布景中，中国情侣就坐在西式餐桌旁，桌布、酒、玻璃水杯、椅子也都是国外的"。[99]在物品表现中可以细微之处见真章，见微知著地了解到广告中习惯性的表达策略和范式。中西文化本身的跨文化交流就在这种消费诉求的文本表达中表现的淋漓尽致。其次，生活方式的"镜式"表达更成为了大众文化表象中对现实世界消费诉求的展现。之前学者的研究认为广告消费诉求是民族主义形式的，是遵从本土化的，是需要模拟式的完成对本民族文化的展现才能实现消费诉求达成的。但在这里，学者所表达的是在物品文化消费诉求中对外国文化的展现和潜移默化消费文化的风潮袭来。

如果说消费诉求是浅层的消费文化的表现，或者说是消费文化兴起和发展的前哨，那么消费文化的兴起就是在普遍现象式的研究中，学者挖掘出的具有普适性的有规律可循的消费诉求性的文化现象。消费文化形成之前的特征表现出的物质的丰盛性，在中国早期的报纸中我们能从学者对其研究的广告现象中寻求到一种物质丰盛的整体表现。"今天，在我们的周围，存在着一种由不断增加的物、服务和物质财富所构成的惊人的消费和丰盛现象。它构成了人类自然环境中的一种根本变化。"[100]正如广告中所展现的诸多的生活样式：烟草广告中、物质广告中，生活方式的复刻是对现实世界的复刻，在这里报纸承担了一个丰富的现实世界复刻。这种方式显示的是一种从浅层消费诉求中升华出来大众文化中的消费文化。

广告作为报纸的消费文化发展进程的战略点之一，从根本上意味着一种伪事件的统治。"广告既不让人去理解，也不让人去学习，而是让人去希望，

99　Barbara Mittler, *A Newspaper for China? Power, Identity, and Change in Shanghai's News Media, 1872-1912*. Cambridge: Harvard University Press, 2004. p. 317.

100　（法）让·鲍德里亚《消费社会》，刘成富、全志钢译，南京大学出版社，2008 年，第 1 页。

在此意义上，它是一种预言性话语。"[101]在这一时期的广告文本研究之中，我们已经提及，学者们认为广告文本中所赋予的超越一般商品消费之外的，还是一种对本土文化的渗透以及对跨文化交流之中的现实社会复刻。但出现这种文化浸透的初衷或者说动机不在于为了让读者理解、学习，而是完成一种消费认同。"（广告）它说的并不代表先天真相（物品使用价值的真相），由它表明的预言性符号所代表的是现实推动人们在日后加以证实。"[102]因此，从本质上来讲，这种新的消费文化——广告中最终达成的是个性化消费方式。个性化的消费是广告中首先表现出来的一种方式，在诸多广告文本之中，一种对个性化消费文化的崇拜是完成了一个个性化消费文化的形式表现。消费文化完成从消费诉求到普遍文化现象的一个重要标志，在于使得消费行为通过一系列的连锁行为，让受众觉得这是合法的。达成行为合法化或者时髦化的行为的重要平台就是在于报纸这样的大众媒介之中。"这些广告使女性的选择甚至是自我放纵合法化。"[103]选择本身就说明受众群体的接受性，然而进一步的合法化的达成就使得这种选择会成为一种大众普遍的行为方式，从而促进一种新的文化现象。"就算广告不能代表真实的社会，至少可以代表可信的可能性。虽然在这里面很清楚的是个人主义超过了消费者的选择，但是没有消费主义的现代个人主义是不可能想象的。"[104]不可否认消费主义是现代个人主义的一个重要建构，然而我们在这里所要强调的是一种存在于大众文化之中的新的消费文化的兴起。

在广告表现之中呈现了比较成熟的广告文本表现。"同样要从赠品、免费及服务等意识形态的非经济角度来把握广告的社会功能。"[105]赠品等类似的经济形态，使得广告发展在此期有了更成熟的表现。在这一类的广告文本中，英语世界学者不仅是匆匆一瞥看到了"一张公共关系的小菜单"，更是完成了整

101 （法）让·鲍德里亚《消费社会》，刘成富、全志钢译，南京大学出版社，2008 年，第 119 页。

102 （法）让·鲍德里亚《消费社会》，刘成富、全志钢译，南京大学出版社，2008 年，第 119 页。

103 Weipin Tsai, *Reading Shenbao: Nationalism, Consumerism and Individuality in China, 1919-37*. New York: Palgrave Macmillan, 2010. p. 20.

104 Weipin Tsai, *Reading Shenbao: Nationalism, Consumerism and Individuality in China, 1919-37*. New York: Palgrave Macmillan, 2010. p. 20.

105 （法）让·鲍德里亚《消费社会》，刘成富、全志钢译，南京大学出版社，2008 年，第 162 页。

个广告认知中只是"某种附加品的"巨大推论。梁庄爱伦举例到，上海《申报》刊登了一则广告，从 2 月 18 日至 3 月 1 日期间凡购买价值一元的杰恩医生专利药就赠送日历。顾客们蜂拥而至，足见日历的受欢迎程度。1910 年 3 月 3 日，商务印刷局在《申报》刊登了新年广告特刊，从新年第一个月的第一个星期到第二个月的第一个星期，所有购买价值两元商务印刷局的出版物可以赠送一份日历，购买四元的书可以赠送两份日历或一本《上海指南》。广告商宣称如果日历没有了，还会有其他替代品。[106]这些都呈现了"赠品"这类经济形态在报纸的广告中逐渐成熟。正如波德里亚曾经分析过的，各种的广告形式都建立在一种功能性的意识形态上的，通过作为一种"额外"的提供，"就像贵族们把节日赏赐给他们的人民一样"，使得一种社会服务形式的广告，将一切产品都完成一个服务化的过程。[107]一种新的"货轮"魔法取代了常规的市场逻辑。这种连续性的广告销售手段也成为广告文本表现中吸引消费者的重要手段。诸多的公司都采用这种手段销售他们的产品，"他们要不就是购买广告商品赠送日历，要不就是顾客提供曾经购买过产品的证明，用少量的钱购买日历"。[108]附带产品销售来完成广告消费目的是广告文本新的表现方式，也充分说明了广告商对广告宣传的效果和目的有着清晰的诉求。

英语世界的学者也关注到，这一时期消费文化中的文化话语在某种意义上变成了一种超越报纸文本的事件性话语。"（广告）它使物品成为一种伪事件，后者将通过消费者对其话语的认同而变成日常生活的真实事件。"[109]这实质上是一种效率模式，伪事件在大众话语的渠道中完成了客观世界的复刻，而这种复刻很快在报纸传播中成为一种真实事件。"时空、预言、意象的多样性是上海洋货不断增长和妥协的结果。广告商意识到使用外国服装和语言打广告的效果。"正如我们在之前对广告文本的分析一样，在这里必须承认，跨文化的中西文化融合是这个时代不可磨灭的痕迹，更是植根在消费文化之中的核心特点。梅嘉乐在研究中举例到，"一则销售外国衣服的广告采用外国女性

---

106 Ellen Johnston Laing, *Selling Happiness: Calendar Posters and Visual Culture in Early-Twentieth-Century Shanghai*. Hawaii: University of Hawaii Press, 2004. p. 76.

107 （法）让·鲍德里亚《消费社会》，刘成富、全志钢译，南京大学出版社，2008 年，第 163 页。

108 Ellen Johnston Laing, *Selling Happiness: Calendar Posters and Visual Culture in Early-Twentieth-Century Shanghai*. Hawaii: University of Hawaii Press, 2004. p. 77.

109 （法）让·鲍德里亚《消费社会》，刘成富、全志钢译，南京大学出版社，2008 年，第 119 页。

的形象，她有着卷发、深邃的眼睛，穿着紧身晚装。这种外国形象显然是让产品看上去更具吸引力同时也让产品具有权威性。另一方面，文本告诉读者：'所有的店员都懂中文。如果顾客不懂英文，店员可以用中文服务。广告商在西化的程度上有所妥协，既吸引顾客又不至于把顾客吓跑'"。[110]这种妥协的核心在于，西方形象的权威性分析——西方形象消费成为在这一时代消费文化中的合法性象征，而本土文化的意义在于成为一种渠道让受众深入到这种新的融合文化之中。

三、广告的商业文化

英语世界学者关注到，民国时期中国报纸的商业化趋势非常明显——广告和大众传播率已成为利润竞争的主要考虑因素。广告行为源于商业需求，商业需求促使报业发展进而带来商业昌盛。英语世界学者的研究从报纸的特殊文本"广告"的一般性展现和文化隐喻来引申出对报纸的深层认知，尤其是文化隐喻功能受到普遍关注。广告内容文化表现是纷繁复杂的，这种复杂性表现在广告作为一种重要的报纸文本所呈现出的诸多交叉性文化内容呈现的特质。一般性的广告表现需要首先从学者研究中对广告文本本身的关注开始，这也是诸多学者研究广告的起点，对报纸中广告的研究肇始于一般性广告现象的总结和阐释。

梁庄爱伦首先对广告的出现进行了普遍性认知与溯源。图片广告是一种相对于最原始、简单的文字广告而言更为高级的形式，图画表象能完成广告效果的有效到达。"像 19 世纪 80、90 年代西方的报纸和杂志广告一样，每一页都有针对不同产品的图片以及文字。"[111]针对性的广告表现是通过广告中有目的性的信息传达来完成的。在《点石斋画报》1884 年的一则扇子店的广告中（图 5.5）展现出了扇子售卖之中简单的信息场景。图画中是热情的顾客、忙碌的店员、一大摞的箱子和挂在墙上的画。这是简单的信息表达，是能完成现实场景的简单复刻。[112]在这种广告文本信息的表现中，相关广告商很注意在内容文本表现中的关联性表达。

110 Barbara Mittler, *A Newspaper for China? Power, Identity, and Change in Shanghai's News Media, 1872-1912*. Cambridge: Harvard University Press, 2004. p. 319.

111 Ellen Johnston Laing, *Selling Happiness: Calendar Posters and Visual Culture in Early-Twentieth-Century Shanghai*. Hawaii: University of Hawaii Press, 2004. p. 18.

112 Ellen Johnston Laing, *Selling Happiness: Calendar Posters and Visual Culture in Early-Twentieth-Century Shanghai*. Hawaii: University of Hawaii Press, 2004. p. 18.

图 5.5

　　英语世界的学者在对晚清民国时期报纸的研究中往往在文本研究的基础上深入到除却商业性之外的文化层面。透过广告文本内容的研究来映射出适当的文化隐喻。在文化符号的意义赋予之后，广告中就会开始或多或少地被赋予文化隐喻的意义。

　　《申报》的内容中就有很明显的体现，我们前面已经提到烟草广告是一种重要的力量。在烟草诸多的广告中，广告商不断赋予其重要的意义表现。比如通过烟草广告来阐明其爱国主义表现。1935 年，南洋兄弟烟草公司在《申报》用一整页刊登新烟品牌的广告——"飞艇"广告（如图 5.6）。巨大的"飞艇"两字竖放在中间，下面是乡村休闲照片。豪华敞篷汽车上的三人抽着烟望着飞艇快速飞过。车上的男人穿着旅游套装，姿势休闲，左手臂随意搭在车门上，两位女士穿着时髦。杏仁形状的飞艇在"飞艇"两个汉字的上方。图片上方写着"开天辟地之中国香烟"。在广告的右边，竖着书写着"老牌香烟"。在风景画的上方、广告的左边，有一张烟盒打开的图片。蔡维屏指出，"这个广告传递给读者复杂的信息。一方面，刻画出最先进的交通工具和时髦的年轻人享受西方现代休闲生活。另一方面，强调中国制造的香烟和制造商的悠长历史，以及中国传统谚语的使用，强烈的反差制造了完全不同的印象。"[113]西方的现代生活方式与中国传统历史的深入和阐发是广告中常见的文化隐喻的解读。跨文化的消费内涵从小报到作为文本形式的广告都存在其中。英语世界的学者指出，20 世纪 20、30 年代出现在《申报》上的香烟广告表明了中国的爱国主义和消费主义的个性化不是简单的矛盾体，在实际操作中，两类理想化的形式都被烟草公司灵活有效地使用。[114]

---

113 Weipin Tsai, *Reading Shenbao: Nationalism, Consumerism and Individuality in China, 1919-37*. New York: Palgrave Macmillan, 2010. pp. 18-19.

114 Weipin Tsai, *Reading Shenbao: Nationalism, Consumerism and Individuality in China, 1919-37*. New York: Palgrave Macmillan, 2010. p. 19.

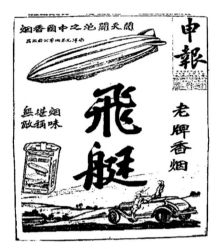

图 5.6

　　研究学者同样强调的是"很难相信南洋兄弟烟草公司对传递给读者这样强烈反差的信息毫无意识。同样，也很难知道这样的组合在营销策路上是否成功。"[115]这种存在方式和营销策略是一种文化隐喻中的有意识存在的行为方式。当然这样的行为并非只存在于南洋兄弟烟草公司的广告宣传策略之中。这种中西组合的方式是普遍在当时广告文本中所运用的，一方面通过西式的生活方式，可以说在当时是一种现代的、时髦的生活方式展现来吸引一些中高层潜在消费群体的注意，但是同时，这种吸引力是有限的，并非符合所有受众的需求。更多的文化性内容性诉求需要依靠于本体文化相关的文化语境和系统来支撑。这是作为新来者的西式文化所不具备的文化优势。传统中式文化的文化隐喻所带来的是一种更为广阔的符合本土文化认同感的广泛性文化隐喻。这种被很多烟草公司采用的双面政策印证了当时中国工业的环境——被迫开辟一条在现代和传统、个人消费者利益和爱国主义之间的道路。[116]这也是当时中国报纸中广告消费一个不可回避的策略性文化隐喻线路。

　　英语世界的学者在文化发展之中所衍生出来的是艺术性的广告消费文化认知。艺术性的增加也是英语世界学者的关注点。在《销售快乐：20世纪早期上海的月份牌和视觉文化》（*Selling Happiness: Calendar Posters and Visual Culture in Early-Twentieth-Century Shanghai*）（以下简称《销售快乐》）中，梁

---

115 Weipin Tsai, *Reading Shenbao: Nationalism, Consumerism and Individuality in China, 1919-37*. New York: Palgrave Macmillan, 2010. p. 19.
116 Weipin Tsai, *Reading Shenbao: Nationalism, Consumerism and Individuality in China, 1919-37*. New York: Palgrave Macmillan, 2010. p. 19.

庄爱伦用一个章节主要讨论谢之光的艺术如何运用到广告中，从而从广告的文化隐喻引发出对广告文化的认知。除了简单明确的商业性诉求的表达，为了增加广告的艺术性，诸多的设计师也参与到报纸广告文本表现的行列之中。"1921 年 3 月，两页高露洁产品在《申报》中的广告展示了一种新的简单、透明、清新的意象。……高露洁广告出众的艺术质量一下就变得特别明显。克劳公司把这种优雅复杂的画风，西方新艺术的芬香带入中国。"[117]意象的表现和一种风格的赋予，让生活必需品被赋予了新的意义，这种符号化的意义表达让广告商品被培育成一种文化符号，这种文化消费符号所裹挟的巨大商业价值和社会价值就成为文化建构中的重要力量。

　　本土文化是文化隐喻的一方面，审美表现成为文化隐喻的又一侧面。商业美术包括橱窗展示、广告栏和各种形式的广告、包装和容器的特殊设计。商业美术的主要特征就是寿命短。因为其寿命短，所以要求必须非常独特和具有冲击力以吸引观众的眼球。好的商业美术旨在"刺激力百分之百"。此时，欧洲的很多艺术学派都开始（对中国广告）产生影响，如毕加索的变形艺术手法（Picasso's Deformation）、立体派（Cubism）、野兽派的简化版（Simplification of Fauvism）、未来派（Futurism）、构成派（Constructionism）。[118]新的艺术性质的生成是一种新的文化融合的产物。广告不仅销售产品，也销售概念。广告的文本表现在报纸中已经完成了从简单商品宣传到一个文化符号的转变，"卖给消费者的不一定是产品，而是买家获得的利益；不是油，而是迷人的灯光；不是溜冰场，而是给人带来的愉悦；不是粉，而是制造的美丽。以审美的方式生活找到生活正确的形式和品味，烟草广告就是向公众说明如何美好地生活。"[119]

　　因此，在文化隐喻的研究中我们不难看出，英语世界学者从简单的报纸文本研究上升到一种报纸消费文化的深度纵向历史考察之中。本土文化作为一种策略和时代背景成为广告发展的一个动力机制，而研究者在深入的研究中发现，消费主义的呼吁更是这一时期报纸中广告发展的一个重要动力。研究者认为，尽管英美烟草公司在中国市场的优势很大，但是中国国产香烟公司靠着

---

117 Ellen Johnston Laing, *Selling Happiness: Calendar Posters and Visual Culture in Early-Twentieth-Century Shanghai*. Hawaii: University of Hawaii Press, 2004. p. 144.

118 Weipin Tsai, *Reading Shenbao: Nationalism, Consumerism and Individuality in China, 1919-37*. New York: Palgrave Macmillan, 2010. p. 33.

119 Ervine Metzel, *The Poster, Its History and Its Art*. New York: Watson-Guptill Pulications, 1963. p. 39. qtd. in Weipin Tsai, *Reading Shenbao: Nationalism, Consumerism and Individuality in China, 1919-37*. New York: Palgrave Macmillan, 2010. p. 34.

民族主义这一卖点销售他们的产品，影响各个群体消费者的行为。这一点在前面章节中也讨论过。从这个意义上而言，消费者吸烟不是个人行为，而是带有爱国主义标签的公共行为。[120]这也是完成广告文化隐喻中的一个重要的结合点。本土文化深度被上升为一种爱国主义行为，而报纸中的消费文化成为一种文化隐喻而存在的符号化类型，当转换为实在的消费行为时，在文化研究领域中，就成为一种身份认知角度的深层次剖析。

四、消费文化对报纸受众群体的影响

阅读群体分析也是受众群体分析，对受众的分析有助于我们了解和分析文本生成中的意义出发点和内在机制。英语世界的研究学者也注意到了这一点，这一时期报纸受众群体扩大，逐步从精英走向大众。汉学家李欧梵和黎安友在《大众文化的起源：晚清及晚清之后的新闻与小说》中分析了大众受众的兴起。作者认为从客观条件而言，新的道路、铁路的修建、邮政效率进一步提高、书店的扩张以及传统运输、信件传递、河运等使城市为中心的媒体在全国取得了更广阔的分布。[121]这无疑为大众受众的兴起奠定了基础。英语世界学者以图表为例分析了报纸流通的分布点，指出报纸集中在少数港口和海边城市如上海、北京、天津、广州，"其中宁波是所有城市中最特别的，其进口报纸的数量是其出口的很多倍"。[122]具体而言，作者指出晚清时期中国现代媒体虽然已然创造了中国历史上最大的阅读群体，但是，大致只有30%-45%的男性和2%-10%的女性有基本的阅读能力，这足见，现代媒体在晚清时期并没有真正普及"大众"。[123]在接下来的几十年中，受众大幅度增加。作者认为这部分归功于教育普及、劳工流动性增强以及城市人口的增加。白话文运

---

120 Weipin Tsai, *Reading Shenbao: Nationalism, Consumerism and Individuality in China, 1919-37*. New York: Palgrave Macmillan, 2010. p. 42.

121 Leo Ou-fan Lee and Andrew J. Nathan, "The Beginnings of Mass Culture: Journalism and Fiction in the Late Qing and Beyond" in David Johnson, Evelyn S. Rawski, and Andrew J. Nathan, eds. *Popular Culture in Late Imperial China*. Berkeley: University of California Press, 1985. p. 370.

122 Leo Ou-fan Lee and Andrew J. Nathan, "The Beginnings of Mass Culture: Journalism and Fiction in the Late Qing and Beyond" in David Johnson, Evelyn S. Rawski, and Andrew J. Nathan, eds. *Popular Culture in Late Imperial China*. Berkeley: University of California Press, 1985. p. 368.

123 Leo Ou-fan Lee and Andrew J. Nathan, "The Beginnings of Mass Culture: Journalism and Fiction in the Late Qing and Beyond" in David Johnson, Evelyn S. Rawski, and Andrew J. Nathan, eds. *Popular Culture in Late Imperial China*. Berkeley: University of California Press, 1985. p. 373.

动的普及使很多报纸也开始针对工人阶层。英语世界的学者如梅嘉乐、王娟、彼罕都观察到，女性阅读群体也被诸多报纸纳入了受众范围。为了迎合女性读者，简单易懂的文字以及图画通常用以吸引女性读者的眼球。此外，以政治花边新闻和娱乐报道为主的小报的盛行使社会普通百姓有能力支付、有能力阅读。王娟在对小报受众的分析中也指出了读者群体的广泛性。为了利益最大化，从一开始，小报作家就试图吸引不同文化水平的观众。小报通常使用白话文，而不是大报中八股文的形式，以确保他们的作品吸引不同社会和文化背景的读者。此外，作家采用多种文学技巧与种类吸引读者，比如易读的韵律和节奏。[124] 在中日战争前的 1908-1936 年，报纸每隔几年邮递数据就会翻倍。虽然邮递数据不能精确反映受众情况，但是受众的大幅增长是毋庸置疑的。[125] 由此可见，大众受众也是逐步推进，并非一蹴而就。主客观因素共同塑造了中国早期时期的报纸受众。

　　进一步分析，叶晓青在书中论述到，"在阅读群体上，《点石斋画报》有很广泛的受众群体。价格几乎是《申报》和早期《瀛寰画报》的一半。"[126] 本身较低的价格定位为报纸的经济准入提供了更多的可能性，这也变相为报纸本身带来了更多的可能性目标用户群体。除去最基本的准入门槛的降低之外，阅读群体的类型分层也为报纸本身的受众研究提供了资料。金兰中指出，画报所针对的读者群体范围广泛，包括上层年轻绅士、下层商店店员，还有居于中间层次的工人、妇女和儿童。[127] 而叶晓青的分析更具批判性与针对性，"阅读群体既包括受教育阶层，也包括工人阶层，但是很多工人阶层阅读这一说法是受到质疑的。这不仅仅是普通市民是否有支付能力的问题，而是他们的关注点与品味并不完全一致。"[128] 在阅读群体上的受众定位不清晰成为学者关注的要

---

124 Wang Juan, *Merry Laughter and Angry Curses: The Shanghai Tabloid Press, 1897-1911*. Vancouver: UBC Press, 2013. pp. 162-166.

125 Leo Ou-fan Lee and Andrew J. Nathan, "The Beginnings of Mass Culture: Journalism and Fiction in the Late Qing and Beyond" in David Johnson, Evelyn S. Rawski, and Andrew J. Nathan, eds. *Popular Culture in Late Imperial China*. Berkeley: University of California Press, 1985. p. 374.

126 Ye Xiaoqing, *The Dianshizhai Pictorial: Shanghai Urban Life, 1884-1898*. Ann Arbor: University of Michigan Press, 2003. p. 11.

127 Nanny Kim, "New Wine in Old Bottles? Making and Reading an Illustrated Magazine from Late Nineteenth-Century Shanghai" in Rudolf G. Wagner, ed. *Joining the Global Public: Word, Image, and City in Early Chinese Newspapers, 1870-1910*. New York: State University of New York Press, 2008. p. 185.

128 Ye Xiaoqing, *The Dianshizhai Pictorial: Shanghai Urban Life, 1884-1898*. Ann Arbor: University of Michigan Press, 2003. p. 11.

点。文人与工人作为在信息接收诉求存在差异的诉求点，不清晰的定位就会为报纸文本内容本身带来不清晰的呈现点。

在之前的内容中对广告消费文化进行了阐释，广告文本消费研究也是研究广告受众所支撑的重要机制。在《阅读申报》一书中，学者蔡维屏单列一节"谁阅读《申报》的广告？"来探讨《申报》中广告的受众，试图以广告的受众来揣摩《申报》的受众。作者认为，《申报》的读者和小报的读者是有交叉的。报纸受众的交叉说明文本内容存在重要的文本生成点。作者举例说明"中国读者被不断灌输西医知识，而西医广告又用传统中国形式解释。这些读者不同的性格和品味折射出中国社会过渡时期的形态。"[129]医药广告中的内容生成首先呈现出中西文化之间的交叉与多元化的风格类型。同时也折射报纸内容文本所对应的受众呈现出的特征性气质。读者对中西不同文化风格的诉求的杂糅性既反射出报纸所代表的媒体大众文化的过渡性质，也展现了其在社会文化大背景下的一个重要形态特征。但是在研究中，学者更多的关注点在于受众类型的选择上，更多的是出于利益和消费诉求，阅读广告内容的准入门槛较低，大大扩大了受众的广泛性。1933 年，中西大药房宣布三周暑假促销，三友事业社刊登纺织品打折的大型广告。在英语世界的学者看来，"这些都不需要很强的识字能力，女人可以在安排日常生活的同时轻易获取这些信息。有些广告的潜在客户只有非常有限的文字能力，这就要求广告商用更大幅的广告刊登，这样反过来也刺激了报纸的销量。"[130]归根结底，报纸的销量是诸多大型大众消费文化的最终目的。简单易到达的信息内容为报纸的传播提供了更多的准入可能性，也促进受众范围的增加，从而完成了对广告发行量、报纸销售量大大增加的可能性。

英语世界学者对读者或是说受众的研究不仅在于对可能读者群体的研究，还延伸到了广告文本生成与受众之间的关系研究。文本内容生成和受众之间的进一步联系研究是完成受众研究的又一个重大进步，其关联性牵扯成为广告文本内容的一个重要研究点。蔡维屏指出，卫宝健康香皂（Lever's Health Soap）广告中的形象表明了中上层女性"时髦风尚者"的作用。虽然在倡导国货的广告中经常攻击这些人，但是在商业广告中，他们销售相应产品与时尚的

---

129 Weipin Tsai, *Reading Shenbao: Nationalism, Consumerism and Individuality in China, 1919-37*. New York: Palgrave Macmillan, 2010. p. 169.

130 Weipin Tsai, *Reading Shenbao: Nationalism, Consumerism and Individuality in China, 1919-37*. New York: Palgrave Macmillan, 2010. pp. 170-171.

概念相关联。销售产品与时尚之间的关系成为了广告商关注的重点，从简单的信息输出转变为信息的有意义生成与目的到达。"为了使广告更有吸引力，除了使用大号字体、给出具体销售日期和打折价格以外，产品通常通过一系列的卡通图来促销。"[131]大号的字体是为了完成视觉传达中的醒目性目的达成，而具体的信息内容，如销售信息和打折价格等重要的意义内容则是为了实现目的到达的有效性。卡通图案等都是为了实现读者在接受理论之中的初步认知到达。作者还论述到，"报纸中广告的受众对象很有可能是家庭成员的男性阅读者，他们可能首先读到这则广告，但不一定是购买香皂的人。"[132]受众群体的对象是所有关联的可能性消费内容到达，因此，我们不难理解，英语世界学者在细致的研究中所关注的阅读群体不是单一的，更广泛的内容之上是对受众群体的细分和意义生成效果性的研究。

在现代社会，广告的意义在于达成商品消费的目的，而在晚清民国时期的报纸中，其更重要的目的在于信息的传达。"在当时的英国社会和中国社会，人们对待广告就像对待新闻一样，作为商品帮助报纸的销售。"[133]广告的特殊地位也为广告信息内容的文本生成带来了特别的时代意义。中国的读者就像阅读新闻一样阅读广告，研究产品包装，即使有时他们并不懂广告中的语言。广告本身的意义已经超越了文本所占据的意义，因为广告本身才是真正有意义的信息。据克劳（Carl Crow）研究，中国广告成功的秘诀就是图画多过文字。克劳以他的一位文盲朋友阅读报纸为例证明文盲也是阅读报纸广告的组成部分。[134]图画本身的视觉传达表现远远强于文字，图画不但降低了文本信息的准入门槛，同时也完成了信息到达效率的增加。这同时也说明了由于广告的存在，报纸的受众范围大大地拓展了。在这一时期，不管是对报纸文本还是广告的分析，都凸显了受众群体的扩大，以及不断从精英走向大众的趋势。而针对不同类型的读者采取不同的策略，也初现个性化消费的端倪。

---

131 Weipin Tsai, *Reading Shenbao: Nationalism, Consumerism and Individuality in China, 1919-37.* New York: Palgrave Macmillan, 2010. p. 171.

132 Weipin Tsai, *Reading Shenbao: Nationalism, Consumerism and Individuality in China, 1919-37.* New York: Palgrave Macmillan, 2010. p. 174.

133 Weipin Tsai, *Reading Shenbao: Nationalism, Consumerism and Individuality in China, 1919-37.* New York: Palgrave Macmillan, 2010. p. 174.

134 Carl Crow, *Four Hundred Million Customers.* London: Hamish Hamilton, 1937. p. 175.

本章小结

在英语世界对这一时期的报纸研究中不可忽视的一个要点在于文化研究的路径,而报纸对于文化变迁与转型的作用是显而易见的。在作为表象的报纸文化研究中,英语世界的学者普遍将关注点集中在都市文化、报纸传播效果与报纸文本之间的关系以及关系产生的分析之中。在这一时期作为报纸发展最为昌盛的上海成为学者关注的焦点和研究的重心。上海特有的都市文化和双重城市性质让学者关注到了报纸对上海的重构和描绘。其次,这一时期的整体报纸发展与国际总体趋势接轨,并紧密联系,使得这一时期新的文化研究蓝图得以建构,因此,这一时期消费文化的兴起成为文化建构研究的核心领域。小报、画报、广告等具有明显商业特性或倾向性的文本成为英语世界研究者的重心。从一般性的文本表现到所隐含的文化隐喻,英语世界的学者都有涉及。作为商业性的报纸,对广告商业消费的研究不仅是对广告文本本身的解读,更是对报纸总体消费文化的映射和阐发。

作为大众文化的报纸在这一时期的文化公共空间中毫无疑问地成为了反映城市生活、建构都市景观的重要元素。英语世界的研究学者发现,报纸成为建构城市印象的一个重要手段和表征,因此着力于对报纸文本的研究,从中剖析出新城市生活中社会文化的表征。英语世界学者在文本研究中发现,报纸建构出三种形态的话语观念:经济话语、日常话语和观念话语,它们反映和影响了城市生活在报纸中的表现,也反映出报纸中呈现的矛盾人物与文化。

其次,报纸成为一个城市文化展现的承载者,这种样态首先映射了客观的城市生活空间,其次展现了城市生活,从而形成一种新的多元的城市文化。尤其在商业性的表现上,显示出了报纸作为商业体的特征。在研究中,英语世界学者关注到了报纸的文化力量,认为报纸体现了突出的跨文化特征,加强了大众的跨文化认知。在当时,报纸尤其是小报成为即时文化情绪的展现者,同时也成为了长时性历史记忆的维续者。实际上,中外学者的研究中都关注到这一点,尤其是在小报成为即时的社会情绪反应面上。此外,英语世界的研究者还特别探讨了报纸所强化的大众的文化记忆规约,他们还指出这种影响是持久且广泛的。

作为商业的报纸毫无疑问的成为消费文化的照烛。报纸的商业性在这一时期研究中得到了应有的重视,从而衍生出英语世界学者对报纸文本样式中的商业性研究。同时,英语世界学者也关注于报纸的消费诉求研究和消费文化的深度剖析，从而引发出在报纸的文本和商业性运作中，传播者如何关注于受众群体的内容之上。而在内容文本上的广告研究，英语世界的学者关注于作为文化隐喻的广告形式和文本。这一时期的报纸的受众群体逐渐扩大，从而形成大众化、个性化的消费文化。总体而言，在这一方面的研究中，英语世界都集中关注于消费文化的发展、报纸内容文本和商业样式的样态和状况之中。

第六章　比较视域下晚清民国的报纸研究

第一节　英语世界研究的启示

随着西方学界对中国近现代文学、社会、历史研究的逐渐重视，报纸成为此期记载社会事件、时代变幻的重要史料，英语世界学者也相继在这个领域中发掘出愈来愈多的学术成果，晚清民国时期的报纸研究即在此列。学者们将个案分析、历史社会研究、比较研究、统计学等方法与读者批评、女性批评、公共领域、守门人、媒介偏倚等理论有效结合，将报纸的学术研究价值发挥至极。

一、主要研究方法

英语世界学者研究中国早期报纸成果颇多，运用的研究方法各异，大体而言，有以下数种：

（一）个案分析

英语世界学者对此期报纸研究采用较多的方法是个案研究法，个案分析能够仅仅针对一种报纸或某一报人，以最具有代表性的人、事、物为研究对象，在乱象中以小窥大寻求历史真相，可达见微知著之效。如专门研究某一报纸的斯特纳汉·帕特丽夏（Stranahan Patricia）《塑造媒介：中国共产党和〈解放日报〉》（*Moulding the Medium: Chinese Communist Party and the Liberation Daily*）、穆德礼（Terry Narramore）《在上海制作新闻：〈申报〉和报纸新闻业的政治，

1912-1937》（Making the News in Shanghai: *ShenBao* and the Politics of Newspaper Journalism, 1912-1937）、玛丽安·杨（Marian H. Young）《〈盛京时报〉：构建晚清时期公共舆论》（*ShengjingShibao*: Constructing Public Opinion in Late Qing China）、季家珍（Joan Judge）《印刷与政治：〈时报〉与晚清中国的改革文化》（*Print and Politics: "Shibao" and the Culture of Reform in Late Qing China*）等；专门研究某一报人的韦斯利·塞缪尔·帕尔默（Wesley Samuel Palmer）《成舍我与 20 世纪 20、30 年代的中国新闻业》（Cheng Shewo and Chinese Journalism in the 1920s and 1930s）、洪长泰（Chang-Tai Hung）《纸弹：范长江和中国战争时期的新新闻学》（Paper Bullets: Fan Changjiang and New Journalism in Wartime China）、费南山（Natascha Vittinghoff）《团结对统一：梁启超与中国"新新闻"的发明》（Unity vs. Uniformity: Liang Qichao and the Invention of a New Journalism for China）、叶文心（Wen-hsin Yeh）《进步新闻业与上海小市民：邹韬奋和〈生活〉周刊，1926-1945》（Progressive Journalism and Shanghai's Petty Urbanites: Zou Taofen and the Shenghuo Enterprise, 1926-1945）等；专门研究某一事件的瓦格纳（Rudolf G. Wagner）《〈申报〉的危机：1878-1879 年〈申报〉与郭嵩焘之间的冲突和国际环境》（The *Shenbao* in Crisis: The International Environment and the Conflict Between Guo Songtao and the *Shenbao*）、蕾娜特·芬奇（Renata Vinci）《〈申报〉所体现的三门峡事件中中国公众对意大利的态度》（Chinese Public Sentiments About Italy During the Sanmen Bay Affair in the Pages of the *Shenbao*）、林郁沁（Eugenia Lean）《公共激情：施剑翘案的审判和大众认同在现代中国的出现》（*Public Passions: The Trial of Shi Jianqiao and the Rise of Popular Sympathy in Modern China*）等。

（二）文本分析、历史研究分析

英语世界学者通常将报纸视为文本或史料。视为文本者，如梅嘉乐、王娟，她们的研究从报纸本身出发，观点多出自报纸中呈现的事例，对于历史、社会、政治因素，报纸的形成、编辑以及作家的影响忽略不计，强调文本细读，在这个过程中发现不同于学界公认决断的新观点。梅嘉乐指出西方学者所谓的媒介力量在中国报纸中是一种"被想象的力量"，是媒体自身创造并维持的一种"伪世界"。王娟通过丰富的材料和论据展示小报对于晚清政治和历史发展的影响，并指出小报文化预示着王朝的灭亡。英语世界学者早期较为注重报纸文本语言所能进行的意涵诠释，后期也有相当部分的学者以历史研究、背景研究得出重大成果的，如费南山的《有益的知识和恰当的交流：19世纪末中国的新闻领域创作》通过对报人的背景研究，推测出何桂笙、钱昕伯可能是总编辑，并决定了整个报纸的内容。[1]穆德礼的《在上海制作新闻》对1912年至1937年的社会进行了详细的介绍，认为学界称为"商业报头"的《申报》其实最后已经明显含有了政治性。这与国内早期报纸研究方法重历史背景、轻文本分析的状况恰好相异。

（三）比较研究

对于研究对象的特征发现，学者们常常采用比较的方法使其凸显，或以自身的发展比较看其变化。如穆德礼的《在上海制作新闻》对于上海资本家与国民政府之间的关系变化。白瑞华的《中文新闻兴趣点》将新旧时期新闻媒体的变化做对比，指出新闻媒体报道逐渐从内容混杂发展到各个板块明确区分为商业、工业、政治、教育等领域。沈艾娣的《中国农村的报纸与民族主义，1890-1929》以农村新闻网的变迁，分析出有别于城市民族主义的农村民族主义。或以他国报纸状况与中国相比较者，如瓦格纳在《〈申报〉的危机：1878-1879年〈申报〉与郭嵩焘之间的冲突和国际环境》一文中通过分析日本和印度对待英国报纸的态度及英国全权代表作出的回应，探寻英国领事馆对《申报》保护的可能性及程度。T.H.、S.C.L.和E.G的《东方视角：中日报刊杂志的关注点》将中国和日本的报刊媒体视为研究对象，介绍了西方人眼中的日本报刊及中国媒体并进而指出当时日本报刊关注的是人口问题、由法国提出的战争条约中的非法问题、对华政策等，中国日报对外国事务关注度低，只对国内的政治局势感兴趣。丁许丽霞的《1900年到1949年间近现代中国政府对报刊的控制》将清末报界的情况与欧洲、与中国历史相比较，认为清政府在打压政敌方面的能力不如某些欧洲国家。因此，清政府对报刊控制的成效与当初设置控制的初衷背道而驰。费南山在《团结对统一：梁启超与中国"新新闻"的发明》中将中国报业发展史与欧美进行比较，从而认为中国报纸的发展历程与欧美报纸截然不同。中国报纸最早在外国势力区出现，后来在维新运动前后逐渐发展到内地。中国报纸经历了一种"倒退式"发展，即从较自由和独立的状态发

---

[1] Natascha Vittinghoff, "Useful Knowledge and Appropriate Communication: The Field of Journalistic Production in Late Nineteenth Century China" in Rudolf G. Wagner, ed. *Joining the Global Public: Word, Image, and City in Early Chinese Newspapers, 1870-1910*. New York: State University of New York Press, 2008. p. 55.

展到 19、20 世纪之际被政治支配的状态，再到后来，报纸处于完全被政府控制的状态，将不同国家的报人进行比较的研究也有不少，如戴雨果在《中国记者：从过去中寻找灵感》一文中从政治性角度将托马斯·巴恩斯与梁启超进行对比，他指出，两人虽然都倡导改革，但是他们与政治的关系完全不同：梁启超不是独立的，他是依附于朝廷权力斗争的结果；而巴恩斯是公共舆论的代言人，要求当权者愿意与否都要聆听公众的声音。这是中国与西方在新闻观上的差别，中国文人有评价事实的传统，这种传统不同于西方新闻观中新闻业特殊的身份和角色。

（四）数据统计学

英语世界学者在面对庞大的报纸资料时，也常采用统计学方法获得研究成果或佐证研究观点。如金兰中采用随机抽样的方法从出版的 45 套《点石斋画报》中选出 10 套出版时间间隔几乎一致的作品，又从这 10 套中选择其中的奇数期数中的 4500 张图片作为研究对象，并将图片反映的主题分为：战争和政治，科学技术，人物，灾难、意外、罪犯，社会新闻，当地习俗、高雅的娱乐方式，道德故事，有趣和奇怪的事件。金兰中对《点石斋画报》读者的兴趣进行了解读，指出《点石斋画报》三分之一的内容是关于中国文学作品中的志怪小说，其受众很有可能主要面向"上海受过教育的城市人"。罗文达的《天津报刊：一份技术调查》是关于天津报纸的数据统计研究，涉及报纸数量、存活时间、发行量、报纸版面大小、订阅率、新闻用纸需求等。作者特别表明，20 世纪 30 年代由于统计学在中国尚处初期，数据收集难度大，该调查仅限于日报。在通过对天津报纸的数据统计研究后，作者得出中国报业经济面临的三大问题：发行量小、版面小、收入低。其他学者虽然在论文中没有通篇采用数据统计学，但也往往以收集的数据为据，如白瑞华、丁许丽霞等。

其他方法如跨学科研究也经常运用于英语世界学者的研究中。学者们将文本与社会学、哲学、心理学、美学、艺术学等学科知识结合，如瑞贝卡·卡尔的《20 世纪 20 年代中国的新闻业、社会价值和日常哲学》、梁庄爱伦的《销售快乐：上海 20 世纪早期月份牌和视觉文化》、蔡维屏的《阅读申报：中国民族主义、消费主义、个人主义，1919-1937》等。大体而言，英语世界中国早期报纸研究方法多元各异，互为补充，各种研究方法自有历史沿革，其研究方法与研究成果之间的形成过程更是有益于国内相关研究。

二、批评理论话语

20 世纪是批评的时代，批评的更迭与变换与学术研究理论话语的变迁同样密不可分。英语世界学者在晚清民国时期的报纸研究中几乎篇篇有其独特的理论运用痕迹，其主要批评理论话语有：

（一）公共领域理论

英语世界学者应用"公共领域"理论主要是源于尤尔根·哈贝马斯（Jürgen Habermas）《公共领域的结构转型》（*The Structural Transformation of the Public Sphere*）一书中对此概念的重提。"公共领域"这一理论在学术界尚有争议，哈贝马斯所研究的是"资产阶级公共领域"且其主要研究范围是"自由主义模式的资产阶级公共领域的结构和功能，即资产阶级公共领域的发生与发展"，其"主要目标在于从 18 和 19 世纪初英、法、德三国的历史语境，来阐明资产阶级公共领域的理想类型"。[2] 在哈贝马斯的观点中，"公共领域将经济市民变为国家公民，均衡了他们的利益，使他们的利益获得普遍有效性，于是，国家消解成为社会自我组织的媒介。只有在这个时候，公共领域才获得了政治功能。"[3] 哈氏的"公共领域"理论受到学界广泛的认可，此书更是出版数十次，翻译成多国语言，成为研究现代性社会、市民、公民、国家关系的必读书目之一。在公共领域中，报纸成为承载"公众舆论"的发声台，自然受到学者的第一关注。英语世界对于中国早期报纸的研究也是源自于学者对于中国"公共领域"形成与发展的思考。在德国海德堡大学汉学研究中心的"中国公共领域的结构与发展"研究小组，其成员瓦格纳主要是从报纸作为公共领域平台这一研究点切入，将上海租界报纸的属性提升至"全球公共体"的高度；费南山的研究力图表明 1895 年以前报业对中国公共领域持有很大的兴趣；梅嘉乐从西式报纸内容、形式的蜕变主要研究中国"公共领域"的形成；叶凯蒂别出机杼以"娱乐性"关联的上海休闲报、小报、小报编辑与妓女等来探索"中国公共领域"的特征。此一系列成为研究晚清民国时期"公共领域"的基础。此外有季家珍、穆德礼、李金铨、王娟、张咏、Gao Nuan 等人也用力较勤。季家珍的博士论文《印刷与政治：〈时报〉与晚清中国公共领域的形成（1904-

---

2　（德）哈贝马斯《公共领域的结构转型》，曹卫东等译，学林出版社，1999 年，序言。

3　（德）哈贝马斯《公共领域的结构转型》，曹卫东等译，学林出版社，1999 年，第 11 页。

1911)》便采用了公共领域为其理论向导。穆德礼、李金铨两人各有文章，都为阐释海德堡大学"中国公共领域结构与发展"小组成员对于运用"公共领域"理论的不恰当。王娟、Gao Nuan 以小报、副刊为研究对象，为公共领域研究拓展了报纸研究的种类，张咏在公共领域理论的启发之下探讨了此期女性写作的本质变化。

（二）读者反应批评

在整个西方文艺批评的发展过程中，其关注中心从专门研究作者转到专注于文本，又从文本明显转向读者，自上世纪 70 年代末以来，西方批评界便开始频繁地使用"读者反应批评"（Reader-Response Criticism）一词来对此加以指代和概括。读者反应批评最早出现于美国学者简·汤普斯金《读者反应批评》一书。读者反应批评把读者作为主要研究对象，要求在进行文学批评和研究时要设法了解作品的接受过程，掌握读者的心理趣味、修养等，并以历史的眼光考察和比较读者水平的变迁以及由此带来的种种差异。在这一批评思潮影响之下，英语世界学者在研究中国早期报纸的过程中常运用此理论解读文本、读者、作者乃至相互之间的关系。学者们运用读者反应批评考察了多种领域，或是作家对其读者所持的态度和要求，如穆德礼在《在上海制作新闻》中通过对报纸读者与作者的分析指出早期报纸的作者对读者的要求局限于有知识的政治、经济和文化精英，尤其是城镇男性；或是各种文学文本所意指的不同读者的类型，如学者蔡维屏在《阅读申报》一书中单列一节"谁阅读《申报》的广告？"探讨《申报》中广告的读者，试图以广告的读者来揣摩《申报》的读者类型，同时也折射报纸内容文本所对应的读者所呈现出的特征性。梅嘉乐在《一份为中国而生的报纸》中也专辟一章，论述此期不同报纸类型对应的不同性别的读者。又或是实际的读者在确定意义方面所起的作用，如顾德曼对于席上珍的"自杀"分析，社会读者的反响以及"新女性"特征的确定；或是读者的阅读习惯和文本阐释之间的关系，如梅嘉乐文章中提及晚清民初女性读者受教育程度不高，故而报纸常常采用简单的语言和插画来吸引女性读者阅读等。

（三）符号学

符号学继索绪尔（Ferdinand de Saussure）的语言学模式、皮尔士（Charles Sanders Peirce）的逻辑—修辞学模式、巴赫金（Mikhail Mikhailovich Bakhtin）

形式研究发展之后成为适用于各种学科的共同方法论，中国符号学学者定义"符号学就是意义学，就是研究意义的表达、传播、接收和理解的学问"[4]。早在 20 世纪中叶，符号学就已经把广告纳入其研究范围。"法国著名符号学家罗兰·巴尔特（Roland Barthes）是最早开始广告符号学研究的学者……巴尔特以'Panzani'（某面条品牌）的一则平面广告为对象，基于'外延'和'内涵'这组核心概念，展开图像修辞的分析，讨论了广告图像的深层意义生成机制"[5]。在巴尔特运用符号学研究广告之后，众多学者将其作为一条大有可为的学术研究途径，由于广告在早期的重要载体为报纸，故而研究报纸广告的学者们开展研究时最常采取的理论便是符号学。达内西（Marcel Danes）和比斯利（Ron Beasley）更是提出了"广告符号学"（Semiotics of Advertising），并指出广告符号学认为广告具有两层意义：表层（a surface level）和底层（an underlying level）意义。如蔡维屏在分析《申报》中中国南洋兄弟烟草公司刊登的一则广告时谈到，广告的右侧有一头目光深邃的雄狮笔直地坐立在地上，左边有两个很大的"觉悟"二字，这两部分占据广告一半的篇幅，"觉悟"二字左边是该广告的文案，文案第一句话就是"人生在世最可怕的就是没有觉悟"。在这则广告中，作者表达的表层意义就是南洋兄弟烟草公司希望人们购买其产品，该广告体现其产品国货的特性。但是在广告中蕴含着更深层次的含义，即"底层含义"，该广告中蕴含着爱国主义的内涵。作者用"雄狮"和"觉悟"表明"爱国"，将消费主义和民族主义相结合。蔡维屏将"雄狮"解释为两层含义：代表"个人"和"国家"的希望。消费主义代表个人行为，民族主义具有国家集体性质，广告完美地将两者结合在一起。

（四）把关人理论

"把关人"（gatekeeper）的概念最早是由美国社会心理学家、传播学的奠基人之一库尔特·卢因（Kurt Lewin）于 1947 年在其作品《群体生活的渠道》中提出，他根据食物进入家庭的"渠道"过程，指出"选择"在单元项进入渠道以及通过渠道内环节的过程中发挥作用，并指出这种情况也"适用于解释新闻如何通过特定渠道在群体中传播"[6]。卢因认为群体传播过程中存在着一些把关人，只有符合群体规范或把关人价值标准的信息内容才能进入

4　饶广祥《广告符号学教程》，重庆大学出版社，2014 年，第 3 页。

5　饶广祥《广告符号学教程》，重庆大学出版社，2014 年，第 35 页。

6　张国良《传播学原理（第二版）》，复旦大学出版社，2009 年，第 156 页。

传播渠道。[7]20 世纪 50 年代，传播学者怀特（David Manning. White）将这一概念应用于新闻研究，提出了新闻传播的"把关"过程模式，如下图。[8]

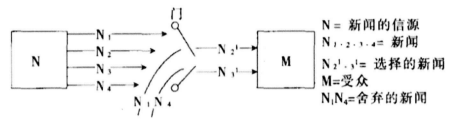

图 6.1　怀特的新闻选择"把关"模式

　　怀特认为，新闻媒介的报道活动不是"有闻必录"，而是对众多的新闻素材进行取舍选择和加工的过程，[9]并且在新闻流通的过程中，这种选择环节并不仅仅是一次性，而是多次且连续的。在英语世界对中国早期报纸的研究中，这一理论有效的运用到该时期报人对信息的筛选与呈现过程中。德国学者梅嘉乐在其论著《一份为中国而生的报纸？》的第二部分中运用传播学中的"把关人理论"，深入浅出地探索了晚清民初上海报纸文本信息的筛选与呈现。梅嘉乐从广告、社论和新闻报道三个方面分析指出新闻媒体如何为女性选择阅读材料，以及新闻媒体在女性建构中扮演的意识形态"把关人"的角色。作者观察到，虽然社会强调"男女平等"，但在针对女性的期刊中，作家和编辑仍然了进行信息筛选，把文本内容锁定在传统女性"洗衣、做饭、带娃"三个角色之上，[10]与传统女性形象不符的内容则被舍弃，未被呈现在读者的视野中。而在丁许丽霞的《报刊控制》专著中，作者也关注到了国民政府在该时期报纸出版中的"把关人"角色。她指出，在 1927-1937 年间，报纸上的新闻通过记者、编辑、以及传媒组织内部的层层过滤后，普通人往往仅看到被"选择"出来的内容，而同时期国内发生的许多事件在"把关"后变得难以得知。[11]

7　郭庆光《传播学教程》，中国人民大学出版社，2001 年，第 131 页。

8　David Manning. White, "The Gatekeepers: A Case Study in the Selection of News" in *Journalism Quarterly*, Vol.27, 1950. 转引自郭庆光《传播学教程》，中国人民大学出版社，2001 年，第 131 页。

9　郭庆光《传播学教程》，中国人民大学出版社，2001 年，第 131 页。

10　Barbara Mittler, *A Newspaper for China? Power, Identity, and Change in Shanghai's News Media, 1872-1912*. Cambridge: Harvard University Press, 2004. p. 255.

11　Lee-hsia Hsu Ting, *Government Control of the Press in Modern China, 1900-1949*. Cambridge: Harvard University Press, 1974. p. 85.

（五）英尼斯传播理论

哈罗德·英尼斯（Harold Innis），加拿大经济史学家与政治经济学家，传播学研究多伦多学派的鼻祖，以《帝国与传播》中传播技术的历史研究而著名。他对传播的关注不是媒体信息的文本内容，而是作为载体的传播媒介。英尼斯从政治经济学的角度切入媒介研究，形成了著名的媒介偏向论，他认为任何传播媒介都具有时间偏向或者空间偏向。他指出，"媒介可以分为两大类，两者有一个基本的区别：有利于空间上延伸的媒介和有利于时间上延续的媒介。比如，石刻文字和泥板文字耐久，所以他们承载的文字具有永恒的性质。但是他们不容易运输，不容易生产，不容易使用。相反，莎草纸和纸张轻巧，容易运输，方便使用，能够远距离传播信息，然而他们传播的信息局限于当下，比较短暂"。[12]

在《现代中国报刊的起源》中，张涛运用英尼斯的理论论述了科技革新对媒体垄断的影响。得益于早期政治经济学家的身份，英尼斯意识到传播媒介在古代以及西方现代社会、政治和文化的重要性。他认为，信息、知识垄断可以通过特定的媒介形成，但是也可以通过其他不同媒介的出现而打破。比如，在他的专著《传播的偏向》中，英尼斯认为印刷媒介的出现是结束中世纪教会媒体垄断的关键，结束了教会对宗教信息的控制。[13]而在中国，印刷技术的提高也加快了官媒垄断的消亡进程。张涛指出，"技术革新在中国现代新闻业的发展过程中，发挥着重要但并不直接的作用，挑战了政府对媒体的控制"。[14]笔者认为，在解释印刷技术推动晚清中国社会变革上，仅仅运用英尼斯的技术论或存在着解释力不足的问题，但仍对我们思考中国的社会变革提供了新的思路。印刷技术的革新影响和改变着中国，改变了中国长期以来信息垄断的局面，使中国学者和官员改变了获取信息的渠道及方式，加快了社会变革的进程。

沈艾娣发表的《中国农村的报纸与民族主义，1890-1929》中认为农村民族主义思想的传播也可以用英尼斯的媒介偏倚理论解释。根据英尼斯的媒介

12　（加）哈罗德·英尼斯《传播的偏向》，何道宽译，中国人民大学出版社，2003年，第 IX 页。

13　（加）哈罗德·英尼斯《传播的偏向》，何道宽译，中国人民大学出版社，2003年，54 页。

14　Zhang Xiantao, *The Origins of the Modern Chinese Press: The Influence of the Protestant Missionary Press in Late Qing China.* London: Routledge, 2007. p. 115.

偏倚论,不同偏向的媒介适用于不同权力结构的关系,"对文明的评价要看其发生影响地域的大小和时间的长短"。[15]如"偏向时间的媒介"有助于树立权威,从而利于形成等级森严的社会体制;而"偏向空间的媒介"则有助于远距离管理和进行贸易活动,有助于帝国的扩张,从而形成中央集权但等级性不强的社会体制。报纸属于后者,在晚清随着报纸逐渐进入农村,打破了过去信息传播在空间上的局限性,能够及时有效的把信息传递给边远地区的群众,有利于科学知识的传播,激发民族主义情绪,也有利于政府对农村地区的管理。

在其他理论的运用中,新批评又更常为学者所用,新批评是以"文本"为研究对象,强调"文本细读(close reading)",即一种"闭合"式的解读的批评理论,这意味着将文本作者个人的主观性、写作动机和文本外的历史语境因素搁置开来,使批评家做到在批评中的文学非个性化和客观性。这一理论运用在英语世界学者解读中国时期报纸中较为常见,如梅嘉乐的《一份为中国而生的报纸?》、王娟《嬉笑怒骂:上海小报,1897-1911》等。

对于报纸这一特殊的历史文本载体,英语世界学者竭尽各种研究方法,试图揭示晚清民国时期中国的社会情境变迁——报纸、市民生活、历史人物、政治、经济、文化、民族精神、性别文化等。在庞大的史实资料中,英语世界学者取材各异,几乎囊括所有。研究时,他们注重个案分析、特性分析,在理论运用中常常是以一为主,其他理论相继并用,得出的论断往往发人深省。这应是值得所有学者所借鉴的。

当然,英语世界的研究本身也受到诸多问题困扰,而这些问题在瓦格纳看来多与研究中国早期报纸的中国学者和汉学家有关。具体而言,首先,与中国国内研究对海外汉学的影响有关。比如戈公振1927年出版的《中国报学史》对英语世界的研究影响至今。瓦格纳指出,虽然戈公振的《中国报学史》不是战前中国新闻界唯一问世的学术史著作,但它是迄今为止最具影响力的研究著作。书中的一些观点如报纸作用的理论始于梁启超已成为现今西方学界的共识。从1933年戈公振的观点通过美国学者白瑞华的作品为英语世界所知后,至今许多西方学者的研究仍停留在戈公振的研究范畴内,如穆德礼、季家珍等。[16]此外,瓦格纳指出,中国国内政治形势对海外汉学的研究也产生了重

---

15 (加)哈罗德·英尼斯《传播的偏向》,何道宽译,中国人民大学出版社,2003年,第53页。

16 Wagner, Rudolf, "The Early Chinese Newspapers and the Chinese Public Sphere" in *European Journal of East Asian Studies*, Vol.1, No.1, 2001. p. 26.

要影响。海外学者易于获得的官方材料都是经过当局精心挑选、编辑过的材料，通常需要其他材料辅助解读。此外，当这些辅助材料涉及多语言时，中西方学术观念的冲突也可能会导致种种误读。其次，与越战后西方特别是美国的中国研究发展有关。瓦格纳指出，自费正清的"帝国主义"观点遭到攻击后，西方学者在研究中尽量避免被贴上"帝国主义""殖民主义""家长主义"的标签，研究思路转变为——让西方了解中国学者对其自身文化、社会和历史的思考。[17]当"以中国为中心"的做法在西方世界流行起来后，学者们越来越多地基于中国近代史进行研究。最后，与研究方法有关。以史料为研究材料，有必要将史料作为具有高度"包装性"的叙事事件来解读。这种对历史资料新的、更为细致的解读不仅考验研究者的资料信息提取能力，而且也考验研究者是否能准确将其翻译成另一种文化的能力。[18]这种研究方法是研究中国早期报纸的学者所面临的重大难题，他们需要广泛而快速地阅读众多史料从而掌握大量的材料，但同时又需要慢而细致的精读以达到应有的深度和精确度，这种具有矛盾性的研究方法常常将研究者"撕裂"。此外，瓦格纳指出，现有的中文二手文献大部分都没有原始文献来源。[19]西方研究者只能从研究策略上来解决这一难题，如选取一典型个案进行历时性研究；关注某一特定时期的社论特点；用社会学方法处理、撰写文章；在处理某一历史时刻或事件时，将与之相关的文章仅视为多种材料中的一种。从某种程度来讲，文献来源的问题造就了今日英语世界通行的研究方法。

第二节　中西研究之比较

对中国学界来说，英语世界的研究在新材料的发掘、新观点的提出、新方法的运用上皆有所创新。不过，在材料发掘方面，英语世界似与中国学界有一些共同的"局限"，即双方学者都只关注了当时的中文报纸，而极少关注外文报纸。晚清民国时期中国境内报纸的语种有中文、英文、俄文、德文、日文等，但中西学界似乎都未将中文以外的报纸定义为"中国报纸"，也自然很少将其

17　Wagner, Rudolf, "The Early Chinese Newspapers and the Chinese Public Sphere" in *European Journal of East Asian Studies*, Vol.1, No.1, 2001. p. 27.

18　Wagner, Rudolf, "The Early Chinese Newspapers and the Chinese Public Sphere" in *European Journal of East Asian Studies*, Vol.1, No.1, 2001. p. 28.

19　Wagner, Rudolf, "The Early Chinese Newspapers and the Chinese Public Sphere" in *European Journal of East Asian Studies*, Vol.1, No.1, 2001. p. 29.

他语种的报纸纳入考察范围。针对这一研究现象，瓦格纳指出，中国报纸的学术史研究实际上仅限于中文报纸。中国国内的图书馆也未对 1820 至 1949 年的外国报纸、期刊或者书籍进行细致分类。除了语言障碍，多数中西方学者不愿意将《北华捷报》（中国第一家英文报纸）这类外文报纸作为研究对象，是因为害怕被贴上封建主义、殖民主义、帝国主义、东方主义辩护者的标签。[20]这种对材料的有意选择或者避忌导致中国早期外文报纸研究成了中西学界共同的盲区。就中西学界的差异而言，由于中西方学者在材料选取、立场观点、意识形态、学术体系等方面皆有所不同，他们的研究目的、研究致思、观点结论等也有诸多不同，而探寻这些差异也正是本书的出发点和关注的焦点。

总体而言，中国学者在获取一手材料，解读特定时期的报纸文本以及发现新研究对象等方面比英语世界略胜一筹。比如，在报人研究方面，国内学者除了对英语世界重点关注的梁启超、邹韬奋、王韬、范长江、成舍我、李伯元等著名报人有大量研究之外，还对陈景韩、管翼贤、叶楚伧、曹聚仁、俞颂华等英语世界少有涉及的报人颇为重视。[21]在报纸的地域性研究方面，英语世界的研究主要集中于上海、北京、香港等大城市的报纸，偶有涉及苏州、汉口、成都等次一级规模城市的报纸。不同于英语世界研究的高度集中化，国内学者对诸多地方性报纸都有专文讨论，如罗虹的《熊希龄与〈湘报〉》，谭婧怡的《浅析四川近代第一家报纸——〈渝报〉》等。[22]与英语世界相比，中国学者更为开阔的研究视野更利于学界建立对报纸的全面性理解，得出客观的研究结论。

一、观点创新之差异

虽然国内学者研究视域广泛，学术成果在数量上也远超英语世界，但是大部分学者的观点在一定程度上存在相似性甚至重复，而创新性较少。反观英语

---

20 Rudolf G. Wagner,"Don't Mind the Gap! The Foreign-language Press in Late-Qing and Republican China" in *China Heritage Quarterly*, Nos. 30/31, 2012. p. 1.

21 如李洁琼在《半殖民主义语境中的"断裂"报格——北方小型报先驱〈实报〉与报人管翼贤》中对管翼贤及其对《实报》命运的影响做了较全面的分析。见李杰琼《半殖民主义语境中的"断裂"报格：北方小型报先驱〈实报〉与报人管翼贤》，中国社会科学出版社，2015 年。又如陈建云、康凯在《叶楚伧的办报经历及评论风格》中对报人叶楚伧做了个案研究。见陈建云、康凯《叶楚伧的办报经历及评论风格》，载《新闻传播》2012 年 12 期。

22 罗虹《熊希龄与〈湘报〉》，载《出版科学》2003 年 01 期，第 62-63 页；谭婧怡《浅析四川近代第一家报刊——〈渝报〉》，载《新闻世界》2014 年 08 期，第 218 页。

世界，其研究往往能做到推陈出新。美国当代著名文学理论家、耶鲁批评学派的重要代表人物希利斯·米勒（J. Hillis Miller）在谈及中美研究的差异时讲到："相对来说，中国学者明显对提出新的看法缺乏兴趣。总体上而言，他们更关注达成共识，或提出已经存在的看法。而在西方，与之完全相反，我们被教导必须要提出些新的看法，提出一些以前没有人说过的，才可能正当地发表论文或出版著作。"[23]

英语世界在对中国早期报纸的研究中，的确提出了若干突破已有共识的观点，比如德国学者梅嘉乐在论著中指出媒介的力量在于对其力量的想象。[24]她认为，这种想象使媒体在自己创造与维持的伪世界中过高估计自己的作用。西式中文报纸的强大力量不是在于其本质而是因为其力量从一开始就被默认。[25]在对报章文体的探讨中，梅嘉乐尖锐地指出，梁启超并没有创造出新文体，而是只对原有文体进行了改善。[26]这一点与国内学界普遍宣扬的梁启超是新文体的倡导者与先行者截然不同。另外，费南山在《团结对统一：梁启超与中国"新新闻"的发明》中也有新观点，认为1898年戊戌变法后，新闻市场的迅猛发展和政治性媒体的主导地位，并不完全由梁启超对媒体重要性的大力宣传所致，而是政体本身和新闻业发生了变化。[27]此外，他在《有益的知识和恰当的交流：19世纪末中国的新闻领域创作》中，通过对记者身份及其扮演的公共角色认知的分析，反驳了当时社会甚至现有研究中普遍存在的文人记者社会地位低下这一说法，并指出文人记者在公共领域的政治和社会交流中发挥了引领作用。[28]此类新颖观点在英语世界的研究中颇为常见，此处仅列举一二。

---

23 （美）希利斯·米勒《中美文学研究比较》，黄德先译，载《外国文学》2010年04期，第86页。

24 Barbara Mittler, *A Newspaper for China? Power, Identity, and Change in Shanghai's News Media, 1872-1912*. Cambridge: Harvard University Press, 2004. p. 420.

25 Barbara Mittler, *A Newspaper for China? Power, Identity, and Change in Shanghai's News Media, 1872-1912*. Cambridge: Harvard University Press, 2004. p. 421.

26 Barbara Mittler, *A Newspaper for China? Power, Identity, and Change in Shanghai's News Media, 1872-1912*. Cambridge: Harvard University Press, 2004. p. 113.

27 Natascha Vittinghoff, "Unity VS. Uniformity: Liang Qichao and the Invention of a 'New Journalism' for China" in *Late Imperial China*, Vol.23, No.1, 2002. p. 91.

28 Natascha Vittinghoff, "Useful Knowledge and Appropriate Communication: The Field of Journalistic Production in Late Nineteenth Century China" in Rudolf G. Wagner, ed. *Joining the Global Public: Word, Image, and City in Early Chinese Newspapers, 1870-1910*. New York: State University of New York Press, 2008. p. 50.

就观点创新问题来看，中西差异主要源于双方在对新观点的重视程度与学术训练体系上的差别。英语世界将新观点视为一篇论文存在的最大价值，而中国学界常常将翔实而丰富的研究材料放在第一位，并希望在此基础上能得出被学界认可的"正确"结论。简言之，英语世界不像中国学界般重视观点的"对与错"，反而更看重观点的"新与旧"。英语世界对学者们各不相同的观点表现出较强的包容性与"同情"性。以对梁启超思想流变的研究为例。黄宗智（Phillip Huang）在其著《梁启超及现代中国自由主义》中指出，梁启超思想的不断变化体现了当时社会大多数文人的普遍困境，并认为梁启超是"新思想的普及者"。[29]张灏（Hao Chang）则认为梁启超的思想在早期变化较大，但在1907年《新民丛报》停刊后就再无进展。[30]而阮安（Anh Nguyen）认为梁启超的思想虽然看上去一直处于变化中，但实际上是根据中国不断变化的国情不断学习的过程，所谓的不一致（inconsistency）主要反映其对新思想的热情接受，但并未完全背离之前的思想。相反，他认为这种变化不仅不是断裂（inconsistent），反而是持续发展的过程。[31]实际上，中国学界也重视研究的创新性，但从某种程度上讲，对观点的"正确性"要求更高，因此不少英语世界的观点在中国学界遭到了批判。由于中西学界双方学术评判标准不同，在观点创新方面，实各有千秋，难有高下之分。

二、专题研究之差异

本书在共时性专题研究中，选择公众舆论、民族意识、市民女性、以及报纸对文化的影响四个主题，一是因为它们是英语世界研究最为集中的论题，二是因为这四个主题的相关理论都产生于西方，而且与国内研究在观点、研究方法、研究目的等方面都存在显著差异。

首先，从公众舆论平台的角度而言，报纸作为此期最重要的大众传播媒介构建了公众舆论的平台，改变了传统的传播渠道与方式。英语世界尤其是德国海德堡大学汉学系通过考察早期中文报纸，如《申报》《循环日报》《点石斋画报》《时报》等，并借鉴哈贝马斯公共领域理论，探讨了中国早期公众舆论平

29　Phillip Huang, *Liang Ch'i-ch'ao and Modern Chinese Liberalism*. Seattle: University of Washington Press, 1972. p. 8.

30　Hao Chang, *Liang Ch'i-ch'ao and Intellectual Transition in China, 1890-1907*. Cambridge: Harvard University Press, 1971.

31　Anh Nguyen, "Reconstructing Liang Qichao" in *The Earlhan Historial Journal*, Vol.8, 2016. p. 7.

台的几大问题：印刷术对该期报纸及报纸舆论平台的影响；来自西洋的报纸如何在中国公众舆论形成过程中实现本土化；本土化后的报纸如何对参与公众舆论的群体造成影响；以立宪派和改革派为主的"中间人"与报纸的关系；报人的职业观及其形成过程。虽然海德堡学派借鉴了哈贝马斯的公共领域理论，但他们自认为其研究与哈贝马斯的有所不同。瓦格纳认为："哈贝马斯关注的是公共领域内的沟通，而不是其熟悉的社会发展基础"，[32]而海德堡学派将"公共领域"这个概念空间化了，不同的群体在这个空间中表达自己的诉求。

近年来，国内学界也较多关注晚清民国时期报纸的公众舆论平台研究。国内研究与英语世界的关注点约略相同，所不同的是在某一领域内的研究对象更为广泛，研究内容也更丰富。目前中国学界的研究大致有如下几大集中点，一，整理引介海外相关研究；二，从社会公众舆论视角研究新闻传媒史；三，通过对报人的个案研究探索中国的报纸发展历程；四，考察某些报纸的经营情况；五，关注报纸与特定群体的关系；六，揭示在复杂社会环境下报界各方的利益纠纷等等。

具体而言，国内学者的研究更细化，比如关注某一报纸，甚至是报纸的某一栏目在特定时期的影响，或者报纸与某一团体或社会群体的关系；而英语世界则更多注意报纸的整体性或长时段研究。不过，近年英语世界研究的"整体意识"也逐渐在国内研究中出现。西方学者为中国早期报纸研究带来的"新因素"，比如强调理论、新观点、研究范式和多种研究方法的并用等，都在中国学界渐受重视。此外，在研究报纸时，英语世界学者擅用国际化的横向比较法，如将中国报纸与同时期的印度、日本、英美报纸进行比较来得出结论，而国内学界在这方面略显不足。然而，中国学界指出英语世界在重视理论方面也有过而不当的情况。李金铨认为，德国海德堡学派"是以中国的材料去迎合哈贝马斯的理论，他们说《申报》是在创造'公共领域'，但怎么创造却没有回答……瓦格纳等人的一些结论其实只是问题的开始而已。他们故意把'公共领域'的范畴定的那么宽泛，而且故意跟哈贝马斯的定义不一样，表面上看起来很炫目，实际上是经不起推敲的。"[33]

---

32 Rudolf G. Wagner, ed. *Joining the Global Public: Word, Image, and City in Early Chinese Newspapers, 1870-1910*. New York: State University of New York Press, 2008. p. 1.

33 李金铨、刘兢《海外中国传媒研究的知识地图》，载《开放时代》2012 年 03 期，第 149 页。

其次，在对报纸民族意识表达的研究中，虽然中西方学者都认为民族意识话语并非一成不变的，但是西方学者并不认为此期报纸中的民族意识具有明确的"排外""反帝""反政府""反满"等性质。这点与中国学者长期以来对民族意识构建的认识有一定出入。国内一些学者认为当时报纸中的民族意识有明显的反帝排外等特点。熊剑峰在其博士论文《20 世纪初民族主义视野下的〈外交报〉研究》中以《外交报》为例讨论了国民从"笼统排外"到"文明排外"的历程。[34]熊剑峰认为，不管报纸中民族意识表达的形式如何变化，排外始终是避不开的主题。中西学界之所以在报纸的民族意识特征上有如此大的认识差异，可能是因晚清民国时期中国报业的"跨民族"特征在英语世界中研究更为充分所致。英语世界认为，晚清民国报纸所体现出的多民族环境虽然势必对处于弱势的中国民众的民族身份带来冲击，但同时也使中国民众的自我民族意识得以塑造，统一民族身份得以构建，民族意识得以在中国人身上孕育滋长。然惜英语世界学者只强调了多民族碰撞带来的"正面"影响，而忽视了在"跨民族"现象中中国民众被迫接受这一"事实"时的被动性。

英语世界和中国学界都认同报纸的文本和广告激发了中国的民族主义情绪，但英语世界不少研究都从报纸推动中国的民族意识构建的复杂意图出发，提出许多报纸并非纯粹为了民族主义的宣传，而是将民族意识用以商业宣传。中国学界较少有这类研究，但对民族意识的话语权及其影响探讨得更加深入。湖南师范大学田中阳教授认为"民族主义"在此期报纸上具有"相当大的话语权"。他在 2007 年发表了 3 篇文章来探讨此问题。[35]田中阳认为"戊戌变法时期的知识分子利用报刊平台高倡民族主义"，这种民族主义有"学理探讨"和"民众通俗形式的鼓吹"两种基本表达方式，且这一民族主义话语通过报纸形成了"资产阶级的自由主义、坚守传统文化立场的文化保守主义和以马克思主义为指导的社会主义"三种思潮。相比而言，英语世界学者对民族意识影响下形成的思潮关注较少。因此，总的来看，英语世界学者强调报纸在民族意识发展及民族运动中的工具性作用，强调媒介作为信息载体、思想传播、民众情绪

34 熊剑峰《20 世纪初民族主义视野下的〈外交报〉研究》，博士学位论文，湖南师范大学，2011 年，第 40 页。
35 参见田中阳、邓高红《论近代报刊民族主义的话语表述》，载《湖南大学学报（社会科学版）》2007 年 06 期；田中阳《论五四时期报刊民族主义的话语表述》，载《云梦学刊》2007 年 06 期；田中阳《论晚清至五四时期报刊民族主义话语的两种偏向》，载《湘潭大学学报（哲学社会科学版）》2007 年 06 期。

生产中的重要角色。然而，由于英语世界学者有获取及处理中文一手材料的困难、研究偏理论化的局限性及研究目的的现实性等诸多困境，英语世界与中国学界存在的差异不能被简单视作中西学界研究的"差距"。换言之，在不同的评判标准中，没有所谓的优劣之分。在对英语世界研究的借鉴与反思中，我们应秉持学术批判的态度，为双方创造公正公平的交流互助环境。

再次，英语世界在报纸对市民社会生活的影响方面研究较多，其中又以与妇女相关的研究居多。就报纸对妇女的影响而言，中西学界基本认同，妇女通过阅读报纸或从事报界工作间接为中国妇女解放运动和争取国家独立做出了积极贡献。中国学者尹深在其文《中国近代妇女报刊与妇女解放思想》中提出："妇女报刊是妇女争取自身解放的喉舌，中国的妇女报刊自诞生起，就与妇女解放思想和妇女运动的发展分不开"。[36]不过，英语世界和中国学界在论述重点上有所不同。国内学者多从社会思潮、妇女思想解放等宏观层面展开研究，英语世界学者更多关注微观层面的文本、图像、广告等。以早期女报人为例，英语世界学者通过分析女性加入新闻业的历史背景以及入行后在夹缝中生存的境况，指出女性利用报纸成为文化制造者，政治变革推动者，和民主国家的建设者。中国学者宋素红在《女性媒介：历史与传统》中也指出，女性媒介在发展过程中遭遇了诸多难题，比如女性办报的阻力除了常见的"过登记关、稿件检查关和纸张印刷垄断"之外，还有经费问题、人才缺乏问题以及发行网络落后。[37]

另外，英语世界学者以"上海名妓"为关注点，分析了报纸通过创造名妓效应，间接改变了上海的娱乐文化模式，参与创造了别具一格的上海租界公共游戏空间。英语世界学者对晚清民国报纸中上海名妓形象的重建较为细腻，但是在某些论证过程中有理论先行和以偏概全的嫌疑。英语世界学者认为名妓对社会生活变化产生了积极作用，而对于其负面影响提及较少。相比之下，国内学者则更多强调妓女对社会的负面影响，如败坏社会风气，危害公共卫生等。南开大学学者杨璐玮在《晚清媒体中妓女形象探析——以〈申报〉及画报为中心予以考察》中明确指出，"在画报不多的记载中，妓女是作为一个整体负面形象出现的"，"《申报》中的妓女形象，可以从空间范围上分为两类：妓

---

36 尹深《中国近代妇女报刊与妇女解放思想》，硕士学位论文，内蒙古大学，2013 年，第 I 页。
37 参见宋素红《女性媒介：历史与传统》，中国传媒大学出版社，2006 年。

院内受老鸨虐待和妓院外违章拉客"。[38]中国学者何江丽在《论清末民初北京对待妓女身体的舆论话语与政府作为》中谈到，李大钊在《每周评论》上提出五大必须废娼的理由，其中之一"即为尊重公共卫生，因为娼妓造成的花柳病传染，'不但流毒同时的社会，而且流毒到后人身上'"。[39]中国学界对妓女的负面评价与英语世界以上海名妓为观察点得出的报纸对上海市民社会生活产生的积极影响反差较大。英语世界学者在论述中国女性问题时，普遍存在夸大女性作用，过于强调女性作为独立形象对社会的引领之类的问题。西方学者过于强调个别女性或者一小部分女性行为和思想的"先进性"，容易给读者造成一种错觉，即这一时期的大部分女性都是如此。实际上，晚清民国时期的女性能够走上历史舞台并对社会产生重要影响的依然是极少数。英语世界在研究中国女性问题时，较多代入了女权主义视角，这可能是中西差异的原因之一。

最后，在对中国早期报纸与文化变迁的有关研究中，英语世界将报纸建构的纯"文本世界"延伸至整个社会的"文化空间"。在这样的研究视野下，所有的史料碎片都将成为新城市历史进程中的一块拼图。这也是英语世界学者为什么不止步于对报纸文本或是报纸运作机制的研究，还要探索报纸的外围文化世界与报纸的互动机制。以报纸的广告文化为例，英语世界对报纸广告的商业性研究不仅是对广告文本本身的解读，更是对报纸消费文化的映射和阐发。然而，英语世界对中国早期报纸的研究也有过度民族化和政治化的特点，而中国学界则是过度漠视。中国学者李金正指出，英语世界学者对中国广告文化过于看重"国货运动"及其反映的民族与国家问题，对民族主义的抵抗活动关切有加，甚至将这种关切延伸到消费主义和女权主义的研究议程中来，这在很大程度上陷入了"冲击—回应论"的窠臼。[40]这种"英语学界的热情有余与本土学界的漠不关心形成了鲜明的对比。"[41]

在对报纸受众的研究中，英语世界倾向于采用社会统计学的数据实证研究，如白瑞华、罗文达等学者的研究。白瑞华在《中文新闻兴趣点》指出，1933

---

38 杨璐伟《晚清媒体中妓女形象探析——以〈申报〉及画报为中心予以考察》，载《经济研究导刊》2009 年 26 期，第 216 页。

39 何江丽《论清末民初北京对待妓女身体的舆论话语与政府作为》，载《北京社会科学》2014 年 02 期，91 页。

40 李金正《英语世界的中国广告文化研究（1905-2015）》，博士学位论文，四川大学，2016 年，第 297 页。

41 李金正《英语世界的中国广告文化研究（1905-2015）》，博士学位论文，四川大学，2016 年，第 298 页。

年报纸的阅读量比 19 世纪大有增长。在缺乏详细统计数据的情况下，作者粗略估计每天的报纸印刷量高达 200 万份，平均每 225 人阅读一份报纸；保守估计江苏省每天报纸发行量 81 万份，平均每 100 人每天阅读 2 至 3 份报纸。[42] 而国内学界则更倾向于从社会群体类别出发对报纸受众进行群体性研究。如余亚莉的《〈万国公报〉和它的读者》指出，其读者从最初的教众这一狭小范围扩展到对中国文化有着强大话语权的官绅及文人集团。[43] 此外，英语世界学者注重此期报纸对"大众文化"构成、"舆论场域"以及新兴"消费文化社会"的推动作用，将报纸文本、图像等视为"新城市"和"消费观念符号"的载体。然而，英语世界学者常将报纸诸多属性之一的商业性单独放大，不免有以偏概全，置历史情境于不顾，强将中国晚清民初社会纳入消费社会概念之嫌。

此外，中西学界对西方传教士办报动机的研究也有不同。英语世界大部分研究都认为传教士在华办报的动机首先是在中国传播基督教义，传教士的办报行为给中国的发展造成的影响是积极的。持这一观点的代表学者有：贝奈特、张涛、瓦格纳、张咏等。

张涛在其专著《现代中国报刊的起源》中明确指出，"绝大部分的传教士，不管是新教传教士还是天主教教徒，在中国传教的唯一目的就是改变中国民众的信仰，传播基督教，使他们成为基督徒"。[44] 他指出，"给传教士报纸贴上文化帝国主义的标签是过于简单且不精确的。"[45] 贝奈特在其著《传教士新闻工作者在中国——林乐知和他的杂志（1860-1883）》中指出，传教士创办报纸的出发点都是通过基督教义启蒙中国民众而非获取经济利益。林乐知在运营《万国公报》的前十年，几乎没有赞助，只能使用自己的基金，即使在这种情况下仍免费发放报纸给中国读者，试图影响更多的中国民众。此外，林乐知除了担任多家报纸的编辑，还在政府部门担任翻译，试图提供新途径把基督教信息传递给中国社会的各个群体。[46] 贝奈特强调，林乐知在《万国公报》上发表的声明都充分考虑到了中国人的敏感性，还特别提醒作者不要伤害中国人的

---

42 Roswell S. Britton, "Chinese News Interests" in *Pacific Affairs*, Vol.7, No.2, 1934. p. 182.

43 余亚莉《〈万国公报〉和它的读者》，载《新闻界》2013 年 19 期，第 70 页。

44 Zhang Tao, *The Origins of the Modern Chinese Press: The Influence of the Protestant Missionary Press in Late Qing China*. London: Routledge, 2007. p. 7.

45 Zhang Tao, *The Origins of the Modern Chinese Press: The Influence of the Protestant Missionary Press in Late Qing China*. London: Routledge, 2007. p. 136.

46 贝奈特《传教士新闻工作者在中国——林乐知和他的杂志（1860-1883）》，金莹译，广西师范大学出版社，2014 年，第 44 页。

道德情感和风俗习惯。从林乐知的政治立场来看，他认为在现存条约框架内，虽然要考虑西方的权利，但中国应该通过坚持自己的权利行使国家主权。[47]由此可见，贝奈特认为传教士办报的主要目的是传播福音，丝毫未提及西方对中国的文化侵略。张咏和李金铨的论文《从福音到新闻——中国新教传教士印刷物的福音教义与世俗化，1870s-1900s》（From Gospel to News: Evangelicalism and Secularization of the Protestant Missionary Press in China, 1870s-1900s）认为传教士通过报纸的力量激发了很多中国人的思想，这些思想如果说不是革命性的，那至少也是具有现代性的。[48]由此可见，西方学者主要强调的几乎都是传教士办报对中国的正面影响。

中国学界对传教士办报动机的研究结论与英语世界学者大不相同。早期国内学者对传教士办报的研究基本上是"一边倒"式的批判，认为传教士是西方帝国主义文化侵略的先锋，传教士办报对中国社会造成了巨大的负面影响。中期的研究侧重于传教士对西学东渐、中西方文化交融及中国现代化进程的正面影响的研究。此期中国学者大都认为西方先进科学技术的引进、民主思想的渐入对中国社会的进步和变革发挥了重要作用。近年中国学界的主流研究大多既肯定传教士办报对中国社会改良的积极作用，又认为其带有强烈的文化侵略色彩。比如，中国学者陈建云在《来华基督教传教士办报动机辨析》中认为传教士在中国办报主要是为了更高效地向社会传递基督教思想，同时也肯定了传教士对中国传统文化中糟粕部分的批判。但是作者也指出，"传教士把基督教文化与儒家文化对立起来，扬彼贬此，企图以基督教代替儒学，使中国基督教化，而不是谋求两种文化的融合共生，从这一方面来说，传教士以出版报刊为手段的在华传教活动，对中国文化无疑是一种侵略。同时，基督教近代在华的传播史，是和帝国主义侵华史紧密交织在一起的，传教士在华的种种活动，实际上对中国成为半殖民地起了催化作用，这也使传教士出版报刊的活动不可避免地具有'文化侵略'的色彩。"[49]中国学者李海红在其《试析李提摩太在〈万国公报〉上的文化宣传》中认为传教士李提摩太以西方资本主义国家

47 贝奈特《传教士新闻工作者在中国——林乐知和他的杂志（1860-1883）》，金莹译，广西师范大学出版社，2014年，第160页。

48 Zhang Volz Yong and Lee Chin-Chuan, "From Gospel to News: Evangelicalism and Secularization of the Protestant Missionary Press in China, 1870-1900s" in *Journalism*, Vol.10, No.2, 2009. p. 172.

49 陈建云《来华基督教传教士办报动机辨析》，载《西南民族大学学报（人文社科版）》2007年04期，第123页。

的利益为根本，利用基督教的外衣为西方国家在中国谋取利益，充当了帝国主义殖民策略的帮凶。从这点来看，中西方学者对于传教士办报动机及影响的认识有着"好"与"坏"的本质区别。

第三节　国内研究的反思与展望

综观英语世界晚清民国时期报纸研究的概况，可以发现诸多足以启发国内学界的理论、视角和观点，但英语世界学者在研究过程中"受其社会、历史、文化语境和民族心理等因素的制约，形成了独特的文化心理与欣赏习惯"，[50]难免在研究中会有所选择、创新和叛逆，从而出现误读和文化过滤的情况。因此，通过对英语世界晚清民国时期报纸研究的回顾与探索，笔者认为，有以下几点值得借鉴和注意：

第一，国内学界应加大对英语世界中国早期报纸研究的关注力度，积极与英语世界学者展开交流与对话，但同时也需要注意保持对话、交流的平等性。

英语世界晚清民国时期的报纸研究可以拓展国内学者的研究视野。在研究内容方面，英语世界学者关注报纸生态圈中的"跨民族"特性与民族主义的关系、报纸中民族主义在农村的传播、政府控制对报业发展的双重性影响等，这些都是国内学界少有论及的话题。在研究路径方面，英语世界学者方式多样。比如充分运用数据统计等方式对某一阶段的新闻兴趣点、报纸发展历史进行解读，甚至试图以此找寻当今新闻业发展困境的缘由或未来发展的方向，就像白瑞华在《中文新闻兴趣点》中对七家知名度高且发行量大的中文报纸进行数据统计，指出了不同报纸的兴趣点。又如，英语世界学者擅长利用图像，在对《点石斋画报》《游戏报》中的插图以及《申报》广告的图片解读中，展示了对图片中"符号"意义的深刻理解。再如，英语世界学者运用跨学科的方法解读报纸中的文学现象，结合传播学的"守门人"理论、"媒介偏倚理论"对《申报》《万国公报》进行研究。还有，以瓦格纳为首的德国海德堡大学汉学研究中心的"中国公共领域的结构与发展"研究小组将哈贝马斯的公共领域概念引入中国早期的报纸研究中，他们并没有完全套用哈贝马斯的公共领域概念，而是结合晚清民国的实际情况对其进行重新定义。且不论其定义是否准确，对原有概念的创新运用就是对研究视野的极大拓展，值得国内学者学习与

---

50 曹顺庆《比较文学教程》，高等教育出版社，2010 年，第 97 页。

借鉴。而且，新的研究话题和研究方法必然会带动新材料的挖掘，必然是对传统研究视角的补充与完善。

但是笔者发现国内学界对英语世界晚清民国报纸研究的关注较为零散。美国学者魏定熙在《国际新闻界》发表的《民国时期中文报纸的英文学术研究——对一个新兴领域的初步观察》一文得到汉译，使国内学者可以对英语世界针对民国报纸的研究情况进行大致了解，但总体来看，英语世界晚清民国时期报纸研究的全景未能得到展现，这种情况实则不利于国内学者掌握国外学术研究的最新动向和发展趋势。实际上，英语世界学者之间的交流是频繁的，国外曾多次召开相关的国际学术会议，例如 2002 年 10 月俄勒冈大学举办的学术作坊"跨民族视角下的中文报刊，1850-1949"，这一国际会议的论文被收录在《中国书评》中，但大陆学界的研究几乎无一人选。由此可见，中国学者尤其是大陆地区学者的研究成果并未在西方学界得到应有的重视。这说明国内学界与英语世界是缺少沟通的。国内学者在国际学界的话语缺失必然导致其学术成果价值的话语失势。正如魏定熙所言，中文世界和英语世界的学者之间应该展开更加广泛的合作。[51]因此，国内学者应该加强与英语世界的双向交流力度，"走出去"与"引进来"双管齐下，在了解、质疑、反驳、借鉴中丰富和完善此期报纸的研究，构建该研究领域的中国话语。

这里需要注意的是，国内学者应坚守独立思考的立场，实现与英语世界平等的对话和交流。关于在跨文化、跨文明传播与交流过程中形成的文化接受变异，曹顺庆教授说道："一国文学在他国的接受，像一国文学在国内的接受一样，同样受到接受者在语言、文体、主题等方面的背景的制约，因此，一个作品的意义和价值就可能有多种实现方式，而这些实现方式与接受者的文学传统、文学背景密不可分。如此一来，接受研究就必定由接受的文本转移到接受者的文学传统、文学背景中去；又因为一个作品获得了多重实现方式，作品的意义和价值在国外就会发生变异的地方，这也使文学研究转移到接受者新的'构造意义'上去"。[52]因此，国内学者必须坚持独立思考的原则，不能完全照搬国外的研究范式及学术观点，而是通过学习、研究、分析、借鉴"他者之见"，开阔视野，取其精华，提升学术修养，引导学术思维，真正实现与他者文明的

---

51 （美）魏定熙《民国时期中文报纸的英文学术研究——对一个新兴领域的初步观察》，方洁译，载《国际新闻界》2009 年 04 期，第 28 页。

52 曹顺庆《比较文学教程》，高等教育出版社，2010 年，第 138-139 页。

平等对话与交流，丰富完善中国早期报纸的研究成果。当然，在实现中西方文化交流的广度与深度的同时，国内学者也要坚持以本我为中心，不能以偏概全，一味模仿，在以固守本我的文化立场上跨越文化隔阂，实现跨文化交流，也尽可能地纠正跨文化交流中的错误解读、文化误读、研究缺陷，弥补西方学者的研究不足，实现对自身文化的二度审视。

第二，借鉴英语世界学者的研究方法，但同时也需要注意保有对待英语世界研究成果的批判态度。

可以说，英语世界晚清民国时期的报纸研究带给国内学者最大的启示就在于西方批评理论的运用。或许民族主义者会认为英语世界学者企图将中国文学纳入西方理论的版图，但从学术角度而言，方法论的相互学习与借鉴的积极作用是毋庸置疑的。英语世界学者运用文本细读法、现象学、阐释学、女性批判主义等对晚清民国报纸进行解读，不仅得出了一些突破"共识"的研究结论，还为国内学者提供了可借鉴的研究模式。比如梅嘉乐通过文本细读就得出突破学界认知的结论。她指出，媒介的力量在于对其力量的想象。[53]这种想象，使媒体在自己创造与维持的伪世界中过高估计媒体所发挥的作用。西式中文报纸的强大力量不是在于其本质，而是因为其力量从一开始就被默认。[54]换言之，媒体的力量并没有人们想象的那么强大，媒体力量的强大只是因为人们把它想象得强大了。此外，英语世界学者还擅长运用读者批评理论的文学研究方法，注重文本细读，把读者接受作为批评的主要对象，着重探索读者、作者、作品的交互关系和相互影响，强调读者在文学研究进程中的决定性作用。梅嘉乐在《一份为中国而生的报纸？》中采用的现象学研究方法对《申报》文本进行分析，提出了新见；瓦格纳以他所见长的阐释学研究方法从多视角、多维度对报纸文本进行了另辟蹊径的解读；汉学家高家龙、李欧梵、梁庄爱伦在对广告这一特殊文本的研究中使用符号学理论，探究了报纸广告中"符号"的"意义"，以及这些"符号"对于民众思想、市场销售的潜在影响。英语世界的学者经受过长期文本细读的学术训练，他们对于文字、图片等的解读可以说是丝丝入扣，发人深省。

英语世界学者在研究方法的创新上确实值得中国学者学习与借鉴，英语

---

53 Barbara Mittler, *A Newspaper for China? Power, Identity, and Change in Shanghai's News Media, 1872-1912*. Cambridge: Harvard University Press, 2004. p. 420.

54 Barbara Mittler, *A Newspaper for China? Power, Identity, and Change in Shanghai's News Media, 1872-1912*. Cambridge: Harvard University Press, 2004. p. 421.

世界研究的启发性毋庸置疑。然而，对于英语世界学者通过某一种研究方法而得出的研究结论，国内学者却必须谨慎看待，要对其进行进一步的考量。因为，学者对某一事物或某一观点的看法会随着历史的演变、时间的推移而发生改变，也会受个人立场以及掌握资料情况的影响。比如，梅嘉乐仅通过对《申报》的文本研究就得出"梁启超并没有创造新文体，而仅仅只是对其进行了完善"以及"1900-1925年间报纸的民族主义很少具有排外、反帝、仇视外国人的性质"等类似论断是否合理，值得国内学者全面、缜密的深入研判，而非盲目主张"拿来主义"。因此，英语世界研究结论固然有其一定的合理性，但中国学者不应一味接受，而应对其进行批判性的理解与思考。

这种批判性就是既借鉴其优点，也认识其不足。西方研究方法虽然有其特有的优点，但是不可全部套用，应考虑研究对象的特殊性，并适当结合其他研究方法，使结论更加可信。比如文本细读法，文本解读作为一种研究手段，既有其合理性、必要性，也有其危险性。即使是经过长年累月学术训练的学者也无法在解读文本时保持完全的客观。再者，异域材料的收集、异域文字的阅读对于英语世界学者是不小的挑战，因此，他们对于某些有深厚历史意蕴且内涵不断变化的词语进行意象和意义的双重分析时，结论并非完全正确与客观，因此中国学者在研究中不仅要充分考虑中西文化的"异质性"，也要考虑研究对象的特殊性，不可用"普适性"的西方研究方法解构晚清民国报纸。

第三，在平等交流和批评性借鉴的过程中，广泛参照中国传统文艺理论和西方文学理论，发挥两种文学批评方法的优势，但同时也需要注意剔除"西方中心主义"或"东方中心主义"的观念。

在研究中，笔者发现一些英语世界学者的研究带有明显的"西方中心主义"色彩。比如，瓦格纳在研究中指出，"单一民族国家或者以中国为中心的现代中国学者边缘化上海租界和《申报》的重要性，他们认为这些并不由满清政府控制，因此并不被认为是正统的中国产物"。[55]费南山指出，"以商业为主题的《申报》虽然在20世纪20年代后期已经走进中国报业史的殿堂，但是中国新闻理论历史记录却倾向于完全忽视《申报》，大量学者集中研究由中国人自主创建的《循环日报》"。[56]事实上，恰恰相反，中国学者在晚清民国的历史

---

55 Rudolf G. Wagner, "The Early Chinese Newspapers and the Chinese Public Sphere" in *European Journal of East Asian Studies*, Vol.1, No.1, 2001. p. 16.

56 Natascha Vittinghoff, "Useful Knowledge and Appropriate Communication: The Field of Journalistic Production in Late Nineteenth Century China" in Rudolf G. Wagner, ed.

研究中高度认可《申报》和上海租界的重要地位。再如，在前文论述中，笔者已经提到王娟在小报研究中受到了费正清所提出的"冲击—回应说"的影响。这一以"西方为中心"的"外向型"模式曾经长期占据着美国汉学研究的正统地位，这一观点主张中国现代化是一种外缘、后发的缓慢进程，西方的挑战对中国是一种刺激，为中国提供一种进步的机遇，它的演进和发展从根本上是对西方冲击的一种回应。[57]因此，这其中所蕴含的西方中心主义也是不言而喻的。"西方中心主义"造成的严重后果就是中国研究的"失语"。部分英语世界学者从西方国家视角出发，"将自身的媒介体制作为某种价值和行为标准'推销'给其他国家"。[58]他们将西方文学理论和思想套用于晚清民国时期的报纸，忽视了此期中国社会特殊的历史、政治背景。笔者认为，晚清民国时期是中国社会环境最复杂的时期之一，研究中国问题决不能只站在西方视角，更不能简单套用西方文学研究理论。根植于中国的文学传统、文化背景、学术环境的中国文学自然迥异于西方文学，不考虑跨文明语境下的文化传播特征，难免有失偏颇，甚至导致得出的研究结论与事实不符。

还比如，英语世界学者在研究此期女报人时，深受当时西方盛行的女性主义思想影响，将女报人的地位置于民国时期国家建设层面进行研究，女性的社会力量自然就被强化了，女报人的作用也被高估。再如英语世界学者将西方"个人英雄主义"观引入中国早期报纸研究中，将个别女性或女性群体（如妓女）视为民族英雄，认为她们个体创造了历史。然而事实并非如此。相比男性，晚清民国时期女性的社会地位和话语权仍然较弱，女性运动的兴起带有相当一部分的政治色彩，在波澜壮阔的中国现代化进程中，其对国家历史进程的改变绝非决定性的。英语世界学者大量使用女性主义的相关理论，将其套用在该时期报纸的文本研究中，忽视了中国女性面临的家国问题、生存问题、社会问题，实际上与西方女性主义理论产生的背景并不相符，这样的做法难免有理论先行、一味强加之嫌。

如果说英语世界学者有意或无意地忽略了对中国传统话语体系的观照，

Joining the Global Public: Word, Image, and City in Early Chinese Newspapers, 1870-1910. New York: State University of New York Press, 2008. p. 48.

57　参见（美）费正清、邓嗣禹《冲击与回应：从历史文献看近代中国》，陈少卿译，民主与建设出版社，2019 年。

58　徐天博、靳雪莲《反西方中心论的角力：跨文化传播语境下的媒介体制比较》，载《中国新闻传播研究》2018 年 01 期，第 61 页。

这是其所处文化环境决定的、难以避免的现象。那么，更让笔者警觉的是，现今中国学术界有一种奉西方文学理论、文学批评方法为圭臬的倾向，不仅将西方的文学理论、文学批评直接套用在中国文学作品研究中，甚至以西方学术标准评判中国文学。然而，事实表明，中西方学术话语形成于截然不同的异质文化环境中，武断地、片面地以一种学术话语批判另一种学术话语本身就不合乎情理。若长期以西方文学批评理论研究、指导中国文学，研究晚清民国时期报纸，势必让中国传统文学理论失去其本身的特质与光彩，成为无源之水、无本之木，造成中国学术界的"失语症"现象。当然，我们也不能走向另一种极端：只强调中国文化的异质性，而否认西方所有的研究方法与研究价值，陷入"东方中心主义"的漩涡中。笔者认为，晚清民国时期的报纸在创立之初受到西方现代报纸及西学思潮的影响，又扎根于中华土地，其创造的文化成果本身就是世界的文化财富。虽然中西文学理论话语存在冲突与矛盾，其二元对立性是难以消除的，但是二者之间可以实现平等地对话与交流。任何"西方中心主义"或"东方中心主义"都是不值得提倡的。国内学者应该以开放的、世界的而非排他的、封闭的视野和姿态对此时期的报纸进行深入的探讨与研究。

结　语

　　晚清民国时期的报纸在风云激荡的百余年间，见证了守旧与新潮、传统与现代、东方与西方的碰撞与融合。历史在这一时期的报纸上留下了铅字的足迹，阅读、研究这些报纸，依循着文字与图像，就可在一定程度上还原当时的社会面貌。以鸦片战争的炮响为起点的晚清民国时期是混乱的，殖民侵略、军阀割据，中国的命运开始经历一系列的不确定；但这样的一种不确定，同时也成为思想打破陈规的条件，在救亡的斗争中，中国开始以不同以往的姿态，接纳、试验各种主义和思潮。晚清民国时期的报纸作为这一历史阶段的缩影，是当今学术领域不能忽视的重要研究材料。

　　英语世界学者同样注意到了这一时期报纸的特殊性及重要性，他们对该时期报纸的研究成果颇为丰富。本书关注英语世界晚清民国时期的报纸研究，对英语世界相关研究成果进行系统梳理、分析、比较。具体而言，笔者从文献述评、主题分析、中西比较三方面着手，对英语世界学者的研究方法、研究材料、研究结论、研究致思等方面进行了总体的把握与细致的阐述，在宏观与微观两个层面上，对英语世界晚清民国时期的报纸研究进行全面的探讨，希望为国内学界提供鲜有论及的英语世界学术成果，重新发现以往研究所忽视的研究材料，照亮国内学界在该领域的视野盲区，树立完整的参考框架，绅绎出具有建设性和启发性的观点。

　　首先，本书历时性地对英语世界晚清民国时期报纸研究的概况进行综述，并对每一阶段的研究重点与特点进行了概括，对具有代表性的专著、博士论文、期刊进行述评。总体而言，自20世纪20年代英语世界学者开始关注这一课题至今，研究成果已是蔚为大观，英语世界学者从传播者、传播内容、传播对象、传播媒介、传播效果等多维度对该时期报纸展开分析。笔者认为，英语世界的大部分研究都建立在翔实的原始资料基础之上，也有部分研究凭依可靠的二手资料，如日记、传记等，观点新颖，论据充分，确为中国学者打开了一扇"学习之窗"。

然而，笔者也注意到英语世界的研究存在一定的局限性。比如英语世界学者忽略了中国学界在这一领域的研究现状，而且，由于条件的限制，英语世界学者虽然对商报、政治报、小报、画报等多种类型的报纸都有所涉及，但是他们往往只关注各种报纸类型中最典型的出版物，忽视了一些受众不大、但影响力不可小觑的报纸；另外，英语世界的研究过度集中于大城市，尤其是上海、北京的中文报纸，对这一时期的外文报纸和国内其他地区的中文报纸鲜有论述。这些不足都影响了英语世界对这一时期报业发展全景的认知。这种局限性也充分表现在其对报人的研究中，英语世界学者只关注"大人物"，而忽视了"小角色"的作用，对某些报人有过分夸大之嫌。总之，虽然英语世界学者对这一时期报纸的研究数量较多，但是在一定程度上呈现出不均衡的状态，集中于个别重要报纸或报人，而对一些不常被提及但影响力较大的报纸或报人的挖掘并不深入。因此，从某种程度上讲，英语世界学者的集堆现象也影响了英语世界研究的全面性甚至客观性。

其次，本书共时性地从报纸与公众舆论平台、民族意识构建、市民社会生活和文化变迁四个方面关注英语世界对中国早期报纸的研究成果。总体而言，可以得出以下结论：

一是公众舆论平台方面。公众舆论平台的构建是此期报纸最大的特点。英语世界学者对晚清民国时期报纸的公众舆论研究，大致形成以下四个观点：第一，西式报纸所构建的舆论空间有着自己的特色，但无论是中国报人还是西方报人从来没有停止将其本土化的努力，最终，早期报纸完成了其双重身份下的本土化。第二，报纸舆论领域初步形成后，其相关的社会群体也明确了自身的责任，各个阶层的参与进一步推动舆论场的深化。报纸与政府进行斡旋，双方各有妥协；中产阶级利用报纸发声，试图唤醒不参与政治的国人，与清廷对话以进行改革，实现社会责任与家国情怀；社会公众积极参与到这个舆论场中，从被动的读者转变为积极的参与者，影响或是改变了某些社会事件的发展进程。第三，以改革派报人为主的"中间人"通过各种努力，将公众舆论领域进一步政治化，他们尝试通过报纸实现自己的政治理想，并在该舆论场中形成了新的政治话题。第四，西方现代印刷术的引进、报人群体的形成以及报业职业化为公众舆论的建立创造了物质与人文条件。虽然困难重重，但中国报人并未被职业化过程中的困境阻吓，而是通过建立各种社会报界群体、开办新闻院校、引入西方新闻理念、展开记者的职业化培训等方式促使报业的职业化发展。在此过程中，中国学者虽积极倡导西方新闻理念，但在实践中却是有选择性的，从而逐渐形成了区别于西方的中国特色现代新闻观。英语世界学者留意到晚清民国时期的报纸公众舆论领域在艰难中走向现代化，从最初以传教为目的到商业化再到跨入政治领域，推动中国现代化政治思想的发展。但就其研究成果来看，他们显然忽略了中国不同于西方的历史文化语境，单纯地将西方标准套用于中国晚清民国时期报纸的发展并不完全可取。

二是民族意识方面。英语世界学者对这一时期报纸中民族意识构建的研究，大致有四个普遍认可的观点：第一，西方列强被视为学习对象，报纸呼吁以检讨自身的方式求得自强；第二，检讨自身与"反帝"共存，民族主义与民主主义在满清的异族统治下产生了某些契合；第三，"不排外"是民国初年报纸中民族意识的典型特征；第四，报纸的"跨民族"特质推动民族意识的建构与发展。英语世界的学者注意到，这一时期的报纸通过文本与广告两条途径积极参与民族意识的建构。报纸文本作为民族意识表达的主体，通过呼吁类文章激发读者的民族意识，使得民族主义大众化，而报纸中的广告更是民族意识构建运动，尤其是国货运动的主要战场。英语世界学者还关注到广告透露出的消费主义民族化这一特殊趋向。他们指出，消费文化是民族意识的重要体现，而民族意识也通过消费观念的改变而显现。对国内学界而言，有一点值得警惕的是，英语世界学者在研究报纸民族意识时都不约而同地将报纸的"工具性"扩大化，进而将报纸传达民族意识的行为"利益化"，认为民族意识是报纸销售的手段之一。笔者认为，持这样观点的英语世界学者没有认识到，在晚清民国时期，国家危亡、民族危难之际，中国民众的民族意识也有其纯粹与自觉的一面。

三是市民社会生活方面。英语世界学者从最能反映社会市民变化特征的女性入手对这一时期报纸对市民社会生活的影响展开研究，存在以下三点主要特色：第一，英语世界学者选取的重点是报纸对普通市民女性、女报人和上海名妓社会生活的影响，并对她们的形象、特质及转变进行了阐述。在这一点上，英语世界学者的研究十分必要且具有启示性。第二，从研究思路上来看，英语世界学者在大量的材料基础上，多从宏观的角度对女性的活动给予社会学、历史学的文化解读，将研究对象与国家的民主化进程和民族命运联系在一起，突出报纸的媒介功能。不过，英语世界学者虽然掌握了充分的材料，但是往往只选取对自己有利的材料，这就不免会遮蔽其他有价值的材料，有以偏概全的嫌疑。比如，英语世界学者在对报纸的研究时强调女性的自我解放，而忽视了男性在女性解放中的作用。第三，从理论路径和研究方法上来看，英语世界学者有时直接套用女性主义的相关理论，存在着强说理论之嫌。此外，英语世界学者热衷于文本细读与个案分析，容易陷入狭窄的研究视野中，忽视了对中国大陆和港台学术界的关注，对话意识不强。

四是文化变迁研究方面。英语世界学者对这一时期报纸的文化研究，呈现出以下三点研究重心：第一，作为大众文化的报纸在文化公共空间中的作用；第二，报纸强大的文化力量；第三，这一时期盛行的小报、广告等具有明显的商业特性，消费文化的兴起成为文化研究的核心领域。但令人遗憾的是，英语世界的学者们虽然在上述三个方面对晚清民国时期的报纸进行了广泛的研究，然而，他们的研究中却存在着一种过度以自我为中心进行解读的现象。例如将增加销售量，扩大受众范围作为创办报纸的最终目的，不免有以偏概全，置历史情境于不顾，强将中国晚清民初社会纳入消费社会概念之嫌。

最后，通过对英语世界晚清民国报纸研究的主要方法与批评理论的探讨，以及对国内学界与英语世界研究成果的比较，笔者认为英语世界的研究成果一方面具有诸多足以启发国内学界的理论、视角和观点，另一方面也难免出现误读和文化过滤的情况。综合来看，有以下三点值得借鉴和注意：

一是国内学界应保持开放的态度和宽广的视野，加大对英语世界研究成果的关注，积极与英语世界学者开展交流与对话，但同时也需要注意保持对话、交流的平等性。

英语世界的研究可以拓展国内学者的研究视野。在研究内容、研究路径方面，国内学界都可以从英语世界的研究成果中吸收新的研究话题和方法，带动新材料的发掘和阐释。不过，目前国内学界对英语世界研究成果的关注还较为零散，英语世界研究状况的全景未能得到充分展现，国内学者对国外学术研究的最新动向和发展趋势的把握不够精准；同样，中国学者尤其是大陆地区学者的研究成果也没有引起西方学界的关注，没有在西方学界得到应有的重视。这说明国内学界与英语世界之间的沟通不足，国内学者应该积极"走出去"、"引进来"，加强双向交流的力度，在了解、质疑、反驳、借鉴中丰富和完善对这一时期的报纸研究。

在积极交流、促进融合的同时，国内学者应坚守对话的平等性，不能因参照英语世界的研究成果而被其研究范式及学术观点捆绑，以至于丧失了自身的独立性和特色，而是通过学习、研究、分析、借鉴，开阔视野，取其精华，提升学术修养，引导学术思维，真正实现与他者文明的平等对话与交流，丰富完善晚清民国时期报纸的研究成果。

二是国内学界在平等地与英语世界进行交流的同时，更需要保有对英语世界研究成果的批判性态度。

可以说，英语世界学者对这一时期报纸的研究有着天然的理论优势，在理论运用方面，其带给国内学者的启示效果也最为显著。英语世界学者运用现象学、阐释学、读者批评理论、女性主义理论、符号学等对中国早期报纸进行解读，不仅得出了一些突破"共识"的研究结论，还为国内学者提供了可资借鉴的研究范式，甚至开辟出新的研究领域。但是，对于英语世界学者得出的研究结论，国内学者也需辩证看待，进行进一步的考量和研判，而非盲目地"拿来"。比如英语世界学者处理异域材料时，忽视了西方理论与某些中国语境的龃龉，也可能得出不恰当的结论。

这就需要一种批评性的态度，既借鉴其优点，也认识其不足。西方理论虽然有其特有的优点，但是不可全部套用，应考虑研究对象的特殊性，并适当结合其他研究方法，使结论更加可信。中国学者在研究中既要充分考虑中西文化的异质性，也要考虑研究对象的特殊性，不可用西方理论的"普适性"遮蔽晚清民国时期报纸的异质性。

三是在平等交流和批评性借鉴的过程中，国内学界应同时、广泛参照中国传统文艺理论和西方文学理论，发挥两种文学批评方法的优势，注意破除"西方中心主义"或"东方中心主义"的观念。

笔者发现英语世界学者的一些研究带有明显的"西方中心主义"色彩。"西方中心主义"造成的严重后果就是中国研究的"失语"。晚清民国时期是中国社会环境最复杂的时期之一，如果仅以西方视角观之，不考虑跨文明语境下的文化传播特征，难免会使结论有失偏颇。如果说英语世界学者因自身的文化环境，难免忽略了对中国传统话语体系的观照，那么，现今中国学术界有一种奉西方理论、批评方法为圭臬的倾向就更值得警觉。中西方学术话语形成于异质文化环境中，若长期以西方文学批评理论研究晚清民国时期的报纸，势必不利于中国学界建构自身的理论体系。

当然，另一种极端也需要避免：只强调文化之间的异质性，而全盘否认西方研究理论、方法的价值，陷入"东方中心主义"的漩涡中。晚清民国时期报纸的创立，受到西方现代报纸及西学思潮的影响，又扎根于中华土地，其创造的文化成果本身就是中西方融合的产物，武断、片面地以一种学术话语代替另一种学术话语本身就不合乎情理，非黑即白，非此即彼式的话语选择都是有失偏颇的。

"他山之石，可以攻玉"。英语世界晚清民国时期的报纸研究是这一时期报纸研究领域的有机组成部分，与国内学界的研究构成了相互补充、相互参考、互为启发的关系。本书希望通过对该课题的整理和研究，为国内学界提供最新的国外研究动态，为后来的学者打开新思路，提供新视野，在这个领域的研究中有新的突破。

参考文献

壹、外文文献

一、学术专著

1. Anderson, Benedict, *Imagined Communities: Reflections on the Origin and Spread of Nationalism*. London: Verso Editions & NLB, 1983.

2. Bennett, Adrian A., *Missionary Journalist in China: Young J. Allen and His Magazines, 1860-1883*. Athens: University of Georgia Press, 1983.

3. Bergère, Marie-Claire, *La Bourgeoisie Chinoise et la revolution de 1911*. Paris: Mouton, 1968.

4. Britton, Roswell S., *The Chinese Periodical Press, 1800-1912*. Taipei: Ch'eng-wen Publishing Company, 1933.

5. Brosius, Christiane and Roland Wenzlhuemer, eds. *Transcultural Turbulences: Towards a Multi-Sited Reading of Image Flows*. Berlin: Springer, 2011.

6. Chang, Hao, Liang *Ch'i-ch'ao and Intellectual Transition in China, 1890-1907*. Cambridge: Harvard University Press, 1971.

7. Cheek, Timothy, *Propaganda and Culture in Mao's China: DengTuo and the Intelligentsia*. Oxford: Oxford University Press, 1998.

8. Chen, Joseph T., *The May Fourth Movement in Shanghai: The Making of a Social Movement in Modern China*. Leiden: Brill, 1971.

9. Chow, Tse-Tsung, *Research Guide to the May Fourth Movement*. Cambridge: Harvard University Press, 1963.

10. Chow, Tse-Tsung, *The May Fourth Movement: Intellectual Revolution in Modern China.* Cambridge: Harvard University Press, 1960.

11. Coble, Parks M., *The Shanghai Capitalists and the Nationalist Government, 1927-1937.* Cambridge: Harvard University Asia Center, 1986.

12. Cochran, Sherman, *Business in China, Sino-Foreign Rivalry in the Cigarette Industry, 1890-1930.* Cambridge: Harvard University Press, 1980.

13. Cohen, Paul A., *Between Tradition and Modernity: Wang T'ao and Reform in Late Ch'ing China.* Cambridge: Harvard University Asia Center, 1974.

14. Cohen, Paul A., *History in Three Keys.* Columbia: Columbia University Press, 1998.

15. Crow, Carl, *Four Hundred Million Customers.* London: Hamish Hamilton, 1937.

16. Crow, Carl, *Newspaper Directory of China（including HongKong）.* Shanghai: Carl Crow Inc., 1935.

17. Deutsch, Karl W., *Nationalism and Social Communication: An Inquiry into the Foundations of Nationality.* Cambridge: The MIT Press, 1966.

18. Dikötter, Frank, *The Discourse of Race in Modern China.* Stanford: Stanford University Press, 1994.

19. Doleželová-Velingerová, Milena and Rudolf G. Wagner, eds. *Chinese Encyclopaedias of New Global Knowledge（1870-1930）: Changing Ways of Thought.* Heidelberg: Springer, 2013.

20. Esherick, Joseph W., *The Origins of the Boxer Uprising.* Berkeley: University of California Press, 1987.

21. Fairbank, John King and Ssu-yu Têng, *China's Response to the West: A Documentary Survey, 1839-1923.* Cambridge: Harvard University Press, 1979.

22. Fairbank, John King, *The United States and China.* Cambridge: Harvard University Press, 1948.

23. Freedaman, Maurice, Christopher Howe, Stuart Sohram, Denis Twitchett, and Mark Elvin, *A Bibliography of Chinese Newspapers and Periodicals in European Libraries.* New York: Cambridge University Press, 1975.

24. French, Paul, Carl Crow, *A Tough Old China Hand: The Life, Times, and Adventures of an American in Shanghai*. Hongkong: Hongkong University Press, 2007.

25. Goodman, Bryan, *Native Place, City and Nation: Regional Networks and Identities in Shanghai, 1853-1937*. Berkeley: University of California Press, 1995.

26. Harootunian, Harry, *Overcome by Modernity*. Princeton: Princeton University Press, 2000.

27. Hobsbawm, Eric J., *Nations and Nationalism Since 1780: Program, Myth, Reality*. New York: Cambridge University Press, 1992.

28. Hon, Tze-ki, *Revolution as Restoration: Guocui Xuebao and China's Path to Modernity, 1905-1911*. Leiden: Brill, 2013.

29. Houn, Franklin W., *To Change a Nation: Propaganda and Indoctrination in Communist China*. NewYork: Free Press of Glencoe, 1961.

30. Huang, Phillip, *Liang Ch'i-ch'ao and Modern Chinese Liberalism*. Seattle: University of Washington Press, 1972.

31. Hung, Chang-Tai, *War and Popular Culture: Resistance in Modern China, 1937-1945*. Berkeley: University of California Press, 1994.

32. Janku, Andrea, *Nur Leere Reden : Politischer Diskurs und die Shanghaier Presse im China des späten 19. Jahrhunderts*. Wiesbaden: Harrassowitz Verlag, 2003.

33. Johnson, David, Evelyn S. Rawski, and Andrew J. Nathan, eds. *Popular Culture in Late Imperial China*. Berkeley: University of California Press, 1985

34. Judge, Joan, *Print and Politics: "Shibao" and the Culture of Reform in Late Qing China*. Stanford: Stanford University Press, 1997.

35. Judge, Joan, *Republican Lens: Gender, Visuality, and Experience in the Early Chinese Periodical Press*. Berkeley: University of California Press, 2015.

36. Judge, Joan, *The Precious Raft of History: The Past, the West, and the Women Question in China*. Stanford: Stanford University Press, 2010.

37. Karl, Rebecca E., ed. *Rethinking the 1898 Reform Period Political and Cultural Change in Late Qing China*. Cambridge: Harvard University Asia Center, 2002.

38. King, Frank H. H. and Prescott Clarke, *A Research Guide to China-Coast Newspapers, 1822-1911*. Cambridge: Harvard University Press, 1965.

39. Koselleck, Reinhart, *Futures Past: On the Semantics of Historical Time*. Trans. Keith Tribe. Cambridge: The MIT Press, 1985.

40. Laing, Ellen Johnston, *Selling Happiness: Calendar Posters and Visual Culture in Early-Twentieth-Century Shanghai*. Hawaii: University of Hawaii Press, 2004.

41. Lean, Eugenia, *Public Passions: The Trial of Shi Jianqiao and the Rise of Popular Sympathy in Republican China*. Berkeley: University of California Press, 2007.

42. Lee, Leo Ou-fan, *Shanghai Modern: The Flowering of a New Urban Culture in China, 1930-1945*. Cambridge: Harvard University Press, 1999.

43. Levenson, Joseph R., *Confucian China and its Modern Fate: The Problem of Intellectual Continuity*. London: Routledge, 1958.

44. Levenson, Joseph R., *Confucian China and Its Modern Fate: The Problem of Historical Significance*. Berkeley: University of California Press, 1968.

45. Lin, Yutang, *A History of the Press and Public Opinion in China*. Chicago: The University of Chicago Press, 1936.

46. Löwenthal, Rudolf, *The Religious Periodical Press in China*. Peking: The Synodal Commission in China, 1940.

47. Lutz, Jessie Gregory, ed. *Christian Missions in China: Evangelists of What?*. Lexington: D. C. Heath and Company, 1965.

48. Ma, Yuxin, *Women Journalists and Feminism in China, 1898-1937*. New York: Cambria Press, 2010.

49. Mackinnon, Jannice R. and Stephen Mackinnon, *Agnes Smedley: The Life and Times of an American Radical*. Berkeley: University of California Press, 1988.

50. MacKinnon, Stephen R. and Oris Friesen, *China Reporting: An Oral History of American Journalism in the 1930s and 1940s*. Berkeley: University of California Press, 1987.

51. MacKinnon, Stephen R., *Wuhan, 1938: War, Refugees, and the Making of Modern China*. Berkeley: University of California Press, 2008.

52. Metzel, Ervine, *The Poster, Its History and Its Art*. New York: Watson-Guptill Pulications, 1963.

53. Mitter, Rana, *The Manchurian Myth: Nationalism, Resistance and Collaboration in Modern China*. Berkeley: University of California Press, 2005.

54. Mittler, Barbara, *A Newspaper for China? Power, Identity, and Change in Shanghai's News Media, 1872-1912*. Cambridge: Harvard University Press, 2004.

55. Mittler, Barbara, Joan Judge, and Michel Hockx, *Women and the Periodical Press in China's Long Twentieth Century: A Space of Their Own?*. Cambridge: Cambridge University Press, 2018.

56. O'Brien, Neil, *American Editor in Early Revolutionary China: John Williams Powell and the China Weekly/Monthly Review*. London: Routledge, 2003.

57. Patterson, Don D., *The Journalism of China*. Columbia: University of Missouri Bulletin, 1922.

58. Platt, Stephen R., *Provincial Patriots: The Hunanese and Modern China*. Cambridge: Harvard University Press, 2007.

59. Popkin, Jeremy D., ed. *Media and Revolution*. Kentucky: The University Press of Kentucky, 1995.

60. Pratt, Mary Louise, *Imperial Eyes*. London: Routledge, 1992.

61. Qian, Nanxiu, Grace S. Fong, and Richard Smith, eds. *Different Worlds of Discourse: Transformations of Gender and Genre in Late Qing and Early Republican China*. Leiden: Brill, 2008.

62. Rand, Peter, *China Hands: The Adventure and Ordeals of the American Journalists Who Joined Forces with the Great Chinese Revolution*. New York: Simon and Schuster, 1995.

63. Reed, Christopher A., *Gutenberg in Shanghai: Chinese Print Capitalism, 1876-1937*. Hawaii: University of Hawaii Press, 2004.

64. Rigby, Richard W., *The May 30 Movement: Events and Themes*. Canberra: Australian National University Press, 1980.

65. Saich, Tony and Hans Van De Ven, eds., *New Perspectives on the Chinese Communist Revolution*, New York: M.E. Sharpe. 1995.

66. Schwartz, Benjamin I. and Charlotte Furth eds. *Reflections on the May Fourth Movement: A Symposium.* Cambridge: Harvard University Press, 1972.

67. Snow, Edgar, *Red Star Over China.* New York: Random House. 1938.

68. So, Billy. K. L., John Fitzgerald, Huang Jianli, and James K. Chin, eds. *Power and Identity in the Chinese World Order Festschrift in Honour of Professor Wang Gungwu.* Hongkong: Hongkong University Press, 2003.

69. Stranahan, Patricia, *Moulding the Medium: Chinese Communist Party and the Liberation Daily.* London: Routledge, 1990.

70. Thompson, John, *The Media and Modernity.* Cambridge: Polity Press, 1995.

71. Ting, Hsu Lee-hsia, *Government Control of the Press in Modern China, 1900-1949.* Cambridge: Harvard University Press, 1974.

72. Tsai, Weipin, *Reading Shenbao: Nationalism, Consumerism and Individuality in China, 1919-37.* New York: Palgrave Macmillan, 2010.

73. Vittinghoff, Natascha, *Die Anfänge des Journalismus in China（1860-1911）.* Wiesbaden: Hrrassowitz Verlag, 2002.

74. Wagner, Rudolf G., ed. *Joining the Global Public: Word, Image, and City in Early Chinese Newspapers, 1870-1910.* New York: State University of New York Press, 2008.

75. Wakeman, Frederic and Wen-hsin Yeh, eds. *Shanghai Sojourners.* Berkeley: University of California, 1992.

76. Wang, Di, *Street Culture in Chengdu: Public Sphere, Urban Commoners, and Local Politics, 1870-1930.* Stanford: Stanford University Press, 2003.

77. Wang, Di, *The Teahouse: Small Business, Everyday Culture, and Public Politics in Chengdu, 1900-1950.* Stanford: Stanford University Press, 2003.

78. Wang, Juan, *Merry Laughter and Angry Curses: The Shanghai Tabloid Press, 1897-1911.* Vancouver: UBC Press, 2013.

79. Wasserstrom, Jeffrey N., *Student Protests in Twentieth Century China: The View From Shanghai.* Stanford: Stanford University Press, 1997.

80. Weston, Timothy B., *The Power of Position: Beijing University, Intellectuals, and Chinese Political Culture, 1898-1929.* Berkeley: University of California Press, 2004.

81. Xu, Xiaoqun, *Chinese Professionals and the Republican State*. Cambridge: Cambridge University Press, 2001.

82. Xu, Xiaoqun, *Cosmopolitanism, Nationalism, and Individualism in Modern China: The Chenbao Fukan and the New Culture Era, 1918-1928*. Lexington: D.C. Heath and Company, 2014.

83. Ye, Xiaoqing, *The Dianshizhai Pictorial: Shanghai Urban Life, 1884-1898*. Ann Arbor: University of Michigan Press, 2003.

84. Yeh, Catherine *Vance, Shanghai Love: Courtesans, Intellectuals, and Entertainment Culture, 1850-1910*. Seattle: University of Washington Press, 2006.

85. Zarrow, Peter, *Anarchism and Chinese Political Culture*. Columbia: Columbia University Press, 1900.

86. Zhang, Tao, *The Origins of the Modern Chinese Press: The Influence of the Protestant Missionary Press in Late Qing China*. London: Routledge, 2007.

二、学位论文

1. Gao, Nuan, "Constructing China's Public Sphere: The 'Three Big Newspaper Supplements' of the May Fourth Era, 1915-1926", Ph. D, University of California, Irvine, 2012.

2. Ho, Herbert Hoi-Lap, "Protestant Missionary Publications in Modern China, 1912-1949: A Study of Their Programs Operations and Trends", Ph. D, University of Chicago, 1979.

3. Judge, Joan, "Print and Politics: 'Shibao'（The *Eastern Times*）and the Formation of the Public Sphere in Late Qing China, 1904-1911", Ph. D, Columbia University, 1993.

4. Narramore, Terry, "Making the News in Shanghai: *ShenBao* and the Politics of Newspaper Journalism, 1912-1937", Ph. D, University of Canberra, 1989.

5. Palmer, Wesley Samuel, "Cheng Shewo and Chinese Journalism in the 1920s and 1930s", M.A, Arizona State University, 1988.

6. Wiedemann, Chris, "The Press Should be United: The Relationship Between the State and the Press in Early 20th Century China", B.A, Harvard University, 2010.

7. Wu, Guo, "Media, Nationhood, and State: Zheng Guanying and the Urban Cultural Sphere in Late Qing Shanghai", Ph. D, State University of New York at Albany, 2006.

8. Ye, Xiaoqing, "Popular Culture in Shanghai 1884-1898", Ph. D, Australian National University, 1991.

9. Young, Marian H., "*ShengjingShibao*: Constructing Public Opinion in Late Qing China", Ph. D, University of Hawaii, 2008.

三、期刊论文

1. Beahan, Charlotte, "Feminism and Nationalism in the Chinese Women's Press, 1902-1911" in *Modern China*, Vol.1, No.4, 1975. pp. 379-416.

2. Bergère, Marie-Claire, "The *Dianshizhai Pictorial*: Shanghai Urban Life, 1884-1898（book review）" in *The China Journal*, No.52, 2004, pp. 215-216.

3. Britton, Roswell S., "Chinese News Interests" in *Pacific Affairs*, Vol.7, No.2, 1934. pp. 181-193.

4. Brokaw, Cynthia, "The Origins of the Modern Chinese Press: The Influence of the Protestant Missionary Press in Late Qing China（book review）" in *China Information*, Vol.22, No.3, 2008. pp. 517-519.

5. Burgh, Hugo De, "The Journalist in China: Looking to the Past for Inspiration" in *Media History*, Vol.9, No.3, 2003. pp. 195-207.

6. Burgh, Hugo De, "Chinese Journalism and the Academy: The Politics and Pedagogy of the Media" in *Journalism Studies*, Vol.1, No.4, 2000. pp. 549-558.

7. Carroll, Peter, "Fate-Bound Mandarin Ducks: Newspaper Coverage of the 'Fashion' for Suicide in 1931 Suzhou" in *Twentieth-Century China*, Vol.31, No.2, 2006. pp. 70-96.

8. Cheng, Wah Kwan, "Contending Publicity: The State and Press in Late Qing China" in *Asian Thought and Society*, Vol.23, No.69, 1998. pp. 173-197.

9. Chin, Sei Jeong, "Print Capitalism, War, and the Remaking of the Mass Media in the 1930s China" in *Modern China*, Vol.40, No.4, 2014. pp. 393-425.

10. Chu, Hong-Yuan and Peter Zarrow, "Modern Chinese Nationalism: The Formative Stage" in *Exploring Nationalisms of China: Themes and Conflicts*, 2002. pp. 3-26.

11. Clunas, Craig, "The *Dianshizhai Pictorial*: Shanghai Urban Life, 1884-1898 （book review）" in *Bulletin of the School of Oriental and African Studies*, Vol.67, No.2, 2004, pp. 284-285.

12. Coble, Parks M., "The Legacy of China's Wartime Reporting, 1937-1945: Can the Past Serve the Present?" in *Modern China*, Vol.36, No.4, 2010. pp. 435-460.

13. Cox, Thomas, "The Treaty Port Press and the Hundred Days Reforms: A Cross-Cultural Credibility Gap" in *The Historian*, Vol.37, No.1, 1974, pp. 82-100.

14. David, Mirela, "Merry Laughter and Angry Curses: The Shanghai Tabloid Press, 1897-1911 （book review）" in *Canadian Journal of History*, Vol.50, No.2, 2015. pp. 392-394.

15. Dirlik, Arif, "Transnationalism, the Press, and the National Imaginary in Twentieth Century China" in *China Review*, Vol.4, No.1, 2004. pp. 11-25.

16. Dong, Madeleine Y., "The *Dianshizhai Pictorial*: Shanghai Urban Life, 1884-1898（book review）" in *The American Historical Review*, Vol.110, No.1, 2005. pp. 113-114.

17. Fields, Margaret, "The Chinese Boycott of 1905" in *Papers on China*, No.11, 1957. pp. 66-98.

18. Forster, Elisabeth, "From Academic Nitpicking to a 'New Culture Movement': How Newspapers Turned Academic Debates into the Center of 'May Fourth'" in *Front History China*, Vol.9, No.4, 2014. pp. 534-557.

19. Goodman, Bryna, "Appealing to the Public: Newspaper Presentation and Adjudication of Emotion" in *Twentieth-Century China*, Vol.31, No.2, 2006. pp. 32-69.

20. Goodman, Bryna, "Networks of News: Power, Language and Transnational Dimensions of the Chinese Press, 1850-1949" in *The China Review*, Vol.4, No.1, 2004. pp. 1-10.

21. Goodman, Bryna, "Semi-Colonialism, Transnational Networks and News Flows in Early Republican Shanghai" in *China Review*, Vol.4, No.1, 2004. pp. 55-88.

22. Goodman, Bryna, "The New Woman Commits Suicide: The Press, Cultural Memory, and the New Republic" in *The Journal of Asian Studies*, Vol.64, No.1, 2005. pp. 67-101.

23. H., T., S. C. L., and E. G., "In the Orient View. Topics Claiming Attention in the Magazine Press of China and Japan" in *News Bulletin*, 1928. pp. 20-22.

24. Harrison, Henrietta, "Newspapers and Nationalism in Rural China, 1890-1929" in *Past & Present*, Vol.166, No.1, 2000. pp. 181-204.

25. Hayford, Charles W., "Government Control of the Press in Modern China, 1900-1949（book review）" in *The China Quarterly*, Vol.72, 1977. pp. 845-848.

26. He, Yangming, "Hangzhou, the Origins of the World Press and Journalism" in *Journalism Studies*, Vol.16, No.4, 2014. pp. 1-15.

27. Ho, Daphoo, "Night Thoughts of a Hungry Ghost Writer: Chen Bulei and the Life of Service in Republican China" in *Modern Chinese Literature and Culture*, Vol.19, No.1, 2007.pp. 1-59.

28. Houn, Franklin W., "Chinese Communist Control of the Press" in *Public Opinion Quarterly*, Vol.22, No.4, 1958, pp. 435-448.

29. Houn, Franklin W., "The Press in Communist China: Its Structure and Operation" in *Journalism & Mass Communication Quarterly*, Vol.33, No.4, 1956, pp. 502-512.

30. Hsu, Madeline Y., "Qiaokan and the Transnational Community of Taishan County, Guangdong, 1882-1943" in *China Review*, Vol.4, No.1, 2004. pp. 123-144.

31. Hung, Chang-Tai, "A Newspaper for China? Power, Identity, and Change in Shanghai's News Media, 1872-1912（book review）" in *China Review International*, Vol.12, No.1, 2005. pp. 203-205.

32. Hung, Chang-Tai, "Paper Bullets: Fan Changjiang and New Journalism in Wartime China" in *Modern China*, Vol.17, No.4, 1991. pp. 427-468.

33. Huters, Theodore, "Merry Laughter and Angry Curses: The Shanghai Tabloid Press, 1897-1911（book review）" in *The China Journal*, Vol.74, 2015. pp. 241-243.

34. Janku, Andrea, "Joining the Global Public: Word, Image, and City in Early Chinese Newspapers, 1870-1910（book review）" in *T'oung Pao*, Vol.96, No.1, 2010. pp. 265-277.

35. Janku, Andrea, "Preparing the Ground for Revolutionary Discourse: From the Statecraft Anthologies to the Periodical Press in Nineteenth-Century China" in *T'oungPao*, Vol.90, No.1, 2004. pp. 65-121.

36. John, Fitzgerald, "The Origins of the Illiberal Party Newspaper: Print Journalism in China's Nationalist Revolution" in *Republican China*, Vol.21, No.2, 1996. pp. 1-21.

37. Judge, Joan, "Public Opinion and the New Politics of Contestation in the Late Qing, 1904-1911" in *Modern China*, Vol.20, No.1, 1994. pp. 64-91.

38. Judge, Joan, "The Factional Function of Print: Liang Qichao, *Shibao*, and the Fissures in the Late Qing Reform Movement" in *Late Imperial China*, Vol.16, No.1, 1995. pp. 120-140.

39. Judge, Joan, "The Power of Print? Print Capitalism and News Media in Late Qing and Republican China" in *Harvard Journal of Asiatic Studies*, Vol.66, No.1, 2006. pp. 233-254.

40. Karl, Rebecca E., "Journalism, Social Value, and a Philosophy of the Everyday in 1920s China" in *Positions: East Asia Cultures Critique*, Vol.16, No.3, 2008. pp. 539-566.

41. Lee, Chin-Chuan, "The Conception of Chinese Journalists: Ideological Convergence and Contestation" in *Perspectives: Working Papers in English & Communication*, Vol.16, No.1, 2004. pp. 1-23.

42. Lee, Thomas C., "Mass Media and Communication Research in the Republic of China" in AMC Travelling Seminar, Singapore, 1971, pp. 1-21.

43. Löwenthal, Rudolf, "The Tientsin Press: A Technical Survey" in *Chinese Social and Political Science Review*, Vol.19, No.4, 1936. pp. 543-558.

44. Löwenthal, Rudolf, "Western Literature on Chinese Journalism: A Bibliography" in *Nankai Social and Economic Quarterly*, Vol.9, No.4, 1937. pp. 1007-1066.

45. Löwenthal, Rudolf, "The Russian Daily Press in China" in *Chinese Social and Political Science Review*, Vol.21, No.3, 1937. pp. 330-340.

46. MacKinnon, Stephen R., "Toward a History of the Chinese Press in the Republican Period" in *Modern China*, Vol.23, No.1, 1997. pp. 3-32.

47. Mitter, Rana, "The Individual and the International 'I': Zou Taofen and Changing Views of China's Place in the International System" in *Global Society*, Vol.17, No.2, 2003. pp. 121-133.

48. Mittler, Barbara, "Between Discourse and Social Reality: The Early Chinese Press in Recent Publications" in *Modern Chinese Literature and Culture*, 2016. pp. 1-12.

49. Narramore, Terry, "Joining the Global Public: Word, Image, and City in Early Chinese Newspapers, 1870-1910 (book review)" in *The Journal of Asian Studies*, Vol.69, No.2, 2010. pp. 576-578.

50. Nathan, Andrew, "The Late Ch'ing Press: Role, Audience, and Impact" in Proceedings of the International Conference on Sinology: Section on History and Archeology. Taibei: Academia Sinica Press, 1981. pp. 1281-1308.

51. Nguyen, Anh, "Reconstructing Liang Qichao" in *The Earlhan Historial Journal*, Vol.8, 2016. pp. 1-12.

52. O'Brien, Conor Cruise, "The Wrath of Ages: Nationalism's Primordial Roots" in *Foreign Affairs*, Vol.72, No.5, 1993. pp. 142-149.

53. Rankin, Mary Backus, "Public Opinion' and Political Power: *Qingyi* in Late Nineteenth Century China" in *Journal of Asian Studies*, Vol.41, No.3, 1982. pp. 453-484.

54. Reed, Christopher A., "A Newspaper for China? Power, Identity, and Change in Shanghai's News Media, 1872-1912 (book review)" in *The Business History Review*, Vol.79, No.1, 2005. pp. 184-186.

55. Reed, Christopher A., "Re/Collecting the Sources: Shanghai's '*Dianshizhai Pictorial*' and Its Place in Historical Memories, 1884-1949" in *Modern Chinese Literature and Culture*, Vol.12, No.2, 2000. pp. 44-71.

56. Reed, Christopher A., "The Origins of the Modern Chinese Press: The Influence of the Protestant Missionary Press in Late Qing China (book review)" in *China Review International*. Vol.15, No.3, 2008. pp. 449-453.

57. Schaab-Hanke, Dorothee, "Joining the Global Public: Word, Image, and City in Early Chinese Newspapers, 1870-1910（book review）" in *China Review International*. Vol.6, No.2, 2009. pp. 276-280.

58. Shieh, Milton, "Red China Patterns Controls of Press on Russian Model" in *Journalism Bulletin.* Vol.28, No.1, 1951. pp. 74-80.

59. Sinn, Elizabeth, "A Newspaper for China? Power, Identity, and Change in Shanghai's News Media, 1872-1912（book review）" in *The American Historical Review*, Vol.110, No.2, 2005, pp. 452-453.

60. Sinn, Elizabeth, "Beyond 'Tianxia': The *Zhongwai Xinwen Qiribao*（Hong Kong 1871-1872）and the Construction of a Transnational Chinese Community" in *China Review*, Vol.4, No.1, 2004. pp. 89-122.

61. Sinn, Elizabeth, "Emerging Media: Hong Kong and the Early Evolution of the Chinese Press" in *Modern Asian Studies*, Vol.36, No.2, 2002. pp. 421-465.

62. Stensaker, Bjørn, "In the Orient View: A Survey of the Periodical Press of China and Japan" in *Pacific Affairs*, Vol.1, No.2, 1928. pp. 27-32.

63. Sun, J. C., "New Trends in the Chinese Press" in *Pacific Affairs*, Vol.8, No.1, 1936, pp. 56-65.

64. Tsai, David, "Government Control of the Press in Modern China, 1900-1949（book review）" in *The Library Quarterly*, Vol.45, 1975. pp. 448-449.

65. Nash, Vernon and Rudolf Löwenthal, "Responsible Factors in Chinese Journalism" in *The Chinese Social and Political Science Review*, Vol.20, 1936. pp. 420-426.

66. Vinci, Renata, "Chinese Public Sentiments About Italy During the Sanmen Bay Affair in the Pages of the *Shenbao*" in *International Communication of Chinese Culture*, Vol.3, No.1, 2016. pp. 117-144.

67. Vittinghoff, Natascha, " 'British Barbarians' and 'Chinese Pigtails'? Translingual Practice in a Transnational Environment in Nineteenth Century Hong Kong and Shanghai" in *China Review*, Vol.4, No.1, 2004. pp. 27-54.

68. Vittinghoff, Natascha, "Readers, Publishers and Officials in the Contest for a Public Voice and the Rise of a Modern Press in Late Qing China, 1860-1880" in *T'oungPao*, Vol.87, No.4, 2001. pp. 393-455.

69. Vittinghoff, Natascha, "Unity vs. Uniformity: Liang Qichao and the Invention of a New Journalism for China" in *Late Imperial China*, Vol.23, No.1, 2002. pp. 91-143.

70. Wagner, Rudolf G., "Don't Mind the Gap! The Foreign-Language Press in Late-Qing and Republican China" in *China Heritage Quarterly*, Nos. 30/31, 2012. pp. 1-23.

71. Wagner, Rudolf G., "The Early Chinese Newspapers and the Chinese Public Sphere" in *European Journal of East Asian Studies*, Vol.1, No.1, 2001. pp. 1-33.

72. Wagner, Rudolf G., "The Role of the Foreign Community in the Chinese Public Sphere" in *The China Quarterly*, Vol.142, 1995. pp. 423-443.

73. Wagner, Rudolf G., "The *Shenbao* in Crisis: The International Environment and the Conflict Between Guo Songtao and the *Shenbao*" in *Late Imperial China*, Vol.20, No.1, 1999. pp. 107-143.

74. Wang, Juan, "Imagining Citizenship: The Shanghai Tabloid Press, 1897-1911" in *Twentieth Century China*, Vol.35, No.1, 2000. pp. 29-53.

75. Wang, Juan, "Officialdom Unmasked: Shanghai Tabloid Press, 1897-1911" in *Late Imperial China*, Vol.28, No.2, 2007. pp. 81-128.

76. Wang, Lutao Sophia Kang, "The Independent Press and Authoritarian Regimes: The Case of the *Dagongbao* in Republican China" in *Pacific Affairs*, Vol.67, No2, 1994. pp. 216-241.

77. Weston, Timothy B., "China, Professional Journalism, and Liberal Internationalism in the Era of the First World War" in *Pacific Affairs*, Vol.83, No.2, 2010. pp. 327-347.

78. Weston, Timothy B., "Merry Laughter and Angry Curses: The Shanghai Tabloid Press, 1897-1911（book review）" in *The Journal of Asian Studies*, Vol.74, No.3, 2005. pp. 745-747.

79. Weston, Timothy B., "Minding the Newspaper Business: The Theory and Practice of Journalism in 1920s China" in *Twentieth-Century China*, Vol.31, No.2, 2006. pp. 4-31.

80. White, David Manning, "The Gatekeepers: A Case Study in the Selection of News" in *Journalism Quarterly*, Vol.27, 1950. pp. 383-390.

81. Wilensky, Harold L., "The Professionalization of Everyone?" in *American Journal of Sociology*, Vol.70, No.2, 1964. pp. 137-158.

82. Wu, Eugene, "A Bibliography of Chinese Newspapers and Periodicals in European Libraries（book review）" in *The China Quarterly*, Vol.68, 1976. pp. 866-868.

83. Xu, Xiaoqun, "Cosmopolitanism, Nationalism, and Transnational Networks: The *Chenbao Fujuan*, 1921-1928" in *China Review*, Vol.4, No.1, 2004. pp. 145-173.

84. Yu, Zhansui, "Merry Laughter and Angry Curses: The Shanghai Tabloid Press, 1897-1911（book review）" in *University of Toronto Quarterly*, Vol.83, No.2, 2014. pp. 533-534.

85. Zhang, Shaoqian, "Combat and Collaboration: The Clash of Propaganda Prints Between the Chinese Guomindang and the Japanese Empire in the 1930s-40s" in *Transcultural Studies*, No.1, 2014. pp. 95-133.

86. Zhang, Tao, "Protestant Missionary Publishing and the Birth of Chinese Elite Journalism" in *Journalism Studies*, Vol.8, No.6, 2007. pp. 879-897.

87. Zhang, Volz Yong, "Going Public Through Writing: Women Journalists and Gendered Journalistic Space in China, 1890s-1920s" in *Media Culture & Society*, Vol.29, No.3, 2007. pp. 469-489.

88. Zhang, Volz Yong, "Journalism as a Vocation: Liang Qichao and the Contested Ideas of Journalism, 1890s-1900s" in the Annual Meeting of the International Communication Association, New York, Vol.5, 2009. pp. 8-32.

89. Zhang, Volz Yong and Chin-Chuan Lee, "Semi-Colonialism and Journalistic Sphere of Influence：British-American Press Competition in Early Twentieth-Century China" in *Journalism Studies*, Vol.12, No.5, 2011. pp. 559-574.

90. Zhang, Volz Yong and Chin-Chuan Lee, "From Gospel to News: Evangelicalism and Secularization of the Protestant Missionary Press in China, 1870s-1900s" in *Journalism*, Vol.10, No.2, 2009. pp. 171-195.

贰、中文文献

一、中文著作

1. 曹顺庆《比较文学概论》，北京：高等教育出版社，2015 年。

2. 曹顺庆《比较文学教程》，北京：高等教育出版社，2010 年。

3. 范长江《卢沟桥到漳河》，汉口：生活书店，1938 年。

4. 郭庆光《传播学教程》，北京：中国人民大学出版社，2001 年。

5. 海风编《吴趼人全集》（第六卷），哈尔滨：北方文艺出版社，1998 年。

6. 黄鸣奋《英语世界中国古典文学之传播》，上海：学林出版社，1997 年。

7. 李彬《中国新闻社会史》，上海：上海交通大学出版社，2007 年。

8. 李国祈等编《近代中国思想人物论：民族主义》，台北：台北时报出版公司，1981 年。

9. 李杰琼《半殖民主义语境中的"断裂"报格：北方小型报先驱〈实报〉与报人管翼贤》，北京：中国社会科学出版社，2015 年。

10. 李龙牧《中国新闻事业史稿》，上海：上海古籍出版社，1985 年。

11. 李楠《晚清民国时期上海小报插图本》，北京：人民文学出版社，2006 年。

12. 李银河编《妇女：最漫长的革命——当代西方女权主义理论精选》，北京：生活·读书·新知三联书店，1997 年。

13. 陆杨《文化研究导论》，北京：高等教育出版社，2009 年。

14. 罗刚、刘象愚编《文化研究读本》，北京：中国社会科学出版社，2000 年。

15. 饶广祥《广告符号学教程》，重庆：重庆大学出版社，2014 年。

16. 宋素红《女性媒介：历史与传统》，北京：中国传媒大学出版社，2006 年。

17. 王书奴《中国娼妓史》，长沙：湖南大学出版社，2014 年。

18. 张国良《传播学原理（第二版）》，上海：复旦大学出版社，2009 年。

19. 张京媛编《当代女性主义文学批评》，北京：北京大学出版社，1995 年。

20. 张美兰《美国哈佛大学哈佛燕京图书馆馆藏晚清民国间新教传教士中文译著目录提要》，桂林：广西师范大学出版社，2013 年。

21. 张仲礼编《中国近代城市企业·社会·空间》，上海：上海社会科学院出版社，1998 年。

22. 张仲礼编《中国近代城市发展与社会经济》，上海：上海社会科学院出版社，1999 年。

23. 中国社会科学院近代史研究所编《国外中国近代史研究：第二十三辑》，北京：中国社会科学出版社，1993 年。

二、中文译著

1. （美）安德森·本尼迪克特《想象的共同体》，吴睿人译，上海：上海人民出版社，2003 年。

2. （美）巴兰·斯坦利、戴维斯·丹尼斯《大众传播理论：基础、争鸣与未来》第五版，曹书乐译，北京：清华大学出版社，2014 年。

3. （美）白瑞华《中国近代报刊史》，苏世军译，北京：中央编译出版社，2013 年。

4. （美）柏文莉《权力关系——宋代中国的家族、地位与国家》，刘云军译，南京：江苏人民出版社，2016 年。

5. （法）鲍德里亚《消费社会》，刘成富、全志钢译，南京：南京大学出版社，2008 年。

6. （美）贝奈特《传教士新闻工作者在中国——林乐知和他的杂志（1860-1883)》，金莹译，桂林：广西师范大学出版社，2014 年。

7. （美）本尼迪克特·鲁思《菊与刀》，吕万和、熊达云、王智新译，北京：商务印书馆，1996 年。

8. （法）波伏娃·西蒙娜·德《第二性》，陶铁柱译，北京：中国书籍出版社，1998 年。

9. （法）布迪厄·皮埃尔、（美）华康德《实践与反思》，李猛、李康译，北京：中央编译出版社，1998 年。

10. （美）费正清、邓嗣禹《冲击与回应：从历史文献看近代中国》，陈少卿译，北京：民主与建设出版社，2019 年。

11. （美）高家龙《大公司与关系网：中国境内的西方、日本和华商大企业（1880-1937)》，程麟荪译，上海：上海社会科学院出版社，2002 年。

12. （美）高家龙《中国的大企业：烟草工业中的中外竞争（1890-1930)》，樊书华、程麟荪译，北京：商务印书馆，2001 年。

13. （美）葛凯《制造中国：消费文化与民族国家的创建》，黄振萍译，北京：北京大学出版社，2007 年。

14. （美）朗格·苏珊《情感与形式》，刘大基、傅志强、周发祥译，北京：中国社会科学出版社，1986 年。

15. （德）哈贝马斯《公共领域的结构转型》，曹卫东等译，上海：学林出版社，1999年。

16. （美）何凯立《基督教在华出版事业（1912-1949）》，陈建明、王再兴译，成都：四川大学出版社，2004年。

17. （美）胡克斯·贝尔《女权主义理论：从边缘到中心》，晓征、平林译，南京：江苏人民出版社，2001年。

18. （加）李家珍《历史宝筏：过去、西方与中国妇女问题》，杨可译，南京：江苏人民出版社，2011年。

19. （加）李家珍《印刷与政治：〈时报〉与晚清中国的改革文化》，王樊一婧译，桂林：广西师范大学出版社，2015年。

20. （美）兰德·彼得《走进中国——美国记者的冒险与磨难》，李辉、应红译，北京：文化艺术出版社，2001年。

21. （美）李欧梵《上海摩登——一种新都市文化在中国（1930-1945）》，毛尖译，北京：北京大学出版社，2001年。

22. （中）林语堂《中国新闻舆论史》，王海、何洪亮译，北京：中国人民大学出版社，2008年。

23. （法）卢梭《社会契约论》，李平沤译，北京：商务印书馆，2011年。

24. （美）罗宾·葛尔《酷儿理论》，李银河译，北京：时事出版社，2000年。

25. （美）麦金农《武汉，1938：战争、难民与现代中国的形成》，李卫东、罗翠芳译，武汉：武汉出版社，2008年。

26. （美）麦金农·珍妮斯、麦金农·斯蒂芬《史沫特莱：一个美国激进分子的生平和时代》，汪杉等译，北京：中华书局，1991年。

27. （英）弥尔顿《论出版自由》，吴之椿译，北京：商务印书馆，2010年。

28. （英）密尔·约翰·斯图尔特《论自由》，孟凡礼译，桂林：广西师范大学出版社，2011年。

29. （英）莫利·戴维、罗宾斯·凯文《认同空间——全球媒介、电子世界景观和文化边界》，司艳译，南京：南京大学出版社，2001年。

30. （美）裴士锋《湖南人与现代中国》，黄中宪译，北京：社会科学文献出版社，2019年。

31. （英）齐默·奥利弗《欧洲民族主义，1890-1940》，杨光译，北京：北京大学出版社，2013年。

32. （美）芮哲非《谷腾堡在上海——中国印刷资本业的发展（1876-1937）》，张志强译，北京：商务印书馆，2014年。

33. （中）汪英宾《中国本土报刊的兴起》，王海、王明亮译，广州：暨南大学出版社，2013年。

34. （英）威廉斯·雷蒙德《文化与社会》，吴松江、张文定译，北京：北京大学出版社，1991年。

35. （美）魏定熙《权力源自地位：北京大学、知识分子与中国政治文化，1898-1929》，张梦译，南京：江苏人民出版社，2015年。

36. （英）沃特斯·玛格丽特《女权主义简史》，朱刚，麻晓蓉译，北京：外语教学与研究出版社，2008年。

37. （美）徐小群《民国时期的国家与社会：自由职业团体在上海的兴起，1912-1937》，北京：新星出版社，2007年。

38. （美）叶凯蒂《上海·爱：名妓、知识分子和娱乐文化（1850-1910)》，杨可译，北京：三联书店，2012年。

39. （美）叶文心《上海繁华：都会经济伦理与近代中国》，王琴、刘润堂译，台北：时报文化出版企业股份，2010年。

40. （加）英尼斯·哈罗德《传播的偏向》，何道宽译，北京：中国人民大学出版社，2003年。

41. （中）赵敏恒《外人在华新闻事业》，王海译，广州：暨南大学出版社，2011年。

三、学位论文

（一）博士论文

1. 程丽红《清代报人研究》，长春：吉林大学博士学位论文，2007年。

2. 胡涤非《近代中国政治变迁中的民族主义》，上海：复旦大学博士学位论文，2004年。

3. 李金正《英语世界的中国广告文化研究（1905-2015)》，成都：四川大学博士学位论文，2016年。

4. 熊剑峰《20世纪初民族主义视野下的〈外交报〉研究》，长沙：湖南师范大学博士学位论文，2011年。

（二）硕士论文

1. 欧阳伊岚《德国海德堡大学中国新闻史研究成果评析——以〈只是空言：晚清中国的政治话语和上海报刊为例〉》，武汉：中南财经政法大学硕士学位论文，2017 年。

2. 杨柳《论南京国民政府的新闻审查制度（1927-1937）》，吉林：吉林大学硕士学位论文，2012 年。

3. 尹深《中国近代妇女报刊与妇女解放思想》，呼和浩特：内蒙古大学硕士学位论文，2013 年。

四、期刊论文

1. 白蔚《摩登与反摩登——民国报刊建构的女性身体及其现代意义》，载《妇女研究论丛》2011 年 04 期。

2. 曹磊《清末报刊与民族主义思潮——媒介作用下共同体意识的产生和流变》，载《北方民族大学学报》2017 年第 06 期。

3. 陈建云《来华基督教传教士办报动机辨析》，载《西南民族大学学报（人文社科版）》2007 年第 04 期。

4. 陈建云、康凯《叶楚伧的办报经历及评论风格》，载《新闻传播》2012 年 12 期。

5. 郭文娟《清末报刊与公共舆论的形成（1895-1911）》，载《现代传播》2019 年 03 期。

6. 何江丽《论清末民初北京对待妓女身体的舆论话语与政府作为》，载《北京社会科学》2014 年 02 期。

7. 蒋含平《"苏报案"的辨正与思考》，载《新闻与传播研究》2006 年 03 期。

8. 静恩英《民国报纸研究综述》，载《东南传播》2015 年 10 期。

9. 李金铨《过度阐释"公共领域"》，载《二十一世纪》2008 年 12 月，总第 110 期。

10. 李金铨、刘兢《海外中国传媒研究的知识地图》，载《开放时代》2012 年 03 期。

11. 李孝悌《走向世界，还是拥抱乡野——观看〈点石斋画报〉的不同视野》，载《中国学术》2002 年 03 期。

12. 刘兰珍《罗文达的近代中国新闻事业研究》，载《新闻与传播评论》2012 年 01 期。

13. 刘丽娟《简论近代中国报纸广告的政治功效——以〈申报〉广告为例》，载《学科新视野》2017 年 10 期。

14. 罗虹《熊希龄与〈湘报〉》，载《出版科学》2003 年 01 期。

15. 纳里莫·特里、李斯颐《中国新闻业的职业化历程——观念转换与商业化过程》，载《新闻研究资料》1992 年 03 期。

16. 秦方《台湾硕士博士历史学术文库妇女史论著介绍》，载《近代中国妇女史研究》2013 年 22 期。

17. 石文婷、曹漪那《英语世界的中国新闻学研究》，载《中外文化与文论》2015 年 02 期。

18. 谭婧怡《浅析四川近代第一家报刊——〈渝报〉》，载《新闻世界》2014年 08 期。

19. 田中阳《论晚清至五四时期报刊民族主义话语的两种偏向》，载《湘潭大学学报（哲学社会科学版）》2007 年 06 期。

20. 田中阳《论五四时期报刊民族主义的话语表述》，载《云梦学刊》2007 年06 期。

21. 田中阳、邓高红《论近代报刊民族主义的话语表述》，载《湖南大学学报（社会科学版）》2007 年 06 期。

22. 王毅、向芬《时代记忆：一位美国学者的中国新闻史研究》，载《新闻记者》2019 年 02 期。

23. 魏定熙《民国时期的新闻职业化：制度与观念》，"近代知识·职业·组织与社会变迁"国际学术研讨会，上海，2010 年。

24. 温彩云《清末民国时期女性报刊对女性思想启蒙的贡献及其当代价值》，载《中国编辑》2019 年 02 期。

25. 夏晓虹《重构晚清图景——〈晚清女性与近代中国〉导言》，载《博览群书》2004 年 01 期。

26. 夏晓虹《从男女平等到女权意识——晚清的妇女思潮》，载《北京大学学报（哲学社会科学版）》1995 年 04 期。

27. 谢美霞《旧上海的女记者》，载《新闻记者》2006 年 09 期。

28. 徐天博、靳雪莲《反西方中心论的角力：跨文化传播语境下的媒介体制比较》，载《中国新闻传播研究》2018 年 01 期。

29. 杨璐伟《晚清媒体中妓女形象探析——以〈申报〉及画报为中心予以考察》，载《经济研究导刊》2009 年 26 期。

30. 余亚莉《〈万国公报〉和它的读者》，载《新闻界》2013 年 19 期。

31. 张咏、李金铨《半殖民主义与新闻势力范围：二十世纪早期在华的英美报业之争》，载《传播与社会学刊》2011 年 17 期。

32. 张志强《海外中国出版史研究概述》，载《中国出版》2006 年 12 期。

33. 周婷婷、郭丽华、刘丽《海德堡大学汉学系早期中文报纸研究概况》，载《新闻大学》2009 年 03 期。

五、中文译文

1. （德）顾德曼《上海报业文化的跨国性与区域性》，王儒年译，载《史林》2003 年 01 期。

2. （美）米勒·希利斯《中美文学研究比较》，黄德先译，载《外国文学》2010 年 04 期。

3. （德）瓦格纳·鲁道夫《进入全球想象图景：上海的〈点石斋画报〉》，徐百柯译，载《中国学术》2001 年 08 期。

4. （美）魏定熙《民国时期中文报纸的英文学术研究——对一个新兴领域的初步观察》，方洁译，载《国际新闻界》2009 年 04 期。

附录一 所涉海外学者译名一览表

英文名	中文名
Adrian Bennett	阿德里安·贝奈特
Alan J. Lee	艾伦·李
Andrea Janku	燕安黛/杨誉
Andrew J. Nathan	黎安友
Anh Nguyen	阮安
Anthony Giddens	安东尼·吉登斯
Arif Dirlik	阿里夫·德里克
Barbara Mittler	梅嘉乐
Benedict Anderson	本尼迪克特·安德森
Bjørn Stensaker	比约恩·斯坦赛克
Bryna Goodman	布赖纳·顾德曼
Carl Crow	卡尔·克劳
Catherine Vance Yeh	叶凯蒂
Chang-Tai Hung	洪长泰
Charles Sanders Peirce	查尔斯·桑德斯·皮尔士
Charles W. Hayford	查尔斯·海福特
Charlotte Beahan	夏洛特·彼罕
Charlotte Furth	费侠莉
Chris Wiedemann	克里斯·魏德曼

Christopher A. Reed	芮哲非
Christopher Howe	克里斯托弗·豪
Conor Cruise O'Brien	科诺尔·克鲁斯·奥布莱恩
Craig Clunas	柯律格
Cynthia J. Brokaw	包筠雅
Daniel Kane	康丹
Denis Twitchett	杜希德
Dorothee Schaab-Hanke	傅有德·沙敦如
Dorothy Ko	高彦颐
Edmund Husserl	埃德蒙德·胡塞尔
Eileen Cheng-yin Chow	周成荫
Elisabeth Forster	伊丽莎白·福斯特
Ellen Johnston Laing	梁庄爱伦
Eric J. Hobsbawm	埃里克·霍布斯鲍姆
Eugene Wu	吴文津
Ferdinand de Saussure	费尔迪南·德·索绪尔
Frank Dikötter	冯客
Frank H. H. King	弗兰克·金
Franklin W. Houn	侯服五
Frederic Wakeman	弗雷德里克·魏德曼
Gayle Rubin	葛尔·罗宾
Grace S. Fong	方秀洁
Harold Innis	哈罗德·英尼斯
Henrietta Harrison	沈艾娣
Herbert Allen Giles	翟里斯
Hugo De Burgh	戴雨果
J. Hillis Miller	希利斯·米勒
Jeffrey Wasserstrom	华志坚
Joan Judge	季家珍
John Fitzgerald	约翰·菲茨杰拉德
John King Fairbank	费正清

John Thompson	约翰·汤普森
Jonathan D.Culler	乔纳森·卡勒
Joseph R. Levenson	约瑟夫·列文森
Joseph W. Esherick	周锡瑞
Kang-i Sun Chang	孙康宜
Karl Gerth	葛凯
Karl W. Deutsch	卡尔·多伊奇
Lee-hsia Hsu Ting	丁许丽霞
Leo Ou-fan Lee	李欧梵
Lloyd E. Eastman	易劳逸
Lucie Cheng	成露西
Ma Yuxin	马育新
Madeleine Y. Dong	董玥
Madeline Y. Hsu	徐元音
Marcel Danes	马塞尔·达内西
Margaret Fields	马格丽特·菲尔德
Marie-Claire Bergère	白吉尔
Mark Elvin	伊懋可
Mary Backus Rankin	冉枚烁
Mary Louise Pratt	玛丽·路易斯·普拉特
Maurice Freedman	莫里斯·弗里德曼
Michel Foucault	米歇尔·福柯
Mirela David	米蕾拉·大卫
Nanny Kim	金兰中
Nanxiu Qian	钱南秀
Natascha Vittinghoff	费南山
Parks M. Coble	柯博文
Paul A. Cohen	柯文
Paul Varg	保罗·瓦格
Peter J. Carroll	柯必德
Peter Zarrow	沙培德

Pierre Bourdieu	皮埃尔·布迪厄
Prescott Clarke	普莱斯考特·克拉克
Rana Mitter	拉纳·米特
Rebecca E. Karl	瑞贝卡·卡尔
Reinhardt Koselleck	莱恩哈特·柯泽勒克
Renata Vinci	蕾娜特·芬奇
Richard J. Smith	司马富
Richard Rigby	理查德·里格比
Robin Lakoff	罗宾·莱科夫
Ron Beasley	罗恩·比斯利
Roswell S. Britton	白瑞华
Rudolf G. Wagner	鲁道夫·瓦格纳
Rudolf Lowentha	罗文达
Sei Jeong Chin	陈细晶
Seungjoo Yoon	尹圣柱
Sherman Cochran	高家龙
Stephen R. Platt	裴士锋
Stephern R. MacKinnon	史蒂芬·麦金农
Stranahan Patricia	斯特纳汉·帕特丽夏
Stuart R. Schram	斯图尔特·施拉姆
Terry Narramore	穆德礼／特里·纳里莫／T·纳拉莫尔
Theodore Huters	胡志德
Thomas R. Cox	托马斯·科克斯
Timothy B. Weston	魏定熙
Timothy Brook	卜正民
Timothy Cheek	齐慕实
Tse-tsung Chow	周策纵
Tze-ki Hon	韩子奇
Virginia Woolf	弗吉妮娅·伍尔夫
Wang Juan	王娟
Wen-hsin Yeh	叶文心

Wesley Samuel Palmer	韦斯利·塞缪尔·帕尔默
Xu Xiaoqun	徐小群
Ye Xiaoqing	叶晓青
Zhang Tao/Zhang Xiantao	张涛
ZhangVolz Yong	张咏

附录二　英语世界的晚清民国报纸研究专著一览表

作　者	专著名称	中文书名	中文译本	时间
Don D. Patterson	*The Journalism of China*	《中国新闻事业》	无	1922
Wang Yingbin	*The Rise of the Native Press in China*	《中国本土报刊的兴起》	《中国本土报刊的兴起》（王海、王明亮译）	1924
Roswell S. Britton	*The Chinese Periodical Press, 1800-1912*	《中国近代报刊史》	《中国近代报刊史》（苏世军译）	1933
Carl Crow	*Newspaper Directory of China（including HongKong）*	《中国报纸指南（包括香港)》	无	1935
LinYutang	*A History of the Press and Public Opinion in China*	《中国新闻舆论史》	《中国新闻舆论史》（王海、何洪亮译）	1936
Frank H. H. King and Prescott Clarke	*A Research Guide to China-Coast Newspapers, 1822-1911*	《中国沿海报纸研究指南，1822-1911》	无	1965
Paul A. Cohen	*Between Tradition and Modernity: Wang T'ao and Reform in Late Ch'ing China*	《在传统与现代性之间：王韬与晚清改革》	无	1974

Maurice Freedaman, Christopher Howe, Stuart Sohram, Denis Twitchett, and Mark Elvin	A Bibliography of Chinese Newspapers and Periodicals in European Libraries	《中国报刊在欧洲图书馆书目》	无	1975
Adrian Bennett	Missionary Journalist in China: Young J. Allen and His Magazines, 1860-1883	《传教士新闻工作者在中国——林乐知和他的杂志（1860-1883）》	《传教士新闻工作者在中国——林乐知和他的杂志（1860-1883）》（金莹译）	1983
Stephen R. MacKinnon and Oris Friesen	China Reporting: An Oral History of American Journalism in the 1930s and 1940s	《中国报道：20世纪30、40年代美国新闻口述史》	无	1987
Jannice R. Mackinnon and Stephen Mackinnon	Agnes Smedley: The life and Times of an American Radical	《史沫特莱：一个美国激进分子的生平和时代》	《史沫特莱：一个美国激进分子的生平和时代》（汪杉等译）	1988
Stranahan Patricia	Moulding the Medium: Chinese Communist Party and the Liberation Daily	《塑造媒介：中国共产党和〈解放日报〉》	无	1990
Peter Zarrow	Anarchism and Chinese Political Culture	《无政府主义和中国政治文化》	无	1990
Chang-tai Hung	War and Popular Culture: Resistance in Modern China, 1937-1945	《战争与大众文化：现代中国的反抗（1937-1945）》	无	1994
Peter Rand	China Hands: The Adventure and Ordeals of the American Journalists Who Joined Forces with the Great Chinese Revolution	《走进中国——美国记者的冒险与磨难》	《走进中国——美国记者的冒险与磨难》（李辉、应红译）	1995
Joan Judge	Print and Politics: "Shibao" and the Culture of Reform in Late Qing China	《印刷与政治：〈时报〉与晚清中国的改革文化》	《印刷与政治：〈时报〉与晚清中国的改革文化》（王樊一婧译）	1997

Timothy Cheek	*Propaganda and Culture in Mao's China: DengTuo and the Intelligentsia*	《毛泽东时代中国的宣传和文化：邓拓和知识阶层》	无	1998
Leo Ou-fan Lee	*Shanghai Modern: The Flowering of a New Urban Culture in China, 1930-1945*	《上海摩登：一种新都市文化在中国（1930-1945）》	《上海摩登：一种新都市文化在中国（1930-1945)》（毛尖译）	1999
Neil O'Brien	*American Editor in Early Revolutionary China: John Williams Powell and the China Weekly/Monthly Review*	《早期革命中国的美国编辑：约翰·威廉姆斯·鲍威尔和中国每周/每月评论》	无	2003
Xu Xiaoqun	*Chinese Professionals and the Republican State: The Rise of Professional Associations in Shanghai, 1912-1937*	《民国时期的国家与社会：自由职业团体在上海的兴起，1912-1937》	《民国时期的国家与社会：自由职业团体在上海的兴起，1912-1937》	2001
Ye Xiaoqing	*The Dianshizhai Pictorial: Shanghai Urban Life, 1884-1898*	《〈点石斋画报〉：上海城市生活，1884-1898》	无	2003
Ellen Johnston Laing	*Selling Happiness: Calendar Posters and Visual Culture in Early-Twentieth-Century Shanghai*	《销售快乐：上海 20 世纪早期月份牌和视觉文化》	无	2004
Timothy B. Weston	*The Power of Position: Beijing University, Intellectuals and the Chinese Political Culture, 1898-1929*	《民国时期的国家与社会：自由职业团体在上海的兴起，1912-1937》	《民国时期的国家与社会：自由职业团体在上海的兴起，1912-1937》（张蒙译）	2004
Barbara Mittler	*A Newspaper for China? Power, Identity, and Change in Shanghai's News Media, 1872-1912*	《一份为中国而生的报纸？上海新媒体力量、身份、改变，1872-1912》	无	2004

Christopher A. Reed	*Gutenberg in Shanghai: Chinese Print Capitalism, 1876-1937*	《谷腾堡在上海——中国印刷资本业的发展（1876-1937)》	《谷腾堡在上海——中国印刷资本业的发展（1876-1937)》（张志强等译）	2004
Rana Mitter	*The Manchurian Myth: Nationalism, Resistance and Collaboration in Modern China*	《东北神话：现代中国的民族主义，抵抗与合作》	无	2005
Catherine Vance Yeh	*Shanghai Love: Courtesans, Intellectuals, and Entertainment Culture, 1850-1910*	《上海·爱：名妓、知识分子和娱乐文化（1850-1910)》	《上海·爱：名妓、知识分子和娱乐文化（1850-1910)》（杨可译）	2006
Eugenia Lean	*Public Passions: The Trial of Shi Jianqiao and the Rise of Popular Sympathy in Republican China*	《公共激情：施剑翘案的审判和大众认同在现代中国的出现》	无	2007
Zhang Tao	*The Origins of the Modern Chinese Press: The Influence of the Protestant Missionary Press in Late Qing China*	《现代中国报刊的起源——晚清时期新教传教士对中国印刷事业的影响》	无	2007
Stephen R. Platt	*Provincial Patriots: The Hunanese and Modern China*	《湖南人与现代中国》	《湖南人与现代中国》（黄中宪译）	2007
Paul French	*Carl Crow, A Tough Old China Hand: The Life, Times, and Adventures of an American in Shanghai*	《卡尔·克劳，坚强的老中国通：一个美国人在上海的生活、岁月与冒险》	无	2007
Rudolf G. Wagner, ed.	*Joining the Global Public: Word, Image, and City in Early Chinese Newspapers, 1870-1910*	《加入全球公共体：早期中国报纸的文字、图像、城市，1870-1910》	无	2008
Stephen R. MacKinnon	*Wuhan, 1938: War, Refugees, and Making of Modern China*	《武汉，1938：战争、难民与现代中国的形成》	《武汉，1938：战争、难民与现代中国的形成》（李卫东、罗翠芳译）	2008

Ma Yuxin	Women Journalists and Feminism in China, 1898-1937	《中国女性记者和女性主义，1898-1937》	无	2010
Joan Judge	The Precious Raft of History: The Past, the West, and the Women Question in China	《历史宝筏：过去、西方与中国妇女问题》	《历史宝筏：过去、西方与中国妇女问题》（杨可译）	2010
Weipin Tsai	Reading Shenbao: Nationalism, Consumerism and Individuality in China, 1919-37	《阅读申报：中国民族主义、消费主义、个人主义，1919-1937》	无	2010
Tze-ki Hon	Revolution as Restoration: Guocui Xuebao and China's Path to Modernity, 1905-1911	《革命为复辟：〈国粹学报〉以及中国现代化之路，1905-1911》	无	2013
Wang Juan	Merry Laughter and Angry Curses: The Shanghai Tabloid Press, 1897-1911	《嬉笑怒骂：上海小报，1897-1911》	无	2012
Xu Xiaoqun	Cosmopolitanism, Nationalism, and Individualism in Modern China: The Chenbao Fukan and the New Culture Era, 1918–1928	《现代中国世界大同主义，民族主义，个人主义：〈晨报副刊〉和新文化时代，1918-1928》	无	2014
Joan Judge	Republican Lens: Gender, Visuality, and Experience in the Early Chinese Periodical Press	《民国镜像：早期中国期刊中的性别、视觉和经验》	《民国镜像：早期中国期刊中的性别、视觉和经验》（王耀武、潘悦婷译）	2015

附录三 英语世界的晚清民国报纸研究博士论文一览表

作　者	论文名称	中文题目	学位	时间
Lee-hsia Hsu Ting	Government Control of the Press in Modern China, 1900-1949	《1900 年到 1949 年间近现代中国政府的报刊控制》	博士	1969
Herbert Hoi-Lap Ho	Protestant Missionary Publications in Modern China, 1912-1949: A Study of Their Programs Operations and Trends	《1912-1949 年间基督教在华出版事业：有关运作与趋势的研究》	博士	1979
Terry Narramore	Making the News in Shanghai: *ShenBao* and the Politics of Newspaper Journalism, 1912-1937	《在上海制作新闻：〈申报〉和报纸新闻业的政治，1912-1937》	博士	1989
Ye Xiaoqing	Popular Culture in Shanghai, 1884-1898	《上海大众文化，1884-1898》	博士	1991
Joan Judge	Print and Politics: "*Shibao*"（The *Eastern Times*）and the Formation of the Public Sphere in Late Qing China, 1904-1911	《印刷与政治：〈时报〉与晚清中国公共领域的形成（1904-1911）》	博士	1993
Wu Guo	Media, Nationhood, and State: Zheng Guanying and the Urban Cultural Sphere in Late Qing Shanghai	《媒体，民族性和政权：郑观应和晚清上海城市文化》	博士	2006
Marian H. Young	*ShengjingShibao*: Constructing Public Opinion in Late Qing China	《〈盛京时报〉：构建晚清时期公众舆论》	博士	2008
Gao Nuan	Constructing China's Public Sphere: The "Three Big Newspaper Supplements" of the May Fourth Era, 1915-1926	《构建中国公共领域：五四时期的三份大报副刊（1915-1926）》	博士	2012

附录四　英语世界的晚清民国报纸研究期刊论文一览表

作　　者	论文名称	中文题目	时间
Bjørn Stensaker	In the Orient View: A Survey of the Periodical Press of China and Japan	《东方视角：中日报刊调查》	1928
T. H., S. C. L., and E. G.	In the Orient View: Topics Claiming Attention in the Magazine Press of China and Japan	《东方视角：中日报刊杂志的关注点》	1928
Roswell S. Britton	Chinese News Interests	《中国新闻关注点》	1934
J. C. Sun	New Trends in the Chinese Press	《中国报刊的新趋势》	1936
Rudolf Löwenthal	The Tientsin Press: A Technical Survey	《天津报刊：一份技术调查》	1936
Vernon Nash and Rudolf Löwenthal	Responsible Factors in Chinese Journalism	《中国新闻事业的责任要素》	1937
Rudolf Löwenthal	Western Literature on Chinese Journalism: A Bibliography	《关于中国报学之西文文字索引》	1937
Rudolf Löwenthal	The Russian Daily Press in China	《中国的俄文日报》	1937
Milton Shieh	Red China Patterns Controls of Press on Russian Model	《苏联模式对中国媒体控制的影响》	1951
Franklin W. Houn	The Press in Communist China: Its Structure and Operation	《中国共产党报刊：结构与运行》	1956
Franklin W. Houn	Chinese Communist Control of the Press	《中国共产党报刊的控制》	1958

Thomas C. Lee	Mass Media and Communication Research in the Republic of China	《民国时期大众媒体与传播研究》	1971
Thomas R. Cox	The Treaty Port Press and the Hundred Days Reforms: A Cross-Cultural Credibility Gap	《通商口岸媒体及戊戌变法：跨文化信任鸿沟》	1974
Charlotte Beahan	Feminism and Nationalism in the Chinese Women's Press, 1902-1911	《中国女性报刊中的女性主义和民族主义，1902-1911》	1975
Mary Backus Rankin	"Public Opinion" and Political Power: *Qingyi* in Late Nineteenth Century China	《公共舆论和政治权利：19 世纪晚期的〈清议报〉》	1982
Leo Ou-fan Lee and Andrew Nathan	The Beginnings of Mass Culture: Journalism and Fiction in the Late Ch'ing and Beyond	《大众文化的起源：晚清及晚清之后的新闻与小说》	1985
Andrew Nathan	The Late Ch'ing Press: Role, Audience, and Impact	《晚清媒体：角色、观众和影响》	1987
Terry Narramore	The Nationalists and the Daily Press: The Case of *ShenBao*, 1927-1934	《民族主义者和日报：以〈申报〉为例，1927-1934》	1989
Chang-Tai Hung	Paper Bullets: Fan Changjiang and New Journalism in Wartime China	《纸弹：战时的范长江和新新闻学》	1991
Wen-hsin Yeh	Progressive Journalism and Shanghai's Petty Urbanites: Zou Taofen and the Shenghuo Enterprise, 1926-1945	《进步新闻业与上海小市民：邹韬奋和〈生活〉周刊，1926-1945》	1992
Joan Judge	Public Opinion and the New Politics of Contestation in the Late Qing, 1904-1911	《晚清公共舆论与新政治主张，1904-1911》	1994
Lutao Sophia Kang Wang	The Independent Press and Authoritarian Regimes: The Case of the *Dagongbao* in Republican China	《独立报刊及独裁政府：以民国时期的〈大公报〉为例》	1994
Joan Judge	The Factional Function of Print: Liang Qichao, *Shibao*, and the Fissures in the Late Qing Reform Movement	《报纸的党派功能——梁启超、〈时报〉以及晚清政治改革的分歧》	1995
Stephen R. MacKinnon	Press Freedom and the Chinese Revolution in the 1930s	《20 世纪 30 年代媒体自由及中国革命》	1995
Fitzgerald John	The Origins of the Illiberal Party Newspaper: Print Journalism in China's Nationalist Revolution	《偏执党派报纸的起源：中国国民革命时期的印刷新闻业》	1996

Stephen R. MacKinnon	Toward a History of the Chinese Press in the Republican Period	《民国时期中国媒体的历史》	1997
Timothy Cheek	The Honorable Vocation: Intellectual Service in the CCP Propaganda Instituions in Jin-Cha-Ji, 1937-1945	《光荣的职业：服务于晋察冀边区中共宣传机构的知识分子，1937-1945》	1997
Wah Kwan Cheng	Contending Publicity: The State and the Press in Late Qing China	《宣传竞争：晚清中国的政权与媒体》	1998
Rudolf G. Wagner	The *Shenbao* in Crisis: The International Environment and the Conflict Between Guo Songtao and the *Shenbao*	《〈申报〉的危机：1878-1879 年〈申报〉与郭嵩焘之间的冲突和国际环境》（李必璋译）	1999
Henrietta Harrison	Newspapers and Nationalism in Rural China, 1890-1929	《中国农村的报纸与民族主义，1890-1929》	2000
Wang Juan	Imagining Citizenship: The Shanghai Tabloid Press, 1897-1911	《想象市民：上海小报，1897-1911》	2000
Christopher A. Reed	Re/Collecting the Sources: Shanghai's "*Dianshizhai Pictorial*" and Its Place in Historical Memories, 1884-1949	《重新收集资料：上海〈点石斋画报〉和历史记忆的位置，1884-1949》	2000
Natascha Vittinghoff	Readers, Publishers and Officials in the Contest for a Public Voice and the Rise of a Modern Press in Late Qing China, 1860-1880	《读者、出版者和官员对公共声音的竞争与晚清现代新闻界的兴起（1860-1880）》	2001
Rudolf G. Wagner	The Early Chinese Newspapers and the Chinese Public Sphere	《中期中国报纸及中国公共领域》	2001
Elizabeth Sinn	Emerging Media: Hong Kong and the Early Evolution of the Chinese Press	《新兴的媒体：香港和中国报刊早期发展》	2002
Natascha Vittinghoff	Unity vs. Uniformity: Liang Qichao and the Invention of a New Journalism for China	《团结对统一：梁启超与中国"新新闻"的发明》	2002
Seungjoo Yoon	Literati-Journalists of the *Chinese Progress*（*Shiwu bao*）in Discord, 1896-1898	《纷争中〈时务报〉的文人记者，1896-1898》	2002
Hugo De Burgh	The Journalist in China: Looking to the Past for Inspiration	《中国的记者：从过去中寻找灵感》	2003
Rana Mitter	The Individual and the International "I": Zou Taofen and Changing Views of China's Place in the International System	《个人与国际的"我"：国际体系中邹韬奋和中国地位观点的改变》	2003

Terry Narramore	Illusions of Autonomy? Journalism, Commerce and the State in Republican China	《自主的幻想？民国新闻业、商业和政权》	2003
Arif Dirlik	Transnationalism, the Press, and the National Imaginary in Twentieth Century China	《20 世纪中国的跨民族主义、报业与民族假象》	2004
Bryna Goodman	Networks of News: Power, Language and Transnational Dimensions of the Chinese Press, 1850-1949	《新闻网络：中国报刊的权力、语言和跨民族维度，1850-1949》	2004
Bryna Goodman	Semi-Colonialism, Transnational Networks and News Flows in Early Republican Shanghai	《上海报业文化的跨国性与区域性》（王儒年译）	2004
Madeline Y. Hsu	Qiaokan and the Transnational Community of Taishan County, Guangdong, 1882-1943	《广东台山县的侨刊和跨民族共同体（1882-1934)》	2004
Andrea Janku	Preparing the Ground for Revolutionary Discourse: From the Statecraft Anthologies to the Periodical Press in Nineteenth-Century China	《为革命话语提供基础：19 世纪的中国从经世文编到定期刊物》	2004
Chin-Chuan Lee	The Conception of Chinese Journalists: Ideological Convergence and Contestation	《中国记者的设想：意识形态融合与争议》	2004
Elizabeth Sinn	Beyond "Tianxia": The *Zhongwai Xinwen Qiribao*（Hong Kong 1871-1872）and the Construction of a Transnational Chinese Community	《天下之外：〈中外新闻七日报〉（香港 1871-1872）与跨民族中国共同体的建构》	2004
Natascha Vittinghoff	"British Barbarians" and "Chinese Pigtails"? Translingual Practice in a Transnational Environment in Nineteenth Century Hong Kong and Shanghai	《"英国蛮夷"与"中国辫"？19 世纪香港和上海跨民族环境中的跨语言实践》	2004
Xu Xiaoqun	Cosmopolitanism, Nationalism, and Transnational Networks: The *Chenbao Fujuan*, 1921-1928	《世界主义、民族主义、跨民族网络：〈晨报副镌〉，1921-1928》	2004
Bryna Goodman	The New Woman Commits Suicide: The Press, Cultural Memory, and the New Republic	《新女性自杀：媒体，文化记忆与新民国》	2005
Bryna Goodman	Appealing to the Public: Newspaper Presentation and Adjudication of Emotion	《向公共呼吁：中国报纸对情感的呈现与裁决》	2006

Peter J. Carroll	Fate-Bound Mandarin Ducks: Newspaper Coverage of the "Fashion" for Suicide in 1931 Suzhou	《宿命鸳鸯：1931 年苏州"自杀潮"的报纸报道》	2006
Joan Judge	The Power of Print? Print Capitalism and News Media in Late Qing and Republican China	《印刷的力量？晚清民国的印刷资本主义和新媒体》	2006
Timothy B. Weston	Minding the Newspaper Business: The Theory and Practice of Journalism in 1920s China	《留心报业经济：20 世纪 20 年代中国的新闻学理论和实践》	2006
Wang Juan	Officialdom Unmasked: Shanghai Tabloid Press, 1897-1911	《官场现形记：上海小报，1897-1911》	2007
Zhang Tao	Protestant Missionary Publishing and the Birth of Chinese Elite Journalism	《新教传教士出版物和中国精英新闻业的诞生》	2007
Daphoo Ho	Night Thoughts of a Hungry Ghost Writer: Chen Bulei and the Life of Service in Republican China	《饥饿的捉刀记者的夜思：民国时期的陈布雷和他的一生服务》	2007
Zhang Volz Yong	Going Public Through Writing: Women Journalists and Gendered Journalistic Space in China, 1890s-1920s	《通过写作走向公共领域：中国女性记者以及性别化的新闻空间，1890s-1920s》	2007
Barbara Mittler	Between Discourse and Social Reality: The Early Chinese Press in Recent Publications	《在话语和社会现实之间：近期出版物中的早期中文报刊研究》	2007
Rebecca E. Karl	Journalism, Social Value, and a Philosophy of the Everyday in 1920s China	《20 世纪 20 年代中国的新闻业、社会价值和日常哲学》	2008
Rudolf G. Wagner	Women in Shenbaoguan Publications, 1872-90	《女性在申报馆，1872-1890》	2008
Zhang Volz Yong and Chin-Chuan Lee	From Gospel to News: Evangelicalism and Secularization of the Protestant Missionary Press in China, 1870s-1900s	《从福音到新闻——中国新教传教士印刷物的福音教义与世俗化，1870s-1900s》	2009
Zhang Volz Yong	Journalism as a Vocation: Liang Qichao and the Contested Ideas of Journalism, 1890s-1900s	《新闻作为一种职业：梁启超及新闻工作一些有争议的想法，1890s-1900s》	2009
Parks M. Coble	The Legacy of China's Wartime Reporting, 1937-1945: Can the Past Serve the Present?	《中国战争报道遗产，1937-1945：过去能够服务现在吗？》	2010

Timothy B. Weston	China, Professional Journalism, and Liberal Internationalism in the Era of the First World War	《一战时期的中国、新闻业和自由国际主义》	2010
Catherine V. Yeh	Guides to a Global Paradise: Shanghai Entertainment Park Newspapers and the Invention of Chinese Urban Leisure	《全球天堂指南：上海游戏场小报和中国城市休闲生活的创造》	2011
Zhang Volz Yong and Chin-Chuan Lee	Semi-Colonialism and Journalistic Sphere of Influence：British-American Press Competition in Early Twentieth- Century China	《半殖民及新闻领域的影响：20 世纪早期英美媒体在中国的竞争》	2011
Rudolf G. Wagner	Don't Mind the Gap! The Foreign-Language Press in Late-Qing and Republican China	《不要在意差异！晚清民国时期的外语报刊》	2012
Natascha Vittinghoff	From News, *Xinwen*, to New Knowledge, *Xinxue*, Newspapers as Sources for Early Modern Chinese Encyclopaedias	《从新闻到新学：报纸作为现代中国百科全书的来源》	2013
Sei Jeong Chin	Print Capitalism, War, and the Remaking of the Mass Media in the 1930s China	《中国 20 世纪 30 年代印刷资本主义、战争以及大众媒体的重塑》	2014
Elisabeth Forster	From Academic Nitpicking to a "New Culture Movement": How Newspapers Turned Academic Debates into the Center of "May Fourth"	《从学术挑剔到"新文化运动"：报纸如何促使学术论争成为"五四运动"中心》	2014
He Yangming	Hangzhou, the Origins of the World Press and Journalism	《杭州，世界媒体和新闻业的起源》	2014
Zhang Shaoqian	Combat and Collaboration: The Clash of Propaganda Prints Between the Chinese Guomindang and the Japanese Empire in the 1930s-40s	《战斗与合作：20 世纪 30、40 年代国民党和日本帝国之间宣传媒体的冲突》	2014
Anh Nguyen	Reconstructing Liang Qichao	《重建梁启超》	2016
Renata Vinci	Chinese Public Sentiments About Italy During the Sanmen Bay Affair in the Pages of the *Shenbao*	《〈申报〉所体现的三门峡事件中中国公众对意大利的态度》	2016

在读期间科研成果简介

何蕾《变异的两种路径和结局："格义"与"反向格义"的启示》，载《中外文化与文论》2018 年 38 期。

张莉莉、张峻巍、韩晓清、何蕾《以中窥西——西方著名作家的现代阐释》，成都：四川大学出版社，2016 年。

He Lei, "Invisible Control: Critical Discourse Analysis of Reports in the New York Times on China and Japan over Disputed Islands", Paper Presented at 2nd International Conference on Humanities and Social Science Research, Singapore, 2016. pp. 454-460.

Brown, Marshall and He, Lei, "The Trend of Future World Literature—An Interview with Marshall Brown" in Comparative Literature and World literature, Vol.2, No.1, 2017. pp. 60-70.